◎陳文佳 著

森春濤的香奩詩受容與漢詩創作

華東師範大學出版社

圖書在版編目（CIP）數據

森春濤的香奩詩受容與漢詩創作/陳文佳著. —上海：華東師範大學出版社,2019
（華東師大青年學術基金）
ISBN 978-7-5675-9736-5

Ⅰ.①森… Ⅱ.①陳… Ⅲ.①森春濤-詩歌創作-詩歌研究 Ⅳ.①I313.072

中國版本圖書館CIP數據核字（2019）第204317號

華東師範大學青年學術著作出版基金資助出版

森春濤的香奩詩受容與漢詩創作

著　　者	陳文佳
責任編輯	孔繁榮　夏　瑋
審讀編輯	夏　瑋
責任校對	郭　琳
裝幀設計	高　山
出版發行	華東師範大學出版社
社　　址	上海市中山北路3663號　郵編200062
網　　址	www.ecnupress.com.cn
電　　話	021-60821666　行政傳真 021-62572105
客服電話	021-62865537　門市（郵購）電話 021-62869887
地　　址	上海市中山北路3663號華東師範大學校內先鋒路口
網　　店	http://hdsdcbs.tmall.com
印刷者	上海錦佳印刷有限公司
開　　本	787×1092　16開
印　　張	14
字　　數	226千字
版　　次	2019年12月第一版
印　　次	2019年12月第一次
書　　號	ISBN 978-7-5675-9736-5
定　　價	68.00元
出版人	王　焰

（如發現本版圖書有印訂質量問題，請寄回本社客服中心調換或電話021-62865537聯繫）

森春濤(1819—1889)

目 錄

陳文佳君"森春濤論"之創見（代序）/加藤國安 1

前　言/1

第一章　韓偓《香奩集》版本調查/1

第一節　有關《香奩集》的版本著錄/1
　一、宋人著錄/1
　二、清人著錄/2

第二節　現存諸本《香奩集》的版本狀況/4
　一、《玉山樵人集》附《香奩集》一卷/5
　二、胡震亨《唐音統籤》本二卷/6
　三、《全五代詩》本一卷/7
　四、毛晉校汲古閣刻本一卷/8
　五、《唐詩百名家全集》本三卷/10
　六、《全唐詩》本《香籨集》一卷/12
　七、《中晚唐五家集》本《重刊宋槧唐韓內翰先生香奩集》三卷/13
　八、清吳汝綸評注《韓翰林集》本三卷/14
　九、江戶萬笈堂刊本《韓內翰香匲集》三卷/15

第三節　對《香奩集》諸版本的考察/16

第二章　《香奩集》在日本的流布與影響/20

第一節　萬笈堂刊本、覆刻本及鈔本/21
　一、萬笈堂刊本《韓內翰香匲集》/21
　二、韓國藏本/24
　三、覆刻本/25

四、鈔本/26
　第二節　關於館、卷同校《韓內翰香奩集》三卷本的考察/29
　　一、編校者卷大任與館柳灣/29
　　二、關於三卷本《香奩集》的考察/30
　　三、關於卷氏之跋文/33

第三章　從韓偓香奩詩到森春濤的艷體詩/36
　第一節　香奩體的形成與藝術特色/37
　　一、韓偓與香奩體/37
　　二、香奩體在日本的影響/43
　第二節　森春濤的艷體詩及其特色/45
　　一、森春濤與《春濤詩鈔》/45
　　二、"新秋風月扁舟夢，故里煙花艷體詩"
　　　　——春濤艷體詩風的形成/47
　　三、"兩家以外推妍妙，一種森髯艷體詞"
　　　　——春濤艷體詩之特色/50
　第三節　韓偓香奩詩與春濤艷體詩創作旨趣比較/55
　　一、有關韓偓香奩詩的解讀/55
　　二、春濤艷體詩的創作旨趣/57

第四章　森春濤的王士禛詩受容研究/60
　第一節　春濤與王士禛的"神韻說"/61
　　一、王漁洋詩與明治漢詩壇/61
　　二、春濤《秋柳》次韻詩及其他/63
　第二節　春濤與王士禛的悼亡詩/69
　　一、春濤的悼亡詩/69
　　二、王士禛悼亡詩之於春濤的影響/75

第五章　森春濤與陳文述/80
　第一節　《補春天傳奇》與陳文述/81
　　一、槐南的《補春天傳奇》/81
　　二、陳文述詩在日本的受容/83

第二節　春濤艷體詩與陳文述香奩詩/89
　　　一、《陳碧城絕句》的編選/89
　　　二、陳文述詩對春濤的影響/95

第六章　森春濤與《新文詩》系列/99
　　第一節　森春濤上京的背景與動機/100
　　　一、江戶末期絕句選的盛行/100
　　　二、舉家東遷的動機/101
　　第二節　森春濤上京前後的文學活動及心理/103
　　　一、上京前的詩作/103
　　　二、《東京才人絕句》與《新文詩》系列的編選/105
　　第三節　《新文詩》系列的內容與編選動機/109
　　　一、《新文詩》的命名/109
　　　二、從春濤詩看《新文詩》系列的內容/111
　　　三、春濤文學活動的動機/124

結　語/127

附錄一　韓偓字辨正/129

附錄二　韓偓生平事迹再考/136
　　　一、及第前事迹考/136
　　　二、江南之行時間考/138
　　　三、北上鄜州、并州時間考/141
　　　四、入閩後事迹考/145

附錄三　九種《香奩集》目錄對照表/149

附錄四　森春濤年譜/160

參考文獻/185

後　記/191

圖目錄

圖1-1　上海涵芬樓書館影印《四部叢刊書錄》書影/5

圖1-2　上海涵芬樓影印《玉山樵人集》書影/6

圖1-3　《百部叢書集成》影印《全五代詩》本《香奩集》書影/7

圖1-4　明末毛晉汲古閣刻本《香奩集》封面/8

圖1-5　明末毛晉汲古閣刻本《香奩集》書影/9

圖1-6　上海涵芬樓影印《五唐人詩集》本《香奩集》書影/9

圖1-7　康熙四十七年（1708）序刊本《唐詩百名家全集》書影/11

圖1-8　《中晚唐五家集》本《重刊宋槧唐韓內翰先生香奩集》書影/13

圖1-9　《叢書集成續編》影印《關中叢書》本《香奩集》書影/15

圖2-1　萬笈堂刊本《韓內翰香奩集》書影/23

圖2-2　萬笈堂刊《韓內翰香奩集》卷末《新鐫發行詩集類略目》/23

圖2-3　藏萬笈堂刊《韓內翰香奩集》扉頁/24

圖2-4　江戶須原屋伊八、山田屋佐助合刻《韓內翰香奩集》書影/25

圖2-5　明治和泉屋吉兵衛、須原屋伊八合印《韓內翰香奩集》書影/26

圖2-6　江戶鈔本《韓內翰香奩集》書影/27

圖2-7　鈔本《韓內翰香奩集》書影/28

圖 2-8　江戶寫本《香奩集》書影/28

圖 3-1　明治四十五年（1912）東京文會堂刊《春濤詩鈔》書影/46

圖 3-2　明治十四年（1881）三李堂刻《春濤詩鈔甲籤》書影/47

圖 3-3　有鄰舍（原萬松亭）遺址（愛知縣一宮市南屋敷）/48

圖 3-4　鷲津有鄰舍之碑（愛知縣一宮市南屋敷）/49

圖 4-1　森春濤詩碑《風雨踰函嶺》（愛知縣一宮市和光一丁目）/60

圖 4-2　明治四十五年（1912）東京文會堂刊《春濤詩鈔》卷七《秋柳四首用王漁洋韻》書影/65

圖 4-3　明治十四年（1881）三李堂刻《春濤詩鈔甲籤》書影/70

圖 5-1　明治十三年（1880）刊《補春天傳奇》書影/81

圖 5-2　明治十三年（1880）刊《補春天傍譯》書影/83

圖 5-3　文久元年（1861）刊《陳碧城絕句》書影/91

圖 5-4　明治十一年（1878）刊《清三家絕句》之《陳碧城絕句》書影/94

圖 5-5　明治十二年（1879）刻《頤道堂詩鈔》書影/94

圖 6-1　明治八年（1875）刊《東京才人絕句》書影/107

圖 6-2　明治十年（1877）刊《舊雨詩鈔》書影/107

圖 6-3　《新文詩》第一集書影/108

圖 6-4　《新文詩·別集》書影/108

圖 6-5　《新新文詩》書影/109

陳文佳君「森春濤論」之創見（代序）[①]

加藤國安

曾經由我指導的博士研究生陳文佳君（現執教於上海華東師範大學）的學術專著即將刊行。陳君六年前作爲中國政府公派留學生負笈日本，就學於名古屋大學研究生院文學研究科博士課程，潛心從事愛知縣一宮市出身的明治詩壇大家森春濤的研究，並獲得了博士（文學）學位。陳君的研究方法，是在遍訪收藏相關資料的圖書機構，徹底調查版本信息的基礎上，對文獻進行細緻的解讀，並細心查考問題之所在。經過如此反復調查考證，方才扎實地撰寫成學術論文。在此期間，陳君三次出席日本中國學會年度大會（九州大學、大谷大學、奈良女子大學），且在台灣舉辦的國際和漢比較文學會以及在韓國國立木浦大學舉辦的研究報告會上作了學術報告，收穫了豐碩的成果。陳君在學術活動上展現出的活力，一直讓我十分感佩。此後，陳君針對博士論文審查時被提出的疑問之處，態度誠懇地着手修訂。此次能夠整理成這一部書，正是他平日裏所踏下的堅實脚步的證明。

如同本書標題所揭示的，這是一部以主宰明治初期漢詩壇的詩人森春濤的漢詩爲研究對象，對其別具特色、被稱爲"香奩體"的艷體詩在日本的接受過程，以及因春濤的倡導而流行於世的清人詩與日本文壇間的關聯性研究爲主題的專著。

春濤在文學上汲取的主要資源，包括晚唐韓偓所著的《香奩集》、清人王士禎（漁洋）及陳文述（碧城）等人。這之間的關聯性，到目前爲止，認真地從版本學的視角及作品論出發的研究成果十分有限。例如近幾年，有揖斐高《江戶詩歌論》一書中《明治漢詩的出發——森春濤試論》（汲古

[①] 本文作者係名古屋大學名譽教授、二松學舍大學特命教授。本文原爲日文，由本書作者譯爲中文。

書院，1998)、福井辰彥的《森槐南與陳碧城——槐南青少年時期的清詩受容論》(《国語国文》2003 第 72 卷第 8 號)、入谷仙介、揖斐高合注《春濤詩鈔》(《漢詩文集》，2004)、日野俊彥的《森春濤的基礎研究》(汲古書院，2013)、合山林太郎的《幕末明治時期日本漢詩文研究》(和泉書院，2014) 等論文與專著問世。揖斐先生是學界之重鎭，陳君在吸收揖斐以及同時代的學者們的新成果的同時，靈活地運用從外部來理解日本的視角，深入地挖掘研究。

春濤所主持的漢詩結社稱作茉莉吟社。該社雲集了當時具有代表性的漢詩人們。並且藉由自家社刊《新文詩》，將艷體詩的詩風推嚮了引領時代先端的位置，並風靡一世。陳君將研究的焦點聚集在春濤的艷體詩上，對其源流所本的韓偓香奩詩，以及清人王士禎（漁洋）、陳文述等人的詩作均有論及。對於春濤艷體詩的形成及其特色，力求從多樣的視角出發加以闡明。下文將逐章來談。

第一章專論韓偓《香奩集》的版本情况。迄今爲止，關於此一方面的研究，已有施蟄存、鄧小軍等學者的成果存世。不過，究竟使用哪一種版本比較妥當，施蟄存甚至曾發出過"未嘗見善本"(《讀韓偓詞札記》，載《中華文史論叢》1979 年第 2 期) 的喟嘆。陳君於是從正面着手探討這一問題。首先，關於《韓偓集》的版本情况如何見諸記錄，作者溯源而上，查閱了《新唐書‧藝文志》以及宋人的書目著錄。就調查結果而言，作者注意到《新唐書》及晁公武的《郡齋讀書志》、鄭樵的《通志‧藝文略》等書，記載《香奩集》均爲一卷，惟有陳振孫的《直齋書錄解題》記載《香奩集》爲二卷。從卷數的記錄有異這一細微之處——就後世日本漢詩壇所流行的艷體詩的起源問題來看，絕不能夠說這是一個小問題——出發，以此作爲本書的開篇第一章。此外，作者考慮到卷數的差别，是否意味著存在其他版本的可能性，以此爲着眼點深入探討。這就可以看出作者努力地嘗試打破施蟄存所主張的《香奩集》版本論的閉塞之感，試圖開拓出新的可能性；然而這並不是一件容易辦到的事。在對版本資料進行認真而反復地調查的同時，能夠據此得出有力的推論，則洞察力必不可少。作者極有毅力地踐行調查工作，讓我從一個側面感受到他在學術研究上的態度。

於是作者展開了對清人著録的調查工作，並且注意到瞿鏞所著《鐵琴銅劍樓藏書目録》一書中"翰林集一卷、香奩集一卷"的條目下，有"從宋刻本影寫"以及"《香奩集》後有《無題》詩四首、《浣溪紗》詞二首、《黄蜀葵賦》、《紅芭蕉賦》二首"的記録。也就是説，《香奩集》曾經有"從宋刻本影寫"的本子存世。不過，據作者考察，這是迄今爲止關於影宋本《香奩集》的惟一記録。令人遺憾的是，究竟宋刻本的面貌如何，又是經由誰手影寫而來，則全無記載留存。作者試圖尋訪收藏有瞿鏞子孫所捐贈的瞿氏藏書的北京圖書館（今國家圖書館）、上海圖書館、常熟圖書館等機構，然而上述諸館的善本書目以及《中國古籍善本書目》中均無舊鈔本"《韓林集》一卷、《香奩集》一卷"的著録。目前此本存於何處已不可考。

　　於是作者將注意的焦點放在中國國家圖書館所藏的清人陳揆校清鈔本《香奩集》上。該書的排序，始自《幽窗》一詩，以《黄蜀葵賦》《紅芭蕉賦》終卷。這與《鐵琴銅劍樓藏書目録》的著録一致。作者以爲，瞿鏞與陳揆皆爲常熟人，且都活躍於嘉慶、道光年間，兩人作爲頗有時名的藏書家，不無互相交流的可能性。並且大膽地推測兩種版本之間或者有所關聯，甚或竟是同一個本子。這種假説實在深有意趣。作者更在此假説的基礎上鋭意探索，推測如果尚有傳至日本的珍貴版本存世的話，或者可以據此予以説明。

　　東亞地區曾經共同擁有着廣域漢文文化的豐沛水脈。而從這水脈中涌出的老泉中，發現出令人意想不到的契合這嶄新的時代氛圍的風味，也出現了恰好能夠風靡一世的事物。超越了時空而傳播至日本的一部漢籍，正因爲處於完全不同的環境之下，反而得以孕育出全新的生命——這正是《香奩集》。

　　回憶起數年前在名古屋大學執教的時候，陳君面對他的研究對象，這有如日本版"Chinoiserie"①的《香奩集》時，抱持着強烈的好奇心，爲廓清其本來面貌而熱衷於研究的身影讓我記憶猶新。我在近處關注着他的同時，也期待着他有朝一日能夠在這一領域開拓出新的境地。

---

① 譯者注：Chinoiserie，法語，意爲具有中國藝術風格的事物。

陳君先從整理現存《香奩集》的諸版本着手，整理對象除閭簡弼所列舉的六種《香奩集》之外，還有包括日本江戶刊本在內的三種版本（《全唐詩》本，王遐春、王學貞父子《重刊宋本香奩集》，江戶萬笈堂刊本），共計九種本子。作者就以上各種版本，留意宋代舊鈔本的相關記錄，且在對傳入日本的本子進行考察的同時，對其特色進行了比較研究。

　　就結論而言，三卷本的《唐詩百名家全集》本、王氏父子刊本、吳汝綸評注本、江戶萬笈堂刊本，以及一卷本的《全唐詩》本，因爲既是編年體，篇目與排列順序也基本一致，作者推測它們可能曾經擁有同一祖本。不過，這一祖本究竟是"宋本"（王遐春語），抑或是"元人鈔本"（錢曾《讀書敏求記》"香奩集"條目下所載），尚不分明。而與前述《鐵琴銅劍樓藏書目錄》一書中的記錄相一致的明末汲古閣刻一卷本之間，如有承繼關係，則還有另一種宋本存在的可能性。此外，《玉山樵人集》附本、《唐音統籤》本這兩種本子（餘下的《全五代詩》本，係以《唐音統籤》爲底本），雖然都是分體本，然其篇目與排序皆不相同。此係後人加以改編而致，其祖本之面貌已難以探知。如此堅實的考證，已成爲了代表作者整體研究特色的主旋律。

　　第二章繼續以版本學的方法，對《香奩集》在日本的流布與影響的問題展開了論述。作者對於日本藏本所做的調查，是以包括國立公文書館藏本在內的散藏於日本各地的版本爲考察對象，做出詳盡的版本情況報告。

　　那麼，促成後來的江馬細香、森春濤等人活躍於詩壇的契機——江戶萬笈堂刊本《香奩集》是如何誕生的呢？日本現存最早的刊本《香奩集》，係由館柳灣與卷大任同校的本子。作者根據此本卷末卷大任的跋文以及《享保以後江戶出版書目》的記載，推定此書刊刻年月在文化八年（1811）三月以後，又尋訪日本各地的圖書館（東京大學圖書館、國立公文書館、關西大學圖書館）進行實地調查，並在此基礎上進行了實證性的研究，確認了《享保以後江戶出版書目》中所記載的"二十四丁"這一數字，與關西大學藏本相吻合。

　　作者進而尋訪萬笈堂刊本的收藏機構，並赴韓國國立中央圖書館進行調查。此行的契機，大約因作者蒙南京大學張伯偉先生指點，了解到過去朝鮮人作集句詩時，偶有集韓偓詩句的事例。張先生是域外漢籍研究的大家之一。而個體的學術文化超越了"國境"，聯結爲一個整體時，個體的普遍性就會浮現出來。古時，對於漢文而言，並沒有"國境"。"有朋自遠方來"，無論多遠的遠方都可以；"溫故而知新"也是如此，沒有明確的界限劃分過去與現在。從事研究工作的我們，超越某一特殊地域的時空，用更爲宏大的視野，致力於學術研究，這使我們能夠更加清晰地看清楚我們所研究的對象。

每當遇上這樣的情形，就好像變成了飛越蒼穹的天鵝，或是渡海而行的鯨魚那樣，讓我感受到真理的無限性。事實上，對於鳥與魚來說，並沒有"國境"的概念。近代以來，人類以因自身的需求而形成的主觀世界來區分出的"知識"的觸手，並不能捕捉到其複雜文化的深層內容。如果說現代人的學問，以遠不及自由生態狀況中的鳥獸蟲魚的想象力爲根據的話，那麼其價值也就不過爾爾。漢文原本是囊括了天人的全部內涵，並對其進行整合而體系化了的學問。它是近代所不可企及的，體現了高度的綜合性。

不過，所謂"近代"這種思考方式，首先要進行分類，並決定上下之結構。對每一個個體而言，都賦予了極大的意義。並未考慮到整體之中的關聯性，對於細分化的個體給予了過分的關注。譬如說，先有"國家"的概念，然後才有這一國的文化，形成一種重量結構，而最終的次元則落在"國民文化"這一內向性的細微的議論之上。以生物分類學而言則是屬、科、目這種類似上下結構的體系。不過，因爲生物學同時也是因系統而異的體系學，僅憑片面的理解還是不能夠看清事物的全貌。

"漢文"的前近代的時代性，確實是應當自我超越的課題。而從整合力這一層面來看，與過去的"漢文"相比，近代文化的現狀是明顯地欠缺整合性。因此也就不能夠控制全局層面的自我的狀態以及方向，有着既不能操控也無法停止的缺陷性的構造。以"漢文"爲基礎的時代的人們，比起今日而言更爲寬容與高尚的理由恰在於此。

在近代的"國境"之前茫然伫立的"漢文"，至少是已經發揮不出"漢文"原本所具備的潛在力量了。爲近代的色彩所浸染的"漢文"，也難以完全捕捉到曾經的"漢文"世界的實態。然而，世人們似乎並不只是爲此而感嘆。近來的年輕的研究者中，對於這一部分能夠感性地捕捉到的當也不乏其人吧。要打開今日人類所面臨的閉塞的局面，也爲了開拓更爲美好的未來，對原本"漢文力"中綜合能力的尋求就顯得十分重要。

且先放下我這老人的獨語，言歸正傳。陳君通過實際比對韓國藏本與關西大學的藏本，發現兩本雖然幾乎相同，不過扉頁上書名的字體却有異，且前者卷末未收萬笈堂發行書目的廣告——"略目"而後者有附，因此推測萬笈堂刊本至少存在兩種。

對於日本《香奩集》諸版本的考察，作者先是追溯了截至明治時期爲止包括覆刻本在内的各種版本的面貌。而在這一連的對日本藏本的調查過程中，作者的一大成果就是對東洋文庫所藏《香奩集》所做的調查報告。此書是江户時期的鈔本，作者將其與花園大學所藏卷大任的數卷遺墨相互比對的結果，發現此本有極大的可能是卷大任本人親筆的鈔本。不僅如此，作者還對國立公文書館所藏林大學頭舊藏的《香奩集》進行了調查，確認此本係明代汲古閣本的鈔本。以上這些，可見作者對於流布於日本的《香奩集》的版本，寄予了極大的關注。

在綜合了對日本國内所藏的九種版本《香奩集》的仔細比對與分析的結果之後，作者最爲注目之處，是日本現存最早的刊本《香奩集》，也即江户萬笈堂刊三卷本《韓内翰香奩集》（館柳灣、卷大任同校）的來歷及版本的譜系。如同前文所述，三卷本有《唐詩百名家全集》本、王氏父子本、吴汝綸評注本等。而從此書的分卷、所收詩目、排列順序等情況來看，同《唐詩百名家全集》本及王氏父子本大致相同。不過，此書並無王氏父子本卷首所收《自序》及卷尾所收《香奩集附録》，毋寧説與清人席啟寓所編《唐詩百名家全集》本面貌更爲相近。此外，《商船舶來書目》（國立國會圖書館藏）及《寅拾番船持渡書改目録寫》（松浦史料博物館藏）中均有《唐詩百名家全集》的舶來記録，而江户時期並未見到有關王氏父子本（《中晚唐五家集》）的記録。再者，《韓内翰香奩集》的題名僅見於萬笈堂本與《唐詩百名家全集》本。考諸上述種種情況，可以得出此書係從《唐詩百名家全集》本《香奩集》抄録而來的推論。館、卷二人雅好中晚唐人詩，多將此類詩集刊刻行世。大約二人因入手此書爲契機，將其重新校訂刊行。

而正因爲兩人對於韓偓的《香奩集》有着深刻的理解，得以爲幕末至明治時期的漢詩人——江馬細香、森春濤、丹雨花南、中野逍遥——之間艷體詩的流行做出了準備。作者充分地利用了日本漢籍版本學研究的成果，考證内容條理清晰，其結論就現有的史料而言可謂十分妥當。

通過如此專注而又精力充沛地實地調查工作的累積，且以蒐集與分析的文獻爲基礎，作者將《香奩集》的版本學譜系及流布狀況更爲鮮明地展現了出來。作爲具體地展示出橫跨日中韓三國的東亞漢文學文化圈之間紐帶關係的事例，值得給予肯定。我期待着今後在此類事例不斷蓄積的過程中，學術交流與相互理解都能夠更往前推進一層。

本書第三章，對韓偓與森春濤的艷體詩進行了比較考察。作者先是對韓偓"香奩體"的特色，也即有關女性描寫的部分作了概括性陳述。在中國詩史上，過去曾有同類别的詩歌譬如梁陳時代的"宫體詩"，但兩相比較之下，香奩體具有更爲濃烈的感傷色彩。這與晚唐的時代氛圍（藩鎮與宦官擅權、朋黨對立、農民起義等等），以及韓偓自身的傷時不遇之感深有關聯。如此，韓偓筆下對女性的描寫，可以總結爲"鮮艷、静謐與清冷"三點獨有的審美意識。不過，此類作品爲正統的士大夫所不喜，甚而因此出現了僞作之說。另一方面，爲數不少的詩人效仿其"香奩體"進行詩歌創作也是事實。

那麽，日本國内對於"香奩體"的接受情況究竟如何？作者關注的地方從這裏開始。日本最早的"香奩體"派詩人，是江户後期的女詩人江馬細香（1787—1861）。其詩集《湘夢遺稿》中，"香奩体"風的作品頗多。進入明治時期以後，森春濤、丹羽花南、中野逍遥、上夢香、本田種竹等人皆受到"香奩體"的影響，而其中曾風靡一世的當屬森春濤。

此前，有關春濤的文論，雖有揖斐高、日野俊彦、合山林太郎等學者的先行論文行世，研究視角皆是從日本文學的漢詩論出發。與此相對，陳君的研究反映了中國古典詩學研究的方法，文體與着眼點也都遵循着中國古典詩的論調。研究的内容，雖然是日本人所創作的漢詩，考察本身却脱離了日本式的思維（同樣的，上述三位學者可以説是脱離了中國式的思維）。這讓我感覺到如同遠離了特定國家獨有的封閉式的文脉，同時也脱離了"近代"的和風從心頭吹過。能夠與有如"冠者五六人,童子六七人"那樣擔當未來的人們呼吸同樣的空氣,真有一種"風乎舞雩"般的喜悅。

對詩的分析方面,作者對韓偓與春濤的兩種香奩體詩進行了細緻的解讀。就結論而言,作者證實了揖斐高先生早前的論文中所提出的觀點:對於女性的容貌、姿態、感情及心理描寫雖是二者間的共通之處,而韓偓詩中並無對女性文學才能的關注及對女性人格的尊重,但這恰恰是春濤詩最大的特色。不過,在前人學說的基礎上,作者更援引了具體作品(《九月某日娶國島氏爲繼室》)爲例,指出春濤與第三位妻子國島氏結婚的原因,並非因爲其容貌,而是基於對國島氏詩才與人格的高度贊賞。如此極具說服力的考察,可以說是本書的一大特色。

此外,春濤一派的詩人中,承認二人文風之不同者亦不乏其人。關於這一點,作者具體地舉出蓉塘漁人(橋本寧)的《題春翁近稿》一詩,釋讀詩中"美人香草離騷意,今日非公會者誰"兩句的句意,論及時人甚至將春濤詩與屈原《離騷》作比這一點上,儘管應當承認本章整體上受惠於先行研究,很多方面受到其引導,不過仍然能夠感受到作者在此基礎上具體展開論述的積極的態度。

第四章旨在廓清春濤所受王士禛(漁洋)影響的情形。作者的主張可以約略地概括为:王漁洋與春濤皆曾相繼三度喪妻的特殊經歷之間深有關聯,而春濤的悼亡詩在吸收漁洋悼亡詩的基礎上,融合艷體詩風,開創出獨特而嶄新的境界。

作者首先援引王士禛的名作《秋柳四首》,並檢出春濤所和的《秋柳四首,用王漁洋韻》及《疊韻》四首,在比較兩作之後,證實二者的情趣相異。然而仔細考察可以發現,雖然情趣確實有別,不過春濤的和詩糅合了王漁洋的神韻詩與韓偓的香奩體詩風,二者渾然成爲一體。至於其背景,作者強調春濤因妻子服部氏的病故而深爲哀痛這一點,並指出"傷""弔"二字正是象徵着全詩的"詩眼"所在。

接着作者又舉春濤《整理近稿,偶得二絕》爲例,對揖斐先生於詩意言猶未及之處進行了補充說明,特別是對第二首第一、二兩句予以注目,以爲此二句即是蹈襲《隨園詩話》中的詩論,亦是春濤以王漁洋爲"吾師"

的宣言。此外,作者還述及岩溪裳川曾經評論春濤十五歲時所作的《岐阜雜詩》等作品具有神韵詩的風格,作者對作品進行實際分析後確認其與神韵詩的詩風相近。在此基礎上,作者針對揖斐氏關於春濤接受王士禛的影響在其四十歲前後的論斷,指出其仍有再往前追溯的可能性。這也是證明了作者推動研究前進的又一事例。

有關悼亡詩的見解,應該是陳君的論著之中,最爲重要的成果。漁洋也好,春濤也好,都曾有過三度喪妻的特殊經歷。二人都曾以悲悼妻子亡故的"悼亡詩"這一傳統的形式進行了詩歌創作。作者對二人的悼亡詩進行了細緻的比較與考察。雖然早前已有關於春濤"悼亡詩"的先行研究論文面世,但正因爲春濤是一位文學内涵如此豐富,而又極具文學品味的詩人,對其在具體細節上的分析仍有不足之處。而能夠在這一方面引起巨大反響的,我以爲正是本書。

值得注意的是,揖斐先生解作"被抛棄的女子的愁與恨"的《無題》一詩,作者從其創作時期以及"海棠枝上畫眉啼"句中的"畫眉"一詞分析,指出"此詩亦是爲悼念亡妻服部氏而作"。而《夜涼聞笛》一首,作者也以爲是春濤爲第三任妻子國島氏所作的悼亡詩。此外,作者又聯繫爲數不少的春濤詩,展開其新説:這些被歸類爲艷體詩或是神仙詩的作品,實則是爲村瀬氏或國島氏所作的悼亡詩。詩中吟詠對象的確定使詩意得以更爲鮮明地被闡釋。這一點或許也是本書的成果之一。不過,詩本身只要並不特定其描寫對象,讀者可以根據自身的想法自由地進行解讀;而詩歌的表現同事實間的相互關係可以解讀到哪一步,仍有困難之處。因此,先行研究必定有誤這一理由並不能成立。文學表現與對象的關係是自古以來就議論不絕的問題,只要没有絶對的根據,陳君的解讀可以視作文學論的一種予以接受。

而作者的春濤論也相當程度地受到日野俊彦氏的影響。不過,作者在具體地列舉出日野氏不曾言及的例證的基礎上,試圖進行更具説服力的考察。例如作者針對春濤在以"結婚"爲題材的詩中十分重視女性的人格與才能這一提法時,相應列舉出《村瀬氏過期不嫁、聞其意欲得書生如余者、即聘爲継室》一詩,具體地予以論證。結合一個一個的例證,研究上獲得了一次整體的推進。

從作者關於春濤艷體詩的實質即是悼亡詩的這一觀點出發,他重視王漁洋的悼亡詩是理所當然的。也就是說,春濤艷體詩巧妙地融合了韓偓的香奩體與王漁洋的神韵說,在此基礎上構築起明治人的個性。正因爲如此,春濤方能夠成爲時代的旗手。此章在沿着既有的春濤詩論的框架的同時,具有更爲綿密的考證的性格,針對明治漢詩壇,爲世間帶來了的全新的、理性的刺激。

第五章以春濤編選的《陳碧城絕句》及他刊刻的《廿四家選清廿四家詩》兩書所收的陳碧城詩爲對象,考察了春濤嗜好碧城詩的理由。此外,作者還將焦點放在春濤之子槐南所著的、以陳碧城哀悼才女馮小青的逸事敷衍開來的《補春天傳奇》一書上,對此書進行了分析。作者指出此書受到春濤的影響,而春濤更是爲碧城溫柔的人格所傾倒,不但次韵碧城的香奩詩,還將碧城的詩語導入自己的詩中。作者進而考察了春濤購得碧城所著《頤道堂外集》的時期,指出春濤很早就對碧城詩寄予關注。種種考察均建立在對日本各家機構所藏漢籍的調查工作之上,是極具陳文佳君個人特色的,發揮出他在版本學領域的深厚積累的功力。

日本近年(關於此一方面)的專論,有福井辰彥氏所著《森槐南與陳碧城》(《国語国文》,2003)。此外,合山林太郎的著作中,亦可見散論言及。陳君此章所論,或許有受二位學者論述的啓發之處,而通讀全文,隨處可見作者之新說。這種國際間的交流,激發出研究上不斷開拓的面貌。

而森槐南的《補春天傳奇》,是以陳碧城哀憐薄命才女馮小青,爲其在杭州西子湖畔營修墓道並作詩憑弔的史實爲根據而改編成的四齣本劇作。全劇的梗概是:碧城作《小青曲》並呼唤其名,聽到碧城呼唤的馮小青幽魂離體,在夢中與陳碧城相會。近年有關《補春天傳奇》的研究,透過陳君的論文將視野拓展至海外的話,事實上,中國方面的研究要早於福井、合山二位(惟 1938 年澤田瑞穗的論文除外):王人恩的論文發表於 1996 年,張伯偉的論文發表於 1997 年。而從福井等二位學者的論文中並未言及王人恩等人的研究情況可知,在我們所不知道的地方,森槐南的《補春天傳奇》已經成爲話題。它是超越了國界的,被寄予關注的對象。可以說,這正是表明異文化的影響起到了動搖現狀的催化作用，有時還能成爲產生創造力的活性因子的絕佳例證。

在關於陳碧城的概論之後，作者又進而論述碧城的作品在明治時期的日本深受歡迎這一情形。換言之，作者注意到在這一時期，森家不斷地刊刻與清人詩文相關的書籍。例如明治十年（1877）的《清三家絕句》，明治十一年（1878）的《補春天傳奇》《廿四家選清廿四家詩》等。這些書籍中，均收有與陳碧城相關的作品。森氏父子熱衷於碧城的原因究竟何在？作者注意到與其根本相聯繫的，正是福井氏論文中所指出的，《補春天傳奇》中"那陳君真是箇情種"（第三齣）、"自古到今天上人間未曾見的情種了"（第四齣）等内容。

不過，從這裏開始，作者顯現出其獨特的展開。關於"情種"（情深之人）一詞，福井氏雖已指出其與《聊齋誌異》間的關聯，作者却指出槐南愛讀《紅樓夢》一書，並作漢詩《題紅樓夢後》，其中有"天荒地老奈情種"之語，而《紅樓夢》第五回曲詞中亦有"開闢鴻蒙、誰爲情種"的句子；此外，《補春天傳奇》第一齣中的"蘭因館重補離恨天"，與《紅樓夢》第一回中"無才可去補蒼天"之語有所關聯。作者以上述内容爲根據，提出"情種"一詞受到《紅樓夢》的影響這一有價值的新説。接下來，作者的論述勢如破竹。

首先是春濤《詩魔自詠》詩裏"情天教主是詩魔"一句中的"情天教主"（對女性抱有強烈關注的人）一語，作者以爲是受到其子槐南《補春天傳奇》中"情種"一詞的啓發而來。父親受到兒子的啓發，這種説法本身就頗爲有趣。陳君進一步展開其論述，指出槐南愛讀碧城，實際上也是受到父親的影響。具體來説，作者指出明治五年（1872）槐南所作《讀陳雲伯〈頤道堂集〉》詩的《題記》中云，"有書肆以此集求售，家君將購之，竟爲其所得。家君乃携《外集》十卷歸，余初學詩，頗愛誦之"（福井氏論文雖有詳細論述，結合春濤展開議論則是陳君之創見）。由此事實可知，此時春濤已對碧城有所關注。而其子的《補春天傳奇》，緣於春濤購得的《頤道堂集》中所收的《頤道堂詩選》，槐南偶然讀到《頤道堂詩選》内與馮小青逸事相關的詩作，這才創作出《補春天傳奇》一書。而乃父春濤讀過其作後受其感染,自稱爲"情天教主"。能夠體察到父子間如此深刻聯結的作者,視綫如此柔和,恰給人以"情種"之感。

接下來,則是對春濤《清三家絶句》(1877)中《陳碧城絶句》一書編纂過程的報告。實際上,日本對碧城的接受最初並不始於春濤。文久元年(1861),櫻井成憲編選的《陳碧城絶句》刊刻行世,不過此書未收香奩体詩作。究其原因,碧城的香奩体詩(陳君介紹了兩首意境優美的表現女性趣味及哀憐才女薄命的題咏、題畫詩,且指出類似的作品不勝枚舉)飽受世人的批評,因而收錄此類作品的《碧城仙館詩鈔》爲《頤道堂詩選》排除在外,而櫻井正以《頤道堂詩選》爲底本。另一方面,碧城終究不忍捨棄《碧城仙館詩鈔》,另行刊刻《頤道堂詩外集》以作保留。春濤的《陳碧城絶句》即以此爲底本。因此,碧城香奩體詩風最早的發現者,當屬森春濤其人。

作者這樣的研究,應該說基於他對日本所存的《陳碧城絶句》有着全面而深刻的掌握。我以爲,正是因爲對書籍懷有一種特別的情感並加以認真對待,這才顯現出作者靈活的調查能力。哪怕是漫然地翻閱文獻而不能注意到的地方,作者却以高度集中的注意力掌控全局,並巧妙地加以整理。比如將《陳碧城絶句》所收的作品與《頤道堂詩外集》逐卷進行比對,從而發現所收作品數目上的不均衡,即是其中一例。

在這裏,作者對《頤道堂詩外集》卷一及卷六至卷九所收香奩体詩最多,而春濤却一首也未采録進《碧城絶句》一事發出了疑問。作者解開謎題的方法也着實有趣。他注意到春濤自家詩社所刊行的《發行書目》,其中提到了《陳碧城香奩詩》三册,且刊行年份也同在明治十一年(1878),作者由此推測這部《陳碧城香奩詩》是否即由《頤道堂詩外集》卷一及卷六至卷九所收的香奩体詩單獨結集而來。這樣的考論,再次顯現出作者鋭敏的學術觸角。

而對國立國會圖書館藏市村水香編四卷本《頤道堂詩鈔》所做調查的結果顯示,此書卷一選録自三十卷的《頤道堂詩選》,而卷二以下則全從十卷本的《頤道堂詩外集》選録而來。作者認爲這是當時香奩体詩頗受讀者歡迎的風潮的體現。

接着，作者述及合山林太郎氏的論文，對碧城及春濤的艷体詩中與"情禪""美人禪"等相關聯的一系列詩作，闡述了他獨到的見解。關於碧城《題顧子雨夢遊舊館圖》詩第二首的詩意，合山氏以爲是思念"亡友"之詩，作者以爲"不確"。從詩中有關女性的表述可以看出，作者吟咏的對象爲女性，因此解作顧子雨的"戀人或故交"。此外，春濤《墨水遣興》詩中"白華香火證情禪"一句，作者對於合山氏所謂"戀愛之道的最高境界"一説抱有疑問，提出了意在"追悼亡人、以情入禪"的新説。其根據在於，春濤的三位妻子先後亡故，此詩可以視爲他悼念亡妻的表現。從這裏也可以看出作者極力推出以悼亡詩爲背景的文學論。

最後，作者指出春濤開始接觸到碧城的詩文並受到其香奩體的影響，事實上有可能在明治五年（1872）購得《頤道堂外集》以前。其理由在於，文久三年（1864）春濤作有《美人二圖》詩，其一有"傷心讀到牡丹亭"的表述，這與陳碧城所作《小青曲》中"斷腸一卷牡丹亭"，以及碧城所編《蘭因集》中所收馮小青"焚餘草"中"挑鐙閒看牡丹亭…不獨傷心是小青"的詩句頗相類似。因而作者以爲二者之間應當是有所關聯的。

上述第五章建立在作者堅實的分析能力與深刻的觀察能力之上，我以爲即便放在全書中來看也可謂力作。

第六章討論的是春濤捨棄名古屋的安定生活而上京，其後設立茉莉吟社，並獨自創辦漢詩文雜志《新文詩》。有關雜志的內容以及出版事業等情況，迄今爲止，日本人所撰寫的有關《新文詩》的論文，多以某一特定事項爲對象，展開斷片式的論述。其全貌則幾乎從未被提及。陳君的論文大大打破了這一局限，無論如何這一點都極具魅力，大約因爲外國人的視角是比較宏觀的。而日本人的研究，比如揖斐高先生的《森春濤小論》（《漢詩文集》，2004），暫且不論原本是作爲基本文獻而記述的《解題》，就學術論文的體裁而言，常避免對細節也作出概述。不過，作者若是外國人的話，如果不對包含這些在內的全貌進行細緻的說明，就無法完整地傳達給日本的讀者。要想讓不同文化背景的人能夠很好地理解對方，即便是普通事物，如果不對其整體情況進行概述，就很難會觸及細節。作者這樣的論述應當有身爲外國人的因素存在，這就與日本人大異其趣。而況，作者切實地深入研究内容,對其有很好的掌握,結構上也取得了整體與細節兩方面的平衡,這一點值得給予肯定。

在近代文學史上留下深刻足迹的《新文詩》,論及其全貌的文章,多有重複,幾乎没有令人耳目一新的内容。作者在此以日野俊彦氏《春濤與槐南——以〈新文詩〉的刊行爲例》等論文爲基礎,將《新文詩》所收漢詩分爲"交遊唱酬詩""時事詩及詠史詩""艷體詩",並具體地結合個别作品,進行了詳細的考察。而在閲讀其說明的過程中,對於春濤爲何能在明治漢詩壇建立起崇高的地位,作者爲使讀者能夠理解頗下了一番功夫。

概言之,進入人生晚年,春濤接受了自名古屋遽爾入京,新創文學結社的挑戰,也就並無餘裕對臺閣派采取像過去江湖派之間常見的那種的排斥性的態度。不僅常常創作與政界有關的"時事詩"或"詠史詩",更積極地與清廷駐日公使館員們進行交流並多有詩文往來,吸引了世人的關注,順應了時代的大潮而得以發展。黄遵憲曾致書三封與春濤,稱贊槐南的《補春天傳奇》,作者指出《新文詩》分三次刊登這些書信,作爲通覽《新文詩》之後獲取的信息,令人深感興趣。而春濤對於艷體詩的愛好依然繼續。世人的評論中也有大不以此爲然的意見存在;而春濤却不以爲意,甚至在《詩魔自詠》詩中自稱"詩魔、文妖"。作者在這裏,體察到春濤追求個性永無止息的自由精神的萌發。

更讓人深感興趣的是,《新文詩》銷路的擴大這一從出版媒介論出發的視角。作者提出了春濤的文學活動事實上由其經營的茉莉巷賣詩店所支撑這一嶄新的觀點。關於当時漢詩集的編輯、印刷及費用等等,前文所舉的日野氏的論述十分特别。他指出春濤自己編選的漢詩集中凡采用他人的作品時所收取的禮金,是一份重要的收入來源。(菊池五山的《五山堂詩話》中也有相似的内容——筆者補記)。陳君受此論點的啓發,詳細論述了春濤的茉莉巷賣詩店也是春濤的一大收入來源。而且,《新文詩》不僅將其子推向文壇,還爲槐南日後豐富的人脉的形成,起到了交流平臺的作用。

像這樣由着一個小小的發現,連鎖地催生出下一個新的發現,這樣的構造,之所以由肩負着下一個世代的青年學者在研究的最前沿創造出來,這一領域尚未被開發固然是其中一個原因。然而作者充滿活力的熱情對於該領域而言可謂是難得的佳音。

概覽全書可以感受到的是，日本漢詩文具有作爲古文的過去性的一面，更爲重要的，作爲對眼前日中之間交流的力作，陳君因爲其現在性而發現其意義並試圖加以理解。以漢詩文爲媒介，即便在西洋的新文明知識方面，日中之間也能夠等質地相互面對。這一點，雖然没有同作者本人確認，我却不禁這樣去思考。在此意義上，這一時期的日本漢詩文就能夠成爲鮮活的現代文學，這也意味着，順應了西洋化的"日本文學"中所欠缺的固有的地位被確立起來，我認爲作者在這一方面做出了他的貢獻。

以上這些，雖然不能盡述陳文佳君研究的内容，却闡述了在"和漢"這種異文化之間來回往復的交流過程中，以思考爲職責的我個人的一些感想。總體而言，陳君通過對漢字文化圈漢籍的調查工作，將我們學術境界的視野，拓展得更爲廣闊。對於一直以來不曾被充分挖掘的艷體詩那令人意外而又有深度的文學交流史，鼓足幹勁、深耕細作，收穫了最新的成果。正如成爲了新時代的先驅的春濤文學那樣，伴隨着令人振奮的鼓點，陳文佳君的第一部著作得以刊行，在此，我由衷地感到欣慰。

前言

江户後期至明治前期，是日本漢詩在創作上的巔峰時期。明治維新以後，官方重視西學，漢學於制度上等同於被廢止。然而就在此一時期，民間涌現出大量漢學私塾，講授中國經典，並提倡漢詩與漢文的創作，以與官學相抗衡。隨着西學的昌盛，日本漢詩文的創作不僅没有出現衰退的迹象，反而迎來了空前絶後的興盛期。這一現象，被明治時期的詩人及評論家大町桂月（1869—1925）稱爲"明治文壇之奇觀"。與私塾同時出現的，還有風氣更爲自由的詩社。江户末期，由漢詩人發起的詩社不勝枚舉。這其中，包括最早成立的由鱸松塘（1824—1898）發起的七曲吟社，以交游廣闊而聞名的成島柳北（1837—1884）發起的白鷗吟社，崇尚杜詩的岡本黄石（1812—1898）所發起的麴坊吟社，推崇蘇軾的向山黄村（1826—1897）發起的晚翠吟社，以及以宋詩爲宗的大沼枕山（1818—1891）的下谷吟社，和以唐詩爲宗且活躍於關西的小野湖山（1814—1910）的優遊吟社等，皆可謂擅一時之盛，而未分軒輊。此外，與上述諸家詩宗唐宋不同，以鼓吹清人詩而聞名於世則有森春濤（1819—1889）所發起的茉莉吟社。諸家詩社之間歷經交流與融合，真可謂"絢爛一時若最後盛開的花朵"。其中，以森春濤所倡導的清詩、特别是艷體詩，流行於明治初期的漢詩壇，可謂風靡一時。春濤推崇艷體詩特别是香奩體，並自成一家，凡開詩會必令美妓隨侍在側，而不畏世議。時人雖有"桃花會"之譏，仍視森氏爲當世之天才詩人。而春濤所主持的茉莉吟社，延引鷲津毅堂、巖谷一六等名動士林的漢詩人入社，酬唱往來不絶，世人遂有"春濤之天下"的評語。

然而，對於森春濤及其作品的研究至今尚未引起學界足夠的重視。對春濤生平事迹的研究方面，2013年初日本學者日野俊彦先生所著《森春濤之基礎研究》一書問世，援引文獻資料種類頗多，立論亦多有發前人未到之處。而對春濤作品的研究方面，由於先行研究較少，故而更具有研究價值。本書稿將逐一論及對森春濤艷體詩產生深刻影響的韓偓（約842—約923）之香奩詩、王士禛之悼亡詩及陳碧城之香奩詩，並圍繞春濤艷體詩的形成、文學特色及詩人的創作旨趣等問題進行討論。尤其是被後世稱作香奩體鼻祖的晚唐詩人韓偓，其生平事迹的研究，以及對其著作《香奩集》的解讀，仍然多有未盡人意之處。而要對春濤的艷體詩獲得更深刻的理解，則對韓偓及其《香奩集》的研究亦十分必要。

森春濤之於明治初期的漢詩壇，可謂承前啓後的重要人物。春濤身後，雖有森槐南等詩人繼承其衣鉢，從事漢詩創作，不過隨著西學漸昌，漢塾與詩社凋零，漢詩文創作終至難以爲繼，而漸趨衰落。日本漢學的傳統雖綿延至今，然而今日仍從事漢詩文創作的文人學者已相當罕見，比之明治時代，可謂人才凋敝。從此種意義上來説，森春濤既是明治文壇的漢詩巨擘，亦可謂日本漢詩輝煌時代的最後一人。春濤身上，浸潤着深厚的中國古典文學的素養，終其一生，不惟漢詩創作不輟，更將王士禛、郭麐、陳文述等清代詩家的作品介紹至日本，使得明治時期的漢詩人開始接觸並積極學習清人詩。另一方面，在詩歌創作上，春濤雅好香奩艷體，這就脱離了中國詩教溫柔敦厚的傳統。而春濤的漢詩可以風靡明治詩壇十數年之久，備受詩家推崇，恰可反映出當時日本漢詩人的詩歌審美傾嚮。處於近代轉型時期的日本，漢文學創作能夠在西學東漸的擠壓之下仍然保持旺盛的生命力，可以説很大程度上得益於春濤在詩社運作及詩文雜志編修上的堅持與努力。故此，稱春濤爲開明治漢詩壇風氣之先的第一人，殊不爲過。

因筆者學力多有不逮，書中謬誤之處，懇請方家斧正。

第一章 韓偓《香奩集》版本調查

現存唐人韓偓所著《香奩集》的版本大致可以分爲九種，即《玉山樵人集》附本（一卷）、《唐音統籤》本（二卷）、《全五代詩》本（一卷）、毛晉（1599—1659）汲古閣刻本（一卷）、《唐詩百名家全集》本（三卷）、《全唐詩》本（一卷）、麟後山房《中晚唐五家集》本（三卷）、吳汝綸（1840—1903）評注《韓翰林集》附本（三卷），以及館柳灣（1762—1844）、卷大任（1777—1843）同校，江戶萬笈堂刊本（三卷）。以上九種本子，分卷情況不一，形態各異。不過，同屬三卷本的《唐詩百名家全集》本、王氏麟後山房本、吳汝綸評注本與江戶萬笈堂刊本及一卷本的《全唐詩》本，皆爲編年本。所收韓偓詩雖稍有出入，排列順序却大致相同，或係承繼同一祖本而來。

三卷本《香奩集》包括《唐詩百名家全集》本、《中晚唐五家集》本及吳汝綸評注本均係清代以後的刊本。《唐詩百名家全集》本《香奩集》於康熙四十一年（1702）刊刻，王氏麟後山房本《香奩集》則刊刻於嘉慶十五年（1810），這兩種本子問世不久皆流傳至日本。而吳汝綸評注本的刊行則在吳氏故後的民國時代。從時間上來推算，卷大任與館柳灣是有可能接觸到《唐詩百名家全集》本抑或《中晚唐五家集》本，並將其抄錄出版的。而據目前蒐集到的各種資料及綫索可以推測，卷氏以《唐詩百名家全集》本《香奩集》爲底本進行抄錄並改訂出版的可能性極高。

第一節 有關《香奩集》的版本著錄

一、宋人著錄

施蟄存（1905—2003）先生論及韓偓集之版本，曾云"未嘗見善本"。並在比對韓偓集各版本之後，發出"均有異同，竟不能定其孰爲今古，誠憾事也"的慨嘆。① 事實上，迄今爲止研究韓偓集版本的論文尚不多見，而其中甚至並無專篇論及韓偓《香奩集》之版本狀況的文章。有關《香奩集》最早的著錄，見於《新唐書·藝文志》第五十："韓偓詩一卷，又香奩集一卷。"此外，晁公武（1105—1180）《郡齋讀書志》卷四亦著錄有"韓偓詩二卷，香奩集一卷"。鄭樵（1104—1162）《通志·藝文略》則作"韓偓詩一卷，又香奩集一卷"，與《新唐書》著錄一致。陳振孫（1179—1262）《直齋書錄解題》卷十九"詩集類上"條下則有"香奩集二卷，入内廷後詩一卷，别集三卷，唐翰林學士韓偓致光撰"一條記載。以上皆爲兩宋時代的書目著錄。其中《新唐書》的編修年代最早，約成書於宋仁宗嘉祐五年（1060），則至遲在北宋中期已有《香奩集》的刻本行世。上述諸書提及《香奩集》，大都作一卷，惟《直齋書錄解題》作二卷。按陳振孫的活躍年代晚於晁公武與鄭樵，係寧宗、理宗時人。其《直齋書錄解題》始修於嘉熙二年（1238），歷二十年而撰成，原書五十六卷，係南宋時期重要的私家藏書目錄。據陳氏著錄可知南宋中葉以後已有二卷本《香奩集》行世。不過，陳氏著錄與《新唐書·藝文志》等所云"韓偓詩"不同，首次提及"入内廷後詩一卷，别集三卷"。"韓偓詩"當係指稱《香奩集》以外的韓偓詩别集，入宋以後，通常作《翰林集》。陳氏所著錄的《入内廷後詩》與《别集》係將韓偓别集按創作時期劃分爲二的兩部詩集，最早出處見於陳氏此書。值得注意的是，據陳氏著錄，此時《香奩集》也從一卷變爲二卷。這大約係南宋時人將《韓偓詩》與《香奩集》重新編修並分卷的結果。不過，上述幾種宋人著錄《香奩集》的本子，實物均已不存。不僅如此，目前爲止有關宋本或是影宋本《香奩集》的文獻記錄亦十分罕見。

二、清人著錄

清人瞿鏞（1794—1846）於《鐵琴銅劍樓藏書目錄》卷十九内"翰林集一卷，香奩集一卷"條目下，注有"舊鈔本"的字樣，並詳細記錄此本的版本情況：

---

① 施蛰存：《讀韓偓詞札記》，《中華文史論叢》，1979年第2期，第273頁。

题翰林承旨行户部侍郎知制诰万年韩偓致尧撰。《香奁集》后有《无题》诗四首、《浣溪沙》词二首、《黄蜀葵赋》、《红芭蕉赋》二首。此从宋刻本影写，不名《内翰别集》，亦不注《入内廷后诗》五字。①

这是迄今为止，关于影宋本《香奁集》的惟一一条著录。据瞿氏所云，此本系从宋刻本影写而来。事实上，瞿氏《铁琴铜剑楼藏书目录》中颇多影写与传录的实例。蓝文钦先生在《铁琴铜剑楼藏书研究》一书中指出，影写与传录系瞿氏搜求版本的主要方法之一。且瞿氏的钞本，使用铁琴铜剑楼专用的抄录纸张②，以与别家钞本相区别。不过，瞿氏对上述"翰林集一卷、香奁集一卷"既注明系"旧钞本"，恐怕并非铁琴铜剑楼所抄录的本子。瞿氏作为精识版本鉴别的名家，于其生前即已编修完成《铁琴铜剑楼藏书目录》，此后又经子孙两代人的校订与补修，于光绪二十四年（1898）正式刊行。此书历来以著录详尽精确而闻名。通常情况下，瞿氏记录版本情况时，会提及本子的旧藏情况与入手由来，如系钞本，则将底本的发行方、刊刻年月等情况一并记录。遗憾的是，此本仅有"从宋刻本影写"的简单说明，关于底本宋刻本的版本状况，以及由何人于何时影写，并未作出详细记录。又或是该钞本中透露原刻本版本情况的线索不足，瞿氏无法据此作出准确的判断，故而从简。当然，瞿氏对版本的鉴别并非绝对无误，③ 不过，关于此则影写宋本《香奁集》的记载，在目前尚无其他证据可以推翻其准确性的前提下，仍不可轻易否定。

民国十一年（1922），瞿镛之孙瞿启甲（1873—1940）编修的《铁琴铜剑楼书影》刊行。此书只收宋、金、元三代的刻本书影，上述旧钞本"翰林集一卷，香奁集一卷"的书影并未收录其中。铁琴铜剑楼的大部分藏书，于1949年新中国成立以后，由瞿氏子孙陆续捐赠给北京图书馆（今国家图书馆）、上海图书馆

---

① [清] 瞿镛编：《铁琴铜剑楼藏书目录》卷十九，影印光绪刊本，台北：广文书局，1967年，第4册，第1152页。
② 蓝文钦著：《铁琴铜剑楼藏书研究》，第四章第一节《图书的徵访》，台北：汉美图书出版公司，1991年。
③ 据蓝文钦研究，《铁琴铜剑楼藏书目录》中有数处版本鉴定有误，这通常是因序文亡佚而造成的判断失误。详见《铁琴铜剑楼藏书研究》第五章第六节《瞿目的特点与缺点》。

及常熟圖書館等機構。舊鈔本"翰林集一卷,香匳集一卷"不載於《中國古籍善本書目》,檢索以上述諸家圖書館的古籍善本書目亦無所獲,大約今已不存。值得一提的是,中國國家圖書館藏有清人陳揆(1780—1825)校鈔本《香匳集》一卷。此本自《幽窗》一詩始,至《黃蜀葵賦》及《紅芭蕉賦》終,詩題與排列順序大致與毛晉汲古閣刻本《香奩集》相同。特別需要指出的是,陳揆校清鈔本的書名與鐵琴銅劍樓藏鈔本同樣使用異體的"匳"字,而據上文所引《鐵琴銅劍樓藏書目錄》,鐵琴銅劍樓藏鈔本亦以《黃蜀葵賦》《紅芭蕉賦》二文壓卷。陳揆與瞿鏞係常熟同鄉,二人皆係嘉慶、道光朝人,活躍年代相近,作爲江南地方聞名的藏書家,二人很可能有所交集。則陳揆所校的清鈔本《香匳集》是否與鐵琴銅劍樓藏鈔本有所關聯,甚或竟是同一個本子,有待今後的進一步考察。

此外,鄧小軍先生在《韓偓集版本》一文中提及南州草堂徐氏藏宋刻本《香奩集》(一卷)一種。[①] 據鄧氏介紹,此本的版本狀況在國家圖書館所藏毛晉汲古閣本《香奩集》末頁傅增湘先生手書跋文中有所提及。根據鄧氏文意推斷,他並未直接見到南州草堂藏本,僅只是轉錄毛刻本書後傅增湘先生的跋文。不過,鄧氏在文中云"此本今藏於北京大學圖書館"。檢之《北京大學圖書館藏古籍善本書目》及《中國古籍善本書目》,均不見南州草堂藏宋版《香奩集》的著錄。檢索北京大學數字圖書館古文獻資源庫,亦不見相關記錄。此本今存與否,已成疑問。此處不予置論。

第二節 現存諸本《香奩集》的版本狀況

現存《香奩集》的版本,據閻簡弼先生所撰《〈香奩集〉跟韓偓》[②] 一文,列有六種,分別是《玉山樵人集》附本、《唐音統籤》本、《全五代詩》本、《五唐人詩集》本、《唐詩百名家全集》本,以及吴汝綸評注《韓翰林集》附本。閻氏所述此六種版本以外,尚有幾種重要版本存世。即《全唐詩》本《香奩集》(一

---

① 鄧小軍:《韓偓集版本》,見鄧小軍著《詩史釋證》,北京:中華書局,2004年。
② 閻簡弼:《〈香奩集〉跟韓偓》,《燕京學報》,1950年第38期,第179—228頁。

卷)、清人王遐春麟後山房本《香奩集》(三卷)及館柳灣、卷大任同校、江戶萬笈堂刊行的《韓内翰香奩集》(三卷)。下文將對上述諸本的版本狀況作出介紹。

一、《玉山樵人集》附《香奩集》一卷

據《四部叢刊書錄》記載，此本依上海涵芬樓所藏舊鈔本覆刻而成。卷首牌記云"上海涵芬樓影印舊鈔本原書葉心高營造尺五寸九分寬三寸八分"①。此本不分卷，按詩體排列，次序分別為：四言古詩、五言古詩、七言古詩、長短句、五言律詩、七言律詩、六言律詩、五言排律、七言排律、五言絕句、七言絕句。卷頭以四言古詩《春晝》開篇，至七言絕句《屐子》終卷。各體詩共計100首。

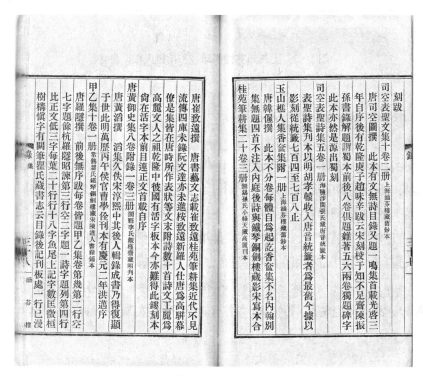

圖1-1 上海涵芬樓書館影印《四部叢刊書錄》書影

---

① [唐]韓偓：《四部叢刊·集部·玉山樵人集》(影印本)，上海：商務印書館，1926年，第179—228頁。

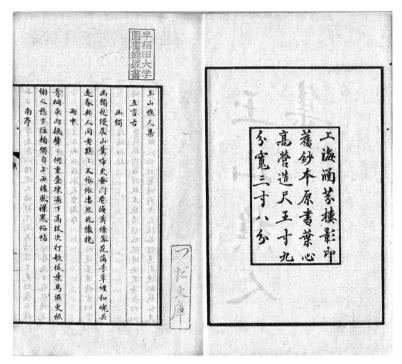

圖 1-2　上海涵芬樓影印《玉山樵人集》書影

二、胡震亨《唐音統籤》本二卷

《唐音統籤》係明末文人胡震亨（1569—1645）所編修的唐五代詩總集。韓偓《香奩集》收在此書戊籤第七十五，分作上、下兩卷。此本與《玉山樵人集》相同，依詩體排序。依次爲四言古詩、五言古詩、七言古詩、長短句、五言律詩、七言律詩、五言排律、七言排律、六言排律、五言絕句，以及七言絕句。上卷詩序與《玉山樵人集》附本前半部分相互比照，殊無二致。下卷與附本後半部分相較，有 11 首排序不同，且卷尾多出《詠鐙》一首。各體詩共計 101 首。此本分作上下兩卷，雖然形態較爲特殊，不過戊籤《韓偓詩》卷首有胡震亨所撰按語，述及此書編纂之由來：

　　按：偓《集》、唐《藝文志》一卷，《香奩集》一卷。《宋志》又有《入翰林集》一卷、《別集》三卷。……茲彙《翰林集》、《別集》，編年爲四卷。①

---

① 按《唐音統籤》本《韓偓詩》四卷係分體本。胡氏所謂"茲彙《翰林集》、《別集》，編年爲四卷"，實指在以詩體劃分《韓偓詩》的基礎上，各體詩再按創作年代順序排列。

《香奩集》合《別集》中一二艷詞爲二卷，附末。而畧譜其年於左，俾讀者晰其出處之槩云。①

由此可知，該書經胡氏重新編修、分卷，已非底本之原始面貌。按《唐音戊籤》收晚唐詩人凡一百十家詩，所收各家詩，如杜牧、李商隱、溫庭筠、皮日休、陸龜蒙、司空圖等人作品，皆以詩體排列。也即是説，胡氏之所以將韓偓的《翰林集》《別集》《香奩集》改編爲分體本，實則是爲統一《唐音統籤》一書體例而爲。

三、《全五代詩》本一卷

《全五代詩》乃清人李調元（1734—1803）所編修的五代十國時期的詩歌總集。初版於乾隆年間刊行。《香奩集》收於此書卷七十九内。此本詩題、序目與《唐音統籤》本完全一致，不分卷，亦未記詩體。各體詩共計 101 首。則此本大

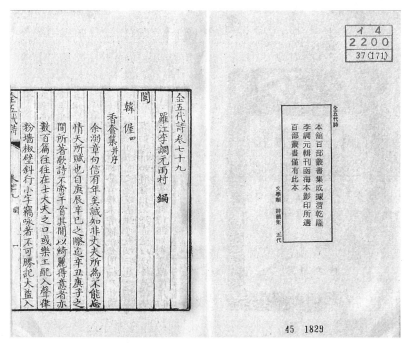

圖 1-3　《百部叢書集成》影印《全五代詩》本《香奩集》書影

---

① ［明］胡震亨：《唐音戊籤·七十五·韓偓詩》，《四庫全書存目叢書補編》，第八十六册，濟南：齊魯書社，2001 年。

約係以《唐音統籤》本作爲底本，重新編輯而成。

四、毛晉校汲古閣刻本一卷

此書係明末汲古閣所刻善本，書名作《香奩集》。現藏於中國國家圖書館及日本內閣文庫（紅葉山文庫舊藏、檢索號碼"集 004-0012"）。嚴紹璗先生所著《日藏漢籍善本書錄》之《集部·別集類》中記錄有此書的版本狀況："每半葉有界九行、行十九字。白口、左右雙邊。"① 上海涵芬樓於民國丙寅年（1926）五月出版有《五唐人詩集》，其中《香奩集》即以汲古閣刻本爲底本。

此本既未分卷，亦未分詩體。所收作品與《玉山樵人集》附本相較，互有異同。目次與上述三種版本相對照差異甚大。此本雖非嚴格意義上的編年本，大體上仍以創作年代順序排列作品。且此本除詩以外，亦收有《浣溪沙》詞二闋及《黃蜀葵賦》、《紅芭蕉賦》二篇。卷末有毛晉識語。詩、詞、賦共計 104 篇。清末人震鈞（1857—1920，漢名唐晏）所著《香奩集發微》一書，即以汲古閣本《香奩集》爲底本。

值得一提的是，汲古閣本《香奩集》的版本特徵與前文提到的《鐵琴銅劍樓藏書目錄》卷十九所記載影宋寫本《香奩集一卷》之著錄十分吻合。卷末載有《無題》詩四首、《浣溪紗》詞二闋、《黃蜀葵賦》《紅芭蕉賦》二篇，這在目前存世的清以前的刊本中，除毛氏汲古閣刻本以外再無他例。② 而根據毛氏牌記所謂"汲古閣毛晉據宋本考校"等語，可以推知此本與上述影宋寫本皆保有宋版《香奩集》之舊貌，并可互爲印證。

圖 1-4　明末毛晉汲古閣刻本《香奩集》封面（日本國立公文書館藏）

---

① 嚴紹璗編著：《日藏漢籍善本書錄》下冊，北京：中華書局，2007 年，第 1490 頁。
② 參見本書附錄三《九種〈香奩集〉目錄對照表》。

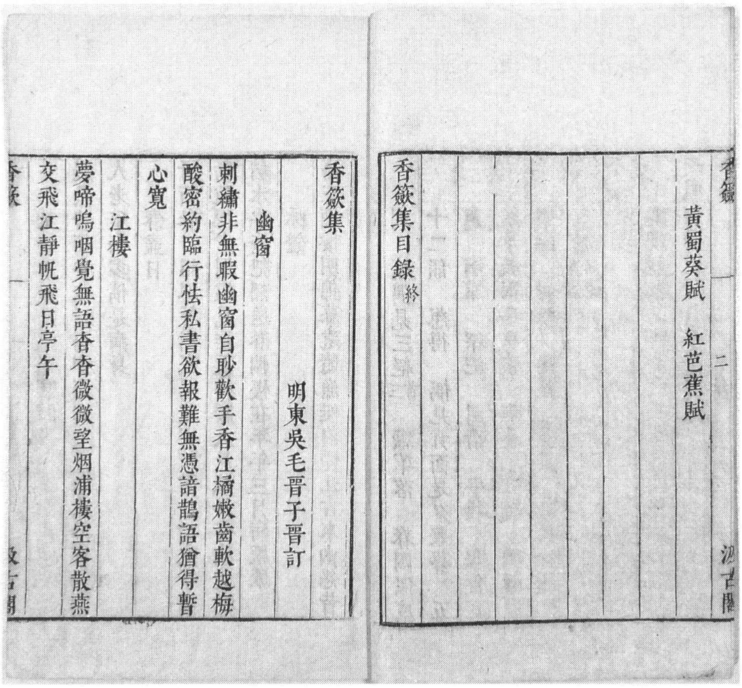

香奩集目錄終

黄蜀葵賦　紅芭蕉賦

香奩　二　汲古閣

香奩集　明東吳毛晉子晉訂

幽窗

刺繡非無暇幽窗自盼歡手香江橘嫩齒軟越梅酸密約臨行怯私書欲報難無憑諳鵲語猶得暫心寬

江樓

夢啼嗚咽覺無語杳杳微微望烟浦樓空客散燕交飛江靜帆飛日亭午

香奩　一　汲古閣

圖 1－5　明末毛晉汲古閣刻本《香奩集》書影
（日本國立公文書館藏）

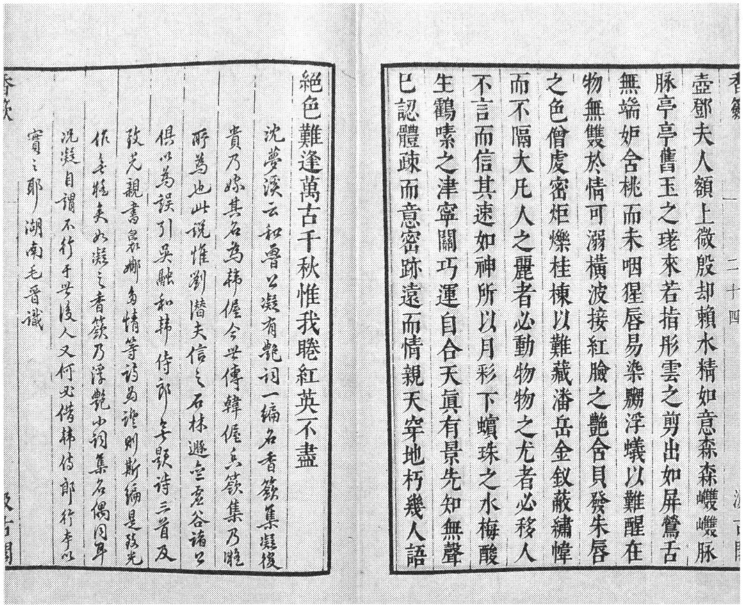

香奩　二十四　汲古閣

壺鄧夫人額上微殷却賴水精如意森森巘巘脉亭亭雋玉之瑳來若指形雲之剪出如屏鶯舌無端妒舍桃而未咽猩唇易染鸚浮蟻以難醒在物無雙於情可溺橫波接紅臉之艷含貝發朱唇之色僧虔密炬爍桂棟以難藏潘岳金釵蔽繡幃而不隔大凡人之麗者必動物物之尤者必移人不言而信其速如神所以月彩下蠙珠之水梅酸生鶴唳之津寧關巧運自合天眞有景先知無聲巳認體疎而意密跡遠而情親天穿地朽幾人語

絕色難逢萬古千秋惟我聰紅英不盡

沈夢溪云和魯公凝有艷詞一編名香奩集凝後貴乃嫁其名為韓偓今世傳韓偓香奩集乃凝所為也此說惟劉潛夫信之石林避暑錄話云俱以為誤引吳融和韓侍郎無題詩三首及致光親書紀鄉多情等詩為證則斯編是致光作無疑矣如凝之香奩乃浮艷小詞集名偶同耳况凝自謂不得于世後人又何必傳韓侍郎行事以實之耶　湖南毛晉識

香奩　汲古閣

圖 1－6　上海涵芬樓影印《五唐人詩集》本《香奩集》書影
（名古屋大學藏）

五、《唐詩百名家全集》本三卷

《唐詩百名家全集》係清人席啓寓（1650—1702）所編輯的中晚唐人詩集。別名《唐人百家詩》。此書初版於康熙晚期，卷首有葉燮（1627—1703）撰《百家唐詩序》、宋犖（1634—1713）序及席氏《自序》。葉燮《序》未記年月，宋犖《序》落款作"康熙戊子六月商丘宋犖撰"，席氏《自序》則落款爲"康熙壬午秋九月朔吳郡席啓寓序"。康熙壬午即康熙四十一年（1702），戊子係康熙四十七年（1708）。按朱彝尊（1629—1709）《曝書亭集》卷第七十五載有《工部主事席君墓誌銘》一文，叙及康熙帝曾臨幸席啓寓東山宅邸，席氏嚮康熙帝進呈書籍一事。

歲己卯，御舟渡太湖，親幸其園。……暇又輯唐人詩百家，亦鏤版行之。天子幸第時曾進。①

此處所云"唐人詩百家"即指《唐詩百名家全集》。己卯係康熙三十八年，即西曆1699年。席氏於《唐詩百名家全集》自序中，有"若前鐫五十八家、恭呈御覽"之語。結合《清史稿·本紀七》之記載來看，席氏嚮康熙帝進獻《唐詩百名家全集》一事，發生於康熙三十八年（1699）春、康熙帝第三次南巡至蘇州的途中。不過，席氏當時呈獻御覽的《唐詩百名家全集》僅有五十八家詩，並非全璧。全書編成至遲不晚於康熙四十一年（1702），刊行則極有可能在康熙四十七年（1708）以後。② 此後，還有光緒八年（1882）席氏後人所刊刻的補修本問世。民國九年（1920）上海掃葉山房又發行有石印本。爲《唐詩百名家全集》撰寫序文的葉燮與宋犖二人均係清初著名的詩人並詩論家。宋犖於康熙朝官職顯赫，康熙帝臨幸席家時，時任江蘇巡撫的宋犖亦陪同在側。席氏既謂此書已"恭呈御覽"，則可以想見《唐詩百名家全集》在當時應具有一

---

① ［明］朱彝尊：《曝書亭集》卷第七十五，王雲五主編《四部叢刊正編》第81冊，臺北：臺灣商務印書館，1979年，第566頁。
② 據《工部主事席君墓誌銘》記載，席啓寓於康熙三十九年（1700）至四十二年（1703）三年期間，在家爲母服喪。又云席氏"服除，甫七月而君卒"，或因此而致《唐詩百名家全集》刊刻延遲。

定的權威與影響力。《全集》本《韓內翰香奩集》分爲三卷，所收詩從第一首《幽窗》至第四十首《鬆髻》①的序目與毛晉汲古閣本完全一致，四十一首以後則有所出入。此本亦收詞與賦，《紅芭蕉賦》之後另收《南浦》《深院》《閨情》《想得》《自負》《天涼》《日高》《夕陽》《舊館》《中春憶贈》《半睡》《春恨》等十二首詩，詩、詞、賦共計一一四篇。卷一自《幽窗》至《寄遠》，計四十一首；卷二自《蹤跡》至《曲子浣溪沙》二首，計五十九首；卷三自《黃蜀葵賦》至《春恨》，計十四篇（首）。全以創作年代順序排列，即所謂編年本。

需要指出的是，民國九年（1920）上海掃葉山房刊行的石印本並不分卷。這大約是當時的編者或出版方私自改編所致。據閻簡弼先生文中注釋，可知其當時所用的版本，正是掃葉山房出版的石印本。因此未將《唐詩百名家全集》本《韓內翰香奩集》歸入三卷本之類。

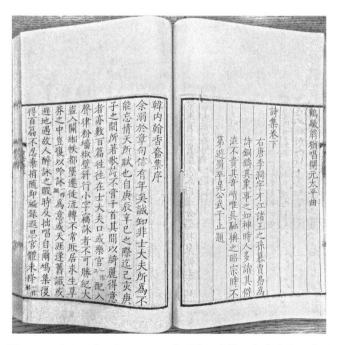

圖 1-7　康熙四十七年（1708）序刊本《唐詩百名家全集》書影
（靜嘉堂文庫藏）

---

① 閻簡弼先生文中記作"四十二首之前"，當爲誤計。

日本方面，康熙四十七年（1708）序刊本《唐詩百名家全集》現存於京都大學人文科學研究所等機構。此外，光緒八年（1882）刊行的補修本與民國九年（1920）上海掃葉山房刊行的石印本於國立國會圖書館、東洋文庫、東京大學總合圖書館等數家圖書機構均有藏。

六、《全唐詩》本《香奩集》一卷

《全唐詩》卷六百八十至卷六百八十三爲韓偓詩。《全唐詩》韓偓小傳云"《翰林集》一卷、《香奩集》三卷，今合編四卷"，不過實際上，卷六百八十至卷六百八十二爲《翰林集》（然不以《翰林集》爲名），卷六百八十三則爲《香奩集》。施蟄存先生主張"疑小傳有誤，當云《翰林集》三卷、《香奩集》一卷"。（《讀韓偓詞札記》）此說雖可通，然而現存韓偓之《翰林集》（或云《韓內翰別集》《玉山樵人集》）多爲一卷本，較《全唐詩》編成時代稍晚的乾隆朝所編修的《四庫全書》，所收《韓內翰別集》亦只有一卷。《四庫全書》作爲官修書籍，與《全唐詩》相同，反映了當時官方學者的主流學術觀點。《唐音統籤》本《韓偓詩》雖分作四卷，不過正如前引胡震亨按語所言，係由胡氏個人重新編輯而成。嘉慶十五年（1810）刊刻的王遐春麟後山房①本《翰林集》雖亦分爲四卷，然而此書與《唐音統籤》本不同，既非分體本，分卷狀況亦全不相同。由於出版人王遐春之於底本絲毫未曾提及，則此本詩目編排及分卷是否由王氏個人所爲，難以斷定。清末吳汝綸評注《翰林集》分作三卷，吳氏評注本之詩題、序目、分卷狀況，乃至詩題下韓偓原注②皆與《全唐詩》一致。吳氏雖未提及所使用底本的情況，疑以《全唐詩》本爲底本並自行分卷。事實上，吳氏評注本《香奩集》亦存在類似情況，關於此一點，將在後文中予以展開。

從時間上來看，《全唐詩》的編修工作於康熙四十五年（1706）完成，而《唐詩百名家全集》則在此前的康熙四十一年（1702）成書。也就是說，當時包括《全集》本底本在內的三卷本《香奩集》業已傳世。《全唐詩》本《香奩集》自《幽窗》開卷，詩題與序目幾乎與《唐詩百名家全集》本一致。換言之，除去不分卷以外，《全唐詩》本《香奩集》的面貌與現存所有清代刊刻的三卷本

---

① 麟後山房係王遐春室名。王氏刊刻的書籍皆於版心下方記有"麟後山房"字樣。
② 韓偓原注只存於編年本中，分體本中未見。《香奩集》亦然。

《香奩集》十分相似。不過,《全唐詩》本《香奩集》不收詞、賦,卷末(《春恨》以下)補編有《鞦韆》一首、《長信宮》二首及斷句一聯。疑《全唐詩》本《香奩集》之底本即爲三卷本,編者據此刪削校訂而成。且《唐詩百名家全集》本很有可能與之使用同一底本。《翰林集》所收詩較《香奩集》爲多,大約《全唐詩》的編者爲平衡《翰林集》與《香奩集》各卷詩的數量,而重新分卷。因此小傳作者所謂"今合編四卷",實則就編者重新爲《翰林集》《香奩集》兩書分卷而言。而小傳中提到的"《翰林集》一卷、《香奩集》三卷"則極有可能指《全唐詩》本編者所使用的《翰林集》《香奩集》兩書的底本卷數,而非單純的筆誤。

七、《中晚唐五家集》本《重刊宋槧唐韓内翰先生香奩集》三卷

《中晚唐五家集》係清嘉慶十五年(1810),由福建王遐春、王學貞父子校訂並刊行的中晚唐人詩集。所收唐人五家分別爲歐陽詹、黃滔、徐寅、韓偓、

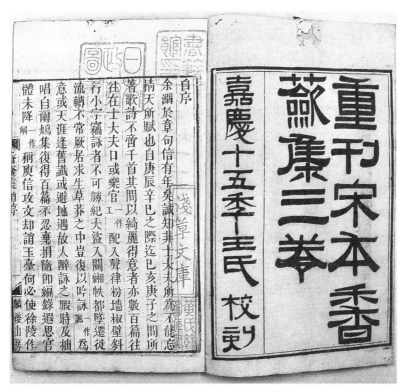

圖1-8 《中晚唐五家集》本《重刊宋槧唐韓内翰先生香奩集》書影
(日本國立公文書館藏)

王榮。其中韓偓詩部分收《翰林集》與《香奩集》兩書。《香奩集》書名題作《重刊宋槧唐韓内翰先生香奩集》。《中晚唐五家集》現藏於日本國立公文書館内閣文庫，一函十二册，登錄番號爲 358－0015。嚴紹璗先生所著《日藏漢籍善本書錄》未載此書。

《中晚唐五家集》本《香奩集》分三卷，卷首有韓偓《自序》，次爲《香奩集》目錄。正文自《幽窗》始，至《春恨》終。詩題與序目與《唐詩百名家全集》本殊無二致。正文後有《香奩集》附錄及王學貞所撰《書後》一篇。王氏父子所編刻的《翰林集》四卷被收入《續修四庫全書·集部·別集類》，《香奩集》則未被收入《續修四庫全書》，亦不爲世所熟知。因此閻簡弼（1911—1968）、徐復觀（1903—1982）、施蟄存、鄧小軍等學者均未曾提及這一版本。

八、清吳汝綸評注《韓翰林集》本三卷

此本分三卷，序目與《唐詩百名家全集》本、王氏麟後山房本大體相同，惟卷末（《春恨》以下）與《全唐詩》一樣，較《唐詩百名家全集》本多收《鞦韆》一首、《長信宮》二首及斷句一聯。詩、詞、賦、斷句共計 118 首（篇）。

吳氏評注本初版係民國十一年（1922）武強賀氏之刊本。卷末有吳汝綸之子吳闓生所撰《跋》一篇。落款作"壬戌秋七月闓生謹記"。此壬戌即民國十一年（1922）。其後，民國二十五年（1936）刊行的《關中叢書》第五集亦收入此書。《關中叢書》本《韓翰林集》卷末增有宋聯奎、王健、吳廷錫三人聯名所撰跋文一篇，記爲"民國二十五年一月校"。據桐城縣地方志編纂委員會編輯、黃山書社 1995 年出版的《桐城縣志》記載，吳汝綸生於道光二十年（1840），同治三年（1864）中舉，次年擢進士，授内閣中書。曾入曾國藩、李鴻章幕府，歷任直隸深州、冀州知州，光緒二十九年（1903）病故。由此吳汝綸評注《韓翰林集》（含《香奩集》）的時期可以限定爲清末，特別是同治、光緒兩朝之間；而此書刊行則在吳氏下世近二十年之後。

此書初版暨民國十一年（1922）武強賀氏刊本現於京都產業大學圖書館及神户市立中央圖書館各藏有一部。《關中叢書》存世數量較多，日本方面，一橋大學圖書館等多家機構均有藏。

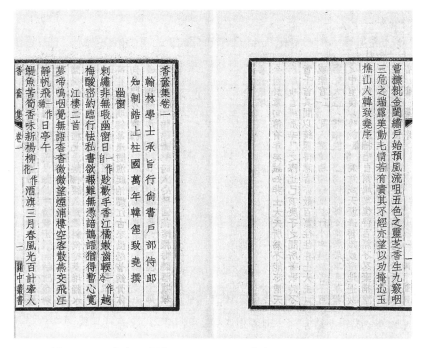

圖1-9 《叢書集成續編》影印《關中叢書》本《香奩集》書影

九、江戶萬笈堂刊本《韓內翰香奩集》三卷

此本歷來不曾爲中國學者所論及。韓偓《香奩集》自問世以來，很長一段時期內被視爲述艷之作，評價亦不甚高。不過，入清以後，文人學者對《香奩集》給予的關注遠勝前代，評介之風盛起，觀點較前代亦大不相同。反觀日本，《香奩集》的和刻本問世，並產生重大影響的時期正是江戶時代中葉以後。日本現存最早的和刻本《香奩集》，係文化年間由館柳灣、卷大任二人同校，江戶萬笈堂發行的三卷本《韓內翰香奩集》。此本係編年本，卷首有《韓內翰香奩集序》，正文詩題、序目乃至分卷狀況與《唐詩百名家全集》本、王氏麟後山房本、吳汝綸評注本等清刊三卷本幾乎完全相同。惟卷末（《春恨》以下）較《全集》本及麟後山房本多出《欄干》一首。詩、詞、賦共計115首（篇）。

此書卷末有卷大任所書跋文一篇，款識云"文化庚午十二月廿八日、新瀉卷大任江戶日本橋南平松坊寓居書"。文化庚午即文化七年（1810），庚午十二月廿八日換算西曆爲1811年1月22日。

关於此書書名，萬笈堂刊本扉頁作"韓内翰香匳集"，封面則作"香籢集"。此書問世後不久，文化八年（1811）即有江戶山田屋佐助、須原屋伊八合印的三卷本《韓内翰香匳集》刊行，至明治年間，又有東京和泉屋吉兵衛、須原屋伊八合印《韓内翰香匳集》三卷本問世。皆爲館、卷同校本的覆刻本。

關於江戶萬笈堂刊本《韓内翰香匳集》及其覆刻本的版本狀況，將在下一章中予以詳細述介。

第三節 對《香奩集》諸版本的考察

卷氏跋文開篇即云："右唐韓致堯《香奩集》，余上年手録，今兹與郷族館柳灣同校授梓。"由此可知，此本原係卷氏手録而來。不過，卷氏並未明言其依據何種底本謄録。"上年"一詞多指去年、前一年，考慮到卷氏跋文作於庚午年末，已接近辛未年除夕，則跋文中所謂"上年"也有可能指庚午年即文化七年（1810）。據此，卷氏謄録《香奩集》，至遲不晚於是冬。承前文所述，《唐詩百名家全集》本《香奩集》成書於康熙四十一年（1702），王氏麟後山房本《香奩集》刊行於嘉慶十五年（1810）。從時間上來推算，卷氏接觸到這兩種本子中的任何一種，並據以謄録的可能性都是存在的。不過，麟後山房本韓偓序作《自序》，《全集》本與萬笈堂刊本皆作《韓内翰香奩集序》。此外，麟後山房本卷末有《香奩集附録》，爲《全集》本所無。如卷氏據麟後山房本抄録，則附録也當一並保留。總而言之，萬笈堂刊本的面貌比之麟後山房本，更爲接近《全集》本。據大庭脩《江戶時代唐船持渡書研究》一書中所收《商舶載來書目》（原物藏於國立國會圖書館）記載，天明三年癸卯（1783）有"《唐詩百名家全集》一部八套"舶至日本。① 又同書中所收天明六年（1786）春正月抄録的《寅拾番船持渡書改目録寫》（原物藏於松浦史料博物館）內，亦有"《唐詩百名家全集》同八套四十本"的記録留存。②

而另一方面，筆者尚未發現江戶時期關於《中晚唐五家集》的舶來記録。

---

① ［日］大庭脩編著：《江戶時代における唐船持渡書の研究》，大阪：關西大學東西學術研究所，1967年，第686頁。
② 同上書，第415頁。

綜合上述情況，卷氏以《唐詩百名家全集》本爲底本抄錄的可能性極高。值得注意的是，萬笈堂刊本卷三最末一首《欄干》，不見於現存所有版本的《香奩集》中。實際上，《欄干》一詩係《翰林集》中的作品。《香奩集》中所收作品原本就與《翰林集》略有重複。此種狀況恐怕韓偓本人編輯《香奩集》時即已存在。《欄干》一詩在風格上接近香奩體，疑卷大任、館柳灣二人特意將其從《翰林集》中選出，補入《香奩集》內。究其原因，大約與江户時期較爲嚴格的版權意識有關。卷、館二人不曾在跋文中介紹底本由來，並擅自補入《欄干》一首，恐怕其用意即在於避免因侵害版權而造成糾紛。

順便指出，萬笈堂刊本書名與《唐詩百名家全集》本同爲《韓内翰香奩集》。除此兩種本子以外，並無其他版本以"韓内翰香奩集"爲題。這也能夠從一個側面反映出兩者之間的繼承關係。

不惟萬笈堂刊本，《唐詩百名家全集》本、吳汝綸評注本皆不曾言及底本的情況。王遐春麟後山房本扉頁雖有"重刊宋本香奩集三卷"的字樣，究竟使用何種宋本覆刻而成，則絲毫不曾提及。誠如本章第一節所述，宋代關於《香奩集》的版本著錄，除陳振孫《直齋書錄解題》記載有二卷本外，皆爲一卷本。並無關於三卷刊本抑或鈔本的記錄。如王氏所言屬實，則宋代或已有編年體三卷本《香奩集》傳世。

錢曾（1629—1701）《讀書敏求記》卷四"韓内翰香奩集三卷"條下有元人鈔本《香奩集》的著錄，可資注意。

> 《香奩集》三卷，予從元人鈔本錄出。末卷多《自負》一詩，洪邁《絕句》亦未收。① 行間字極佳，比流俗本迴異。予嘗命名手繪圖二十六幅，裝潢成帙。精妙絕倫，閱之意蕊舒放。②

錢曾係明末清初藏書大家，其著作《讀書敏求記》以著錄版本資料詳實可靠而頗受好評。錢氏所著錄的元人鈔本今已不存。不過三卷這一卷數，與《唐詩百名家全集》本、王氏麟後山房本、江户萬笈堂本及吳汝綸評注本等四種本

---

① ［南宋］洪邁所編：《萬首唐人絕句》一書中未收韓偓《自負》一詩。
② ［清］錢曾：《讀書敏求記》卷四，名古屋大學藏上海掃葉山房民國三年（1914）石印本，第四册。

子的卷數一致。《自負》一詩，上述四種本子的卷末皆有收①。錢氏所提及的元人鈔本與王氏所稱的宋本，雖不能確定有無繼承關係，二者屬於同一系統三卷本的可能性很高。假使某一種三卷本《香奩集》自宋入元，並一直流傳至清代，爲席啓寓、王遐春等人所見，且據以校勘、覆刻成書，則《唐詩百名家全集》本與王氏麟後山房本《香奩集》的版本面貌及底本來源可以得到合理的解釋。不過，既然上述宋本與元人鈔本已無法確證，只能將此一假說存疑，俟有新資料發現時再考。

關於吳汝綸評注本《香奩集》的底本，施蟄存先生推測"疑即用汲古閣本，而依《全唐詩》增益改編之"②。施蟄存先生不曾見過吳氏評注本之外其他三卷本的《香奩集》，故有此推論。閻簡弼先生則曾提及錢曾著錄的"韓內翰香奩集三卷"，並推測"不知吳本所據印的是不是這種本子"。③然而閻氏不知《唐詩百名家全集》本《香奩集》的初版即爲三卷本，也未曾見過王氏麟後山房本《香奩集》。江户萬笈堂刊本《韓内翰香奩集》及其覆刻本雖未流傳至中國，但吳汝綸於光緒二十八年（1902）五月受清政府任命赴日本考察學校教育制度，滯留日本約有四個月。吳汝綸在日期間，與森槐南等漢詩人、學者多有交流，並有詩歌唱和往來。吳汝綸之子吳闓生此時亦在日本留學。雖然不可確知吳氏父子在日期間是否接觸到和刻本《韓内翰香奩集》，但就時間與空間上而言，吳汝綸完全有接觸到《唐詩百名家全集》本、王氏麟後山房本，乃至江户萬笈堂刊本（含覆刻本）等三種三卷本《香奩集》的可能。吳汝綸自日本回國後不久即染病，於次年初病故。在此期間評注《韓翰林集》（含《香奩集》）的可能性很低。根據吳闓生所撰跋文，此書讎校工作由他完成。據武強賀氏刊本的刊行年月來推算，可以推測吳闓生於光緒末年至民國十一年（1922）期間校勘、整理此書，抑或承擔了一部分評注工作，再以父親吳汝綸之名義刊刻出版。

筆者仔細比較上述諸種三卷本的版本特徵後發現，吳氏評注本與麟後山房本、萬笈堂刊本的面貌存在一些細微差異。首先，卷首韓偓之序文。麟後山房本作《自序》；吳氏評注本作《香奩集序》；萬笈堂刊本作《韓內翰香奩集序》。其次，麟後山房本卷末有《香奩集附錄》，其他兩本皆無。再次，字體亦有所出

---

① 一卷本《香奩集》除《全唐詩》本以外，皆未收《自負》一詩。
② 施蟄存：《讀韓偓詞劄記》，《中華文史論叢》，1979年第2期，第273頁。
③ 閻簡弼：《〈香奩集〉跟韓偓》，《燕京學報》，1950年第38期，第211頁。

入。例如：吴氏評注本作"幽窗"，麟後山房本則作王"幽窻"；吴氏評注本作"嬾起"，麟後山房本則作"懶起"。此類例甚多。① 萬笈堂刊本也存在類似情形。② 更爲重要的區別則是，吴氏評注本不曾收《欄干》一詩。綜合各方面來看，吴氏評注本的面貌更爲接近《唐詩百名家全集》本。當然，吴本與《全集》本也存在一些字體的差異；不過凡是吴本與《全集》本字體有異之處，皆與《全唐詩》本字體相同。且吴本與《全唐詩》本皆於詩題之下以小字標注詩之別名，而吴本以外的其他三卷本，包括《全集》本在内，皆未標注。③《全唐詩》卷末所載《鞦韆》《長信宫二首》《句》，吴本皆收；甚而《全唐詩》本《鞦韆》題下"以下三首本集不載"之小字注語，吴本亦收入其中。筆者以爲，吴汝綸以《唐詩百名家全集》本《香奩集》爲底本，參考《全唐詩》本加以增補校訂，編成三卷本《香奩集》，庶幾無誤。

三卷之《唐詩百名家全集》本、王氏麟後山房本、吴汝綸評注本、江户萬笈堂刊本，以及一卷之《全唐詩》本等五種本子，皆爲編年本，篇目及順序亦皆大體相同，可以推測其祖本相同或近似。而此祖本究竟是王遐春所謂"宋本"，抑或是錢曾所云"元人鈔本"，再或是二者以外的本子，時至今日已無法詳考。不過，筆者以爲上述五種本子當屬於同一系統。汲古閣刻本《香奩集》與《鐵琴銅劍樓藏書目録》中著録的影宋寫本"香匲集一卷"之間，如若存在直接或間接的繼承關係，則汲古閣本《香奩集》應當保存了宋版一卷本《香奩集》的面貌。與此不同的是，《玉山樵人集》本、《唐音統籤》本《香奩集》④雖然同爲分體本，經過編者重新改訂後，篇目與排序各不相同，其祖本的面貌已然澌滅難辨。

---

① 參見本書附録三《九種〈香奩集〉目録對照表》。
② 萬笈堂刊本《香奩集》比之吴氏評注本更多使用異體字及俗字。如吴本作"幽窗"，萬笈堂刊本作"幽窻"；吴本作"早歸"，萬笈堂刊本作"蚤歸"；等等。參見本書附録三《九種〈香奩集〉目録對照表》。
③ 實則不僅三卷本，分體本亦皆未注別名。
④《全五代詩》亦爲分體本。承前文所述，此本極有可能以《唐音統籤》本爲底本覆刻而成。

第二章 《香奩集》在日本的流布與影響

現存韓偓《香奩集》的諸版本，閻簡弼先生於《香奩集跟韓偓》一文[①]中舉有六種，即《玉山樵人集》附本（一卷）、《唐音統籤》本（二卷）、《全五代詩》本（一卷）、毛晉汲古閣刻本（一卷）、《唐詩百名家全集》本（三卷），以及吳汝綸評注《韓翰林集》附本（三卷）。閻先生所舉的這六種版本之外，尚有幾種重要的版本存世，即《全唐詩》本《香奩集》一卷、清人王遐春麟後山房本《香奩集》三卷與日本文化年間館柳灣、卷大任同校，江户萬笈堂刊行的《韓內翰香匳集》三卷。以上九種本子，分卷情況不一，形態各異。不過，同屬三卷本的《唐詩百名家全集》本、王氏麟後山房本、吳汝綸評注本與江户萬笈堂刊本，以及一卷本的《全唐詩》本皆爲編年本。所收韓偓詩雖稍有出入，排列順序却大致相同，或係承繼同一祖本而來。

三卷本《香奩集》包括《唐詩百名家全集》本、《中晚唐五家集》本及吳汝綸評注本，均係清代以後的刊本。《唐詩百名家全集》本《香奩集》於康熙四十一年（1702）刊刻，王氏麟後山房本《香奩集》則刊刻於嘉慶十五年（1810），這兩種本子問世不久皆流傳至日本。而吳汝綸評注本的刊行則在吳氏故後的民國時代。從時間上來推算，卷大任與館柳灣是有可能接觸到《唐詩百名家全集》本抑或《中晚唐五家集》本，並將其抄錄出版的。而據目前蒐集到的各種資料及綫索可以推測，卷氏以《唐詩百名家全集》本《香奩集》爲底本進行抄錄並改訂出版的可能性極高。

本章旨在調查與研究日本江户時代《香奩集》的和刻本及寫本，並對各本之間的源流關係加以梳理分析。此外，值得一提的是，和刻本《香奩集》的刊行促使香奩體詩在幕末明初的日本詩壇產生了不小的影響，幕末期的漢詩人如

[①] 閻簡弼：《〈香奩集〉跟韓偓》，《燕京學報》，1950年第38期，第179—228頁。

江馬細香、森春濤等人以韓偓的香奩詩爲宗，多有香奩豔體之作，爲明治初期的漢詩壇開創了豔麗清新的新風氣。

第一節　萬笈堂刊本、覆刻本及鈔本

一、萬笈堂刊本《韓内翰香奩集》

韓偓《香奩集》的詩風，被南宋嚴羽（生卒年不詳）稱作"香奩體"，很長一段時間被視爲普通的艷體詩，評價亦不甚高。所謂"香奩體"，嚴羽解作"皆裾裙脂粉之語"①，也即以女性服飾與妝容爲描寫對象的詩歌體裁。以吟咏女性爲主題的香奩體，有悖於儒家溫柔敦厚的正統詩教，因而歷代文人論及韓偓《香奩集》時，多持批判的態度。如許顗《彥周詩話》引高秀實語云："韓渥《香奩集》麗而無骨。"② 方回《瀛奎律髓》卷七："惟香奩之作，詞工格卑"，"誨淫之言，不以爲恥，非唐之衰而然乎？"③ 又《五代詩話》卷六引用《堅瓠集》云："詩有銷魂者三，《香奩集》其一也。夫銷魂者，即壞心田之謂也。"④ 不過，進入清代以後，文人們對《香奩集》的評價態度開始有所轉變，這與韓偓在歷史上的品行事迹深有關聯。《四庫全書總目提要》評論韓偓其人曰："偓爲學士時，内預秘謀、外争國是。屢觸逆臣之鋒，死生患難、百折不渝。晚節亦管寧之流亞，實爲唐末完人。"⑤ 可謂備極贊譽。清人結合韓偓的品行節操及其生平事迹，論及《香奩集》時常有過度解讀的傾向。如唐孫華《讀韓致堯集》一詩有"美人香草皆離怨，莫道香奩語太憨"之語。皮錫瑞《經學通論》亦云：

---

① ［宋］嚴羽著、郭紹虞校：《滄浪詩話校釋》卷二《詩體·四》，北京：人民文學出版社，1983年，第69頁。
② ［宋］許顗：《許彥周詩話》，載《歷代詩話》第7冊，乾隆庚寅（1770）序刊本，第17頁。"渥"係"偓"之誤。
③ ［元］方回選評、李慶甲校點：《瀛奎律髓彙評》卷七《風懷類》，上海：上海古籍出版社，1986年，上册，第279頁。
④ ［清］王士禛原編、鄭方坤刪補、戴鴻森校點：《五代詩話》，《中國古典文學理論批評專著選輯》，北京：人民文學出版社，1998年，第252頁。
⑤ ［清］永瑢等撰：《四庫全書總目提要》二十九《集部·別集類四》，載王雲五主編《國學基本叢書四百種》○○四，臺北：臺灣商務印書館，第二十九册，1968年，第87頁。

"即如李商隱之無題、韓偓之香奩,解者亦以爲感慨身世,非言閨房。"清末震鈞著《香奩集發微》一書,詳細考察韓偓生平的事迹,並以此爲基礎逐一對其香奩詩作出政治抒情式的解讀,稱韓詩乃"有唐之《離騷》《九歌》。復考其辭,無一非忠君愛國之憂"。大約受到這種評價風氣的影響,有清一代刊刻、抄録的《香奩集》數量較多。且現存的《香奩集》各種刻本及鈔本,也大都是清代的本子。

另一方面,日本開始刊刻《香奩集》並産生影響,已是江户時代中葉以後的事情。日本現存最早的和刻本《香奩集》,係文化年間由館柳灣、卷大任二人同校,江户萬笈堂刊行的三卷本《韓内翰香區集》。此書卷首列《韓内翰香奩集序》,卷末有卷大任跋文一篇。共收詩、詞、賦計一百十五篇。序、正文與跋全部標記有訓讀符號。卷氏跋文記曰:"文化庚午十二月廿八日新瀉卷大任書於江户日本橋南平松坊寓居。"文化庚午即文化七年、十二月廿八日係公元1811年1月22日。卷氏雖然記明了跋文的創作時間,却未記此書的刊刻年月。檢以朝倉治彦、大和博幸兩先生所編《享保以後江户出版書目》,"文化八年未三月廿五日割印"條下有《香籨集全壹册》書目一條,兹録於下:

同八年未三月
香籨集全壹册　唐韓　偓著　板元賣出し　英　平吉
同二十四丁①

出版人英平吉(1780—1830),係江户後期書商,其於江户經營書肆萬笈堂,並曾刊刻大田錦城、館柳灣等人的著作。而館柳灣也正是三卷本《韓内翰香區集》校訂者之一,則此書的刊行大約係館氏所促成。

《享保以後江户出版書目》所記録的書名是《香籨集》,萬笈堂刊本扉頁雖題作《韓内翰香區集》,封面標題爲《香籨集》。這就與書目記載的書名相吻合。由此可知,萬笈堂本的刊刻時間在文化八年(1811)三月以後。萬笈堂刊本《香奩集》現藏於東京大學總合圖書館、國立公文書館及關西大學圖書館等機構。其中國立公文書館所藏的一册卷末有四頁《萬笈堂新鐫發行詩集類略目》,

---

① [日]朝倉治彦、大和博幸編:《享保以後江户出版書目》,京都:臨川書店,1993年12月出版,第421頁。

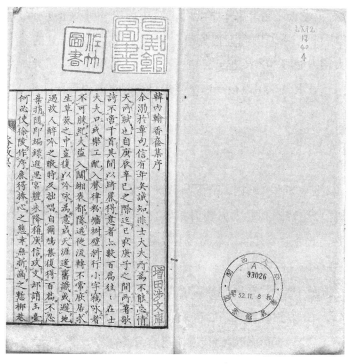

圖 2-1　萬笈堂刊本《韓內韓香奩集》書影
（關西大學圖書館藏）

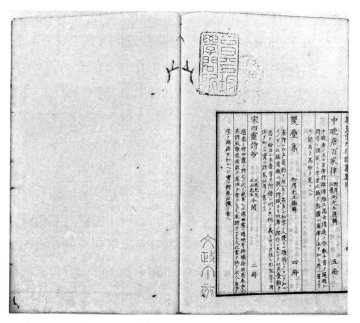

圖 2-2　萬笈堂刊《韓內韓香奩集》卷末《新鐫發行詩集類略目》
（日本國立公文書館藏）

並記有出版者英平吉之名。東大總合圖書館所藏的一册卷末亦有《萬笈堂新鐫發行詩集類略目》,不過內容上僅保有公文書館藏本《略目》的前半部分(二頁)。而關大圖書館藏本書後並無《略目》。值得一提的是,關大圖書館藏本共二十四丁[頁],與《享保以後江户出版書目》記録正相吻合。

二、韓國藏本

此外,萬笈堂刊本《韓内翰香匳集》於韓國亦有藏。據筆者在韓國所做的調查,目前僅發現韓國國立中央圖書館藏有文化庚午序刊本《韓内翰香匳集》(三卷)一册,此外並無其他刻本或鈔本收藏。檢以財團法人民族文化推進會編修《影印標點韓國文集叢刊》及金寅初主編《韓國所藏中國漢籍總目》兩書索引,並無"韓偓"及"香匳集"等詞彙的條目。近蒙張伯偉先生賜教,朝鮮時人撰作集句體,每好集韓偓詩。如申欽《晴窗軟談》曾論及韓詩;李德懋所纂《詩觀》亦選入韓詩。可知朝鮮時代應當已有《香匳集》從中國直接傳入至朝鮮半島,惜乎今已不存。韓國國立中央圖書館所藏的三卷本《韓内翰香匳集》扉頁有"朝鮮總督府圖書館"的鈐印,並記有"昭和 17.12.25"字樣。則此書傳入朝鮮至遲在昭和十七年(1942)十二月二十五日以前,是日本殖民統治時期舶至朝鮮的。

比較韓國藏本與關西大學圖書館藏本(見圖 2-1),兩種本子的版本特徵幾乎完全相同。惟有扉頁書名"韓内翰香匳集"的字體稍有區別,則兩書扉頁所用底版並不相同。由此可知韓國藏本與關大藏本雖然都係萬笈堂刊本,却並非同次印刷。然而兩本面貌極爲接近,目前已很難判斷刊刻的先後順序。此外,韓國藏本卷末亦無《萬笈堂新鐫發行詩集類略目》(即萬

圖 2-3 藏萬笈堂刊《韓内翰香匳集》扉頁
(韓國國立中央圖書館藏)

笈堂發行書目的廣告)。這就可以證明萬笈堂本《香奩集》分爲有《略目》與無《略目》兩種。且萬笈堂本《香奩集》在短時間內多次印刷,時至今日仍有數部保存於各家機構,大約當時的發行狀況亦比較良好。

三、覆刻本

根據《享保以後江户出版書目》的記錄,萬笈堂本《香奩集》刊行後,底版即被售出。此後最早的覆刻本是文化八年(1811)江户須原屋伊八與山田屋佐助合刻的《韓內翰香奩集》三卷。此本現於東大總合圖書館、靜嘉堂文庫、關西大學圖書館等多家機構有藏。扉頁題"柳灣菱湖兩先生校閱／韓內翰香奩集／文化辛未新鐫",卷尾卷大任跋文後記有書商名號"書賈 江户淺草茅町二丁目 須原屋伊八,,同兩國吉川町 山田屋佐助"。此本於文化八年(1811)辛未刊行,與萬笈堂本的刊刻尚在同一年,可以推知係英平吉出售底版後不久即付梓重刻的。

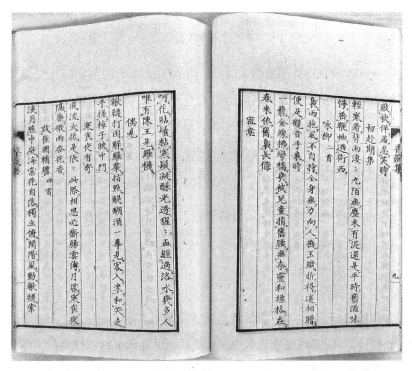

圖2-4　江户須原屋伊八、山田屋佐助合刻《韓內翰香奩集》書影
(東大總合圖書館藏)

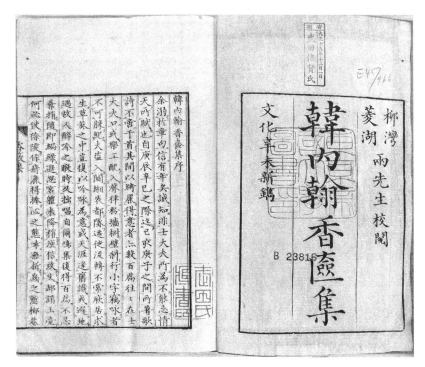

圖2-5 明治和泉屋吉兵衛、須原屋伊八合印《韓内翰香奩集》書影
（東大總合圖書館藏）

除文化八年（1811）的覆刻本以外，尚有明治時期的覆刻本存世。東大總合圖書館藏有和泉屋吉兵衛與須原屋伊八合印《韓内翰香奩集》三卷（登録號E45-966）一冊，版本特徵與上述覆刻本幾乎完全一致。此本扉頁也題有"文化辛未新鐫"字樣，與上述文化八年（1811）覆刻本相同，不過卷尾版權頁記作"書賈 東京淺草茅町二丁目須原屋伊八，同 芝 神明前和泉屋吉兵衛"。江户改稱東京在明治元年七月（1868年9月），由此可知此本係明治年間的覆刻本。然具體刊刻年月未詳。

四、鈔本

卷大任跋文開篇云："右唐韓致堯《香奩集》，余上年手録，今兹於郷族館柳灣同校授梓。"則知萬笈堂刊本《香奩集》原係卷氏手抄。按東洋文庫藏有江户鈔本《韓内翰香奩集》三卷一册。全書由細楷抄録，字體極秀麗工整。此書自《韓内翰香奩集序》始，至卷三七言絕句《欄杆》一首止。全文有朱筆句讀，但無訓讀標記。行數、字數、字體皆與萬笈堂初版相同。筆者據花園大學圖書館所藏卷大任遺墨《卷菱湖唐詩帖》（楷書・行書）及影印本卷大任手抄《千字文》（楷書・行書）①之楷書部分與此鈔本相比較，字體字形皆十分相似。則東洋文庫所藏此鈔本《香奩集》很有可能是卷大任的真迹。另外，此鈔本卷末並無卷氏跋文，大約跋文係卷氏於刊刻前夕所寫。這也符合江戶時代書籍刊行時的慣例。結合各種情況來看，此本應當正是卷氏跋文中所謂"上年手錄"的鈔本實物。

除此之外，東大總合圖書館還藏有另一種鈔本。此本扉頁題作"韓内翰香奩集"。正文自《韓内翰香奩集序》始，至卷氏跋文終。内容上與萬笈堂刻本雖無出入，不過此書行數、字數（每頁一四行、每行廿八字）與上述諸版本（每頁十行、每行廿一字）不同。另外全書並無訓讀標記，惟書序至卷一《踏青》一首注有朱筆句讀。此本抄寫雖可稱工整，但與卷大任的書法相比差之甚遠。此鈔本的成書年代雖無法確知，但既然卷末附有卷氏跋文，則顯然是據萬笈堂刻本或其覆刻本抄錄而成，抄成時間當在文化八年（1811）三月以後。

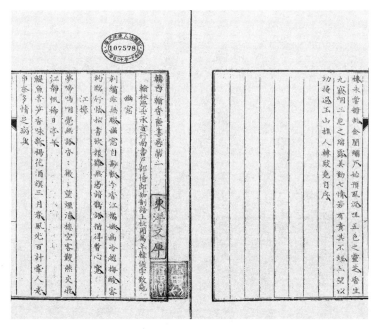

圖 2-6　江戶鈔本《韓内翰香奩集》書影
（東洋文庫藏）

---

① ［日］卷菱湖書：《楷書・行書千字文・日本の美——江戶の書》，新瀉：卷菱湖研究所，2003年8月。

圖 2-7 鈔本《韓內翰香匳集》書影
（東京大學總合圖書館藏）

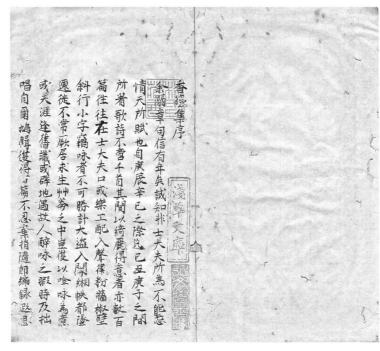

圖 2-8 江戶寫本《香奩集》書影
（日本國立公文書館藏）

最後，有必要指出的是，在萬笈堂刊本《香奩集》面世以前，日本雖並無更早的和刻本《香奩集》行世，却保存有另一種江户時代的鈔本。此鈔本現藏於國立公文書館，係明代汲古閣刻本《香籢集》的寫本。此本卷頭有《香籢集序》，繼之以《香籢集目録》，正文不分卷，卷末有毛晉識語。舊藏者爲江户林家（大学頭）。此本的抄録年代雖無法斷定，不過作爲毛晉所刻一卷本《香奩集》的寫本，所收詩目及排列順序與萬笈堂刊三卷本相較面貌迥異。兩本顯然不屬於同一系統。①

第二節　關於館、卷同校《韓内翰香奩集》三卷本的考察

一、編校者卷大任與館柳灣

萬笈堂刊本《韓内翰香奩集》編校者之一的卷大任係江户時代後期書法家、漢學家。據《新潟市史》等資料記載，卷氏生於安永六年（1777年），越後国卷（今新潟市西蒲区）人。天保十四年四月七日（1843年5月6日）卒。本姓池田，名大任，字致遠、起巖，號菱湖，別號弘齋。

卷大任擅篆書、隷書、楷書、行書、草書及假名各體，尤工楷書。其字體端正秀麗，與同時代書法家市河米庵、貫名菘翁並稱爲"幕末三筆"。其手抄《千字文》在當時流傳甚廣，被視爲習字之範本。卷氏書風稱"菱湖體"，對幕末至明治時期的書法界影響甚爲深遠。據傳卷氏門生有萬餘人之多，明治政府及宫内廳所使用的欽定官用文字亦由御家流改爲菱湖流，其於書法界的影響力可見一斑。

另一位編校者館柳灣亦是江户後期新潟出身的漢詩人及書法家。據《新潟市史》記載，柳灣出生於寶曆十二年三月十一日（1762年4月5日），新潟（今新潟市上大川前通）人。天保十五年四月十三日（1844年5月29日）卒。本姓小山氏，後爲館氏養子。名機，字樞卿，通稱雄次郎。柳灣之號，據傳因其故鄉信濃川河岸植有柳樹而得。又有別號石香齋、三十六灣外史等。

如前所述，卷大任爲萬笈堂刊本《韓内翰香奩集》所作跋文對於此書由來

---

① 關於一卷本與三卷本《香奩集》之間的版本關係及考辨，請參考前章。

雖稍有述及，不過，他並未提及抄錄時所使用的底本來源。跋文中既有"上年手錄"之語，可知卷氏抄錄《香奩集》當在創作跋文的前一年，亦即文化六年（1809）。且卷氏所使用的底本當爲三卷本。

二、關於三卷本《香奩集》的考察

與萬笈堂刊本面貌相近的三卷本《香奩集》尚有《唐詩百名家全集》本、王氏麟後山房本與清末吳汝綸評注《韓翰林集》附本三種。《唐詩百名家全集》由清人席啓寓編修，別名《唐人百家詩》，初版刊行於康熙年間。《全集》卷首有葉燮《百家唐詩序》、宋犖《序》及席氏《自序》。葉燮序不記年月，宋犖序落款爲"康熙戊子六月商丘宋犖撰"，而席氏自序落款爲"康熙壬午秋九月朔吳郡席啓寓序"。康熙壬午即康熙四十一年（1702），戊子爲康熙四十七年（1708）。按朱彝尊《曝書亭集》卷第七十五有《工部主事席君墓誌銘》一文，文中記述了康熙帝南巡時曾親臨席啓寓宅第，席氏藉機向康熙帝進獻書籍的逸事。

> 歲己卯，御舟渡太湖，親幸其閭。……暇又輯唐人詩百家，亦鏤版行之。天子幸第時曾進。①

此處的《唐人詩百家》即指《唐詩百名家全集》。己卯係康熙三十八年（1699）。席氏於《唐詩百名家全集·自序》中云："若前鐫五十八家、恭呈御覽。"結合《清史稿·本紀七》等文獻記載來看，席氏向康熙帝進獻《唐詩百名家全集》一事當在康熙三十八年（1699）春、康熙帝第三次南巡之時。不過，席氏當時進獻御前的，只有《唐詩百名家全集》的前五十八家，並非全本。可見其時《全集》的編修尚未最終完成。根據席氏撰寫自序的日期，可以推測全書至遲於康熙四十一年（1702）九月之前已完稿。而刊行則當在康熙四十七年（1708）六月宋犖爲是書作序後不久。② 此書另有光緒八年（1882）補修本及民

---

① [清]朱彝尊：《曝書亭集》卷第七十五，載王雲五主編：《四部叢刊正編》第81册，臺北：臺灣商務印書館，1979年，第566頁。
② 據《工部主事席君墓誌銘》一文記載，席啓寓於康熙三十九年至四十二年（1700—1703）的三年間曾爲母守喪。"服除、甫七月而君卒……"。大約席氏因守孝及罹患等原因而未能於生前刊刻全本《唐詩百名家全集》。而其向康熙帝進獻的《唐詩百名家全集》"前五十八家"則係生前所刻。

國九年（1920）上海掃葉山房石印本①。日本方面，京都大學人文科學研究所藏有初版康熙四十七年（1708）序刊本一部。

麟後山房本《香奩集》係清嘉慶十五年（1810）福建王遐春、王學貞父子校訂刊行。此書收入王氏父子所編《中晚唐五家集》內。五家唐人中，韓偓排名其四。除《香奩集》外，《翰林集》亦別冊刊行。此書扉頁題名作《重刊宋槧唐韓內翰先生香奩集》。日本國立公文書館今藏有《中晚唐五家集》一部十二冊（登錄號 358－0015）。該書校勘嚴密、刻印精美，堪稱善本，然不見於嚴紹璗《日藏漢籍善本書錄》記載。

卷、館同校本《香奩集》無論分卷狀況、所收詩目及排序，與《唐詩百名家全集》本《香奩集》及王氏麟後山房本《香奩集》幾乎完全一致。從時間上來推算，卷大任接觸過這兩種三卷本的其中一種，並抄錄成書是有可能的。不過，王氏麟後山房本的卷頭序題作《自序》，而《唐詩百名家全集》本與館、卷同校本則作《韓內翰香奩集序》。且麟後山房本卷末有《香奩集附錄》，如卷大任係依麟後山房本抄錄，則《附錄》也當一並謄錄。然而館、卷同校本並無附錄。也即是說，館、卷同校本的面貌比之麟後山房本，更接近於《唐詩百名家全集》本。據大庭脩編著《江戶時代唐船持渡書研究》一書內所載《商舶載來書目》（國立國會圖書館藏），天明三年癸卯（1783）曾有《唐詩百名家全集》一部八套舶來日本。②另同書內所載天明六年（1786）春正月抄錄的《寅拾番船持渡書改目錄寫》（松浦史料博物館藏）中，亦有《唐詩百名家全集》八套四十本舶來的記錄。③

不過，據筆者調查，並未發現江戶時代有《中晚唐五家集》舶來日本的記錄。綜合上述情況，卷大任據《唐詩百名家全集》本《香奩集》為底本抄錄的可能性最大。值得注意的是，館、卷同校本卷末所收《欄干》一首，現存各本《香奩集》均未收。事實上，《欄杆》係韓偓《翰林集》中的作品。此詩在詩風上雖然與《香奩集》內的作品相近，不過緣何會出現在卷大任、館柳灣同校的

---

① 上海掃葉山房石印本不分卷。閆簡弼先生所見即此本，因而閆氏《〈香奩集〉跟韓偓》一文中未將《唐詩百名家全集》本《香奩集》歸為三卷本之類。
② ［日］大庭脩編著：《江戶時代における唐船持渡書の研究》，大阪：關西大學東西學術研究所，1967年，第686頁。
③ 同上書，第415頁。

《香奩集》之內，十分值得探討。萬笈堂本《香奩集》刊行的前一年也即文化七年（1810），由野原衡校訂的《韓翰林集》三卷已於京都刊行，卷、館二人接觸到《韓翰林集》完全是有可能的。筆者以爲，卷、館二人特意從《韓翰林集》中選出《欄杆》一首，附於卷氏手鈔本《香奩集》的卷末。江户中後期以來，各書商與書肆的版權意識已十分普遍。卷、館二人據《唐詩百名家全集》本《香奩集》抄錄後校訂并付梓刊行，大約二人考慮到底本的版權問題，爲避免日後爭端，遂在卷末補入《欄杆》一首，以示與底本的區別。卷氏刻意沒有在跋文中提及底本的詳細情形，恐怕也是出於這一考量。

此外，需要指出的是，萬笈堂刊本與《唐詩百名家全集》本的書名均爲《韓內翰香區集》。而除去這兩種本子以外，再無以《韓內翰香區集》命名的本子。這當中也可反映出兩種本子之間的繼承關係。

其實，不惟館、卷同校本，《唐詩百名家全集》本與吳汝綸評注本皆不曾提及底本的情況。王遐春麟後山房本扉頁雖然題作"重刊宋本香薟集三卷"，具體使用何種宋本覆刻，王氏父子並未作出說明。有宋一代關於《香奩集》的版本記錄，幾乎均爲一卷本（惟陳振孫《直齋書錄解題》作二卷），三卷的刻本乃至鈔本並無任何記錄。如果王氏所言"重刊宋本"屬實，則至清代嘉慶年間仍有一種三卷編年本宋版《香奩集》存世。

按錢曾《讀書敏求記》卷四《韓內翰香奩集三卷》條下著錄有元人鈔本《香奩集》一種：

> 《香奩集》三卷，予從元人鈔本錄出。末卷多《自負》一詩，洪邁《絕句》亦未收。行間字極佳，比流俗本迥異。予嘗命名手繪圖二十六幅，裝潢成帙，精妙絕倫，閱之意蕊舒放。[1]

錢曾係明末清初著名的藏書家，其著作《讀書敏求記》素以著錄版本詳實精嚴而備受推崇，被視爲目錄學經典之作。錢氏所云元人鈔本今已不傳，然三卷之數，與《唐詩百名家全集》本、王氏麟後山房本、吳汝綸評注本及江户萬笈堂刊本卷數相吻合。而洪邁（1123—1202）所編《萬首唐人絕句》內未收的

---

[1] ［清］錢曾：《讀書敏求記》卷四，載王雲五主編：《叢書集成初編》，上海：商務印書館，民國二十五年（1936），第146—147頁。

《自負》一詩，上述四種本子的末卷内均有收。① 錢氏所云元人鈔本與王氏父子所使用的宋本之間是否存在繼承關係目前雖然已無法確知，但兩種本子很有可能屬於同一系統的三卷本。假設有一種三卷本的《香奩集》自宋代傳至元代，且直至清代中葉仍存於世，爲席啓寓、王退春等人所見，並加以校勘覆刻，則可以爲現存四種三卷本《香奩集》之所以面貌如此相近提供合理的解釋。不過，在沒有發現上述宋本以及元人鈔本的前提下，一切仍只能停留在假設階段。

三、關於卷氏之跋文

校訂者館柳灣、卷菱湖二人均爲江户時代後期的書法家、漢學者，又皆以嗜好唐詩聞名於世。卷菱湖十九歲時赴江户，師從書法家龜田鵬齋，研習書法及漢詩。卷氏書法以晉唐人爲宗，楷書效唐歐陽詢、褚遂良體，行書效李邕、王羲之體。現存卷氏遺墨之中，唐詩帖數量尤多。館柳灣亦師事龜田鵬齋，尤好中晚唐典雅清麗的詩風，並曾廣刻唐人絕句集如《晚唐十家絕句》《晚唐十二家絕句》《晚唐詩選》《中唐十家絕句》等。尤其受杜牧、温庭筠、李商隱、韓偓等晚唐詩人影響甚深，詩風平易澄明，爲世所好評。除韓偓《香奩集》以外，館氏亦刊行有其他唐宋人別集如《樊川詩集》《茶山集》等。可以想見，對於唐詩尤其是晚唐詩的愛好大約是兩人抄録、校訂《香奩集》的初衷所在。而底本三卷本《香奩集》的發現或入手則很可能是卷、館兩人爲之校訂刊行的契機。

此外，從卷大任的跋文也可以看出他對於《香奩集》作者問題的態度。有關於《香奩集》作者問題，北宋時已有論爭。沈括在其《夢溪筆談》中首次指出《香奩集》乃和凝假借韓偓名義所作。其後，葉夢得論及《香奩集》作者時云："或謂江南韓熙載所爲，誤以爲偓。然不可以爲訓。"② 計有功《唐詩紀事》、劉克莊《後村集》皆從沈括之説，以爲《香奩集》爲和凝所作。惟葛立方在其《韻語陽秋》一書中對沈括之説作出反駁。此後，元人方回（1227—1305）所著《瀛奎律髓》、明人胡震亨（1569—1645）所著《唐音統籤》都對《香奩集》作者問題作出詳細考證，簡言之，皆以沈括（1031—1095）所倡和凝説爲

---

① 事實上，一卷本《香奩集》除《全唐詩》本以外，皆不收《自負》詩。
② [元]馬端臨：《文獻通考》卷二百四十三《經籍考·七十》引用葉夢得之語。京都：中文出版社影印乾隆戊辰序刊本，第三册，1970年，第1923頁。

誤，以《香奩集》爲韓偓所作無疑。

卷大任跋文開篇即簡要叙述了北宋沈括以來關於《香奩集》作者論爭的概况，并十分清楚地提出了自己的主張：

> 余謂此編視之内翰集，氣骨雖稍遜，較之和本集，巧拙夐不同。亦足以斷其非和。

又於文末批判沈括、劉克莊（1187—1269）等人云：

> 論詩不知求之風格，偶見集名之同，遽作此誣説。吾惡《夢溪筆談》之妄，而嘆《後村詩話》之陋。

卷氏明確反駁了沈括、劉克莊所主張的和凝説，以其爲"誣説"。與元明文人相同，他認爲《香奩集》係韓偓所作確鑿無疑。卷、館兩人同校的三卷本特意以《韓内翰香匳集》爲内頁題名，大約也有爲作者韓偓正名的考量在内。

卷氏的這一見解在日本影響甚爲深遠。此後，自江户末期至明治時期所刊行的《香奩集》，皆以《韓内翰香匳集》爲題名。且江户末期至明治年間的漢詩人與漢學者從未有人對《香奩集》的作者問題提出任何異議。例如江户末期漢詩人小野湖山（1814—1910）《題森春濤蓮塘詩後》一詩云："千古香奩韓渥①集，繼之次也竹枝詞。兩家以外推妍妙，一種森髯艷體詞。"（《湖山近稿》卷二）森春濤詩集中亦有一首集《香奩集》内詩句爲七言絶句的作品，詩題下自注"每句韓偓"。② 可見時人皆以爲《香奩集》係韓偓别集。

萬笈堂刊本《香奩集》以及覆刻本的刊行爲當時的日本漢詩界引進並介紹了韓偓的香奩體詩作，可以説間接地促成了幕末維新時期日本漢詩壇香奩體詩風的流行。自江户末期開始，日本詩壇多有受韓偓香奩詩影響，並積極創作香奩體詩的漢詩人出現。譬如漢學家賴山陽的女弟子江馬細香（1787—1861）係

---

① 原文作"渥"。見小野湖山著《湖山近稿》卷二，國文學研究資料館所藏明治十年（1877）刊本，第21頁。
② ［日］森春濤：《游仙集唐三首》其三，見《春濤詩鈔》卷三《人日草堂集》，東京：文會堂刊本，第一册，明治四十五年（1912），第8頁。原書"句"誤刊作"句"。

江户末期較有影響力的女詩人，她從女性的視角出發，創作有大量的香奩體詩作，如《夏日偶作》《秋海棠》等。除女詩人以外，幕末至明治初期的男性詩人森春濤、丹羽花南（1846—1878）、中野逍遥（1867—1894）等人皆對艷體詩，尤其是香奩體表現出濃厚的興趣。幕末明初時期的漢詩壇可謂備極一時之盛，各派詩體皆占有一席之地，其中又以森春濤所倡導的艷體詩最爲盛行。春濤一派的漢詩人們極力推崇韓偓的香奩艷體詩風，着力於艷體詩的創作甚深。此種文學現象與江户末期和刻本《香奩集》的刊行與流布當有直接關係。另一方面，江户後期至明治初期的漢詩人們對韓偓《香奩集》的注目與關心大約也是和刻本《香奩集》不斷得以再刻的原因之一。

第三章 從韓偓香奩詩到森春濤的艷體詩

　　明治漢詩人森春濤雅好唐人韓偓之香奩體詩，並通過艷體詩的創作對當世漢詩壇產生極大影響。春濤艷體詩中所刻畫的場景與情致繼承韓偓香奩詩的痕跡較爲明顯。而對女性容貌姿態的描寫，以及情感與心理的細緻刻畫則是春濤艷體詩與韓偓香奩詩的共通之處。特別是以四季（尤其是春、秋）景物聯想至女性，並將之比擬爲女性姿容而加以吟咏，可謂春濤艷體詩的一大特色。不過，圍繞韓偓香奩詩的創作意圖歷代雖多有論爭而莫衷一是，僅從韓詩內容來看，除去對女性的姿容與情緒之細膩描寫之外，並無對女性才學或人格的欣賞與贊美。而春濤詩對女性主題的關心，並不僅限於刻畫女性的姿容與情感，對女性的文學才能以及人格亦給予相當程度的重視。一生中三度喪妻的春濤創作有數量衆多的悼亡詩，其中部分詩作雖然透露出濃厚的香奩詩風，然而作者更着力於表達對亡妻們文學才華的稱賞之情與惋惜之意，以及人格上的尊重與情感上的共鳴。這與歷來香奩詩囿於閨閣脂粉的創作傳統可謂風貌迥異。

　　遷居東京之後的春濤，仍有大量艷體詩作問世。這一部分作品的創作旨趣，可以從他頻繁的社會活動中窺見一斑。春濤在運營茉莉吟社期間，延引明治政府的高官及社會名流入社，從而鞏固其在漢詩壇的主導地位。詩歌創作上，春濤以其特有的優美纖細、豔冶憂愁的詩風，風靡當世詩壇。春濤於晚年聲名大熾，並最終成爲漢詩壇的領袖人物，與其着力經營艷體詩的創作，進而影響當世的詩歌審美風氣，有着極爲密切的聯繫。

第一節　香奩體的形成與藝術特色

一、韓偓與香奩體

　　韓偓，字致光①，小字冬郎，自號玉山樵人。京兆萬年人。據徐松《登科記考》卷二四記載，韓偓於昭宗龍紀元年（889）擢進士。《新唐書》卷一八三《韓偓傳》："擢進士第，佐河中幕府。召拜左拾遺，以疾解。後遷累左諫議大夫。宰相崔胤判度支，表以自副。王溥薦爲翰林學士，遷中書舍人。"昭宗被囚，偓與宰相崔胤定策誅當權宦官劉季述。天復元年（901），迎昭宗反正，遷左諫議大夫、充翰林學士。宦官韓全誨劫持昭宗至鳳翔，偓夜追及鄠，見帝痛哭，至鳳翔，遷兵部侍郎、翰林學士承旨。天復三年（903）扈從昭宗回京，薦王贊、趙崇爲相，忤權臣朱全忠，幾被殺，貶濮州司馬。天復四年（904），再貶榮懿尉，途中徙鄧州司馬，聞朱全忠殺崔胤並挾昭宗遷都洛陽，遂棄官南下湖南，後携家流寓閩中。朱全忠三次徵召復官，皆不赴召，全節以終。

　　韓偓少有文名。父韓瞻字畏之，文宗朝開成二年（837）進士，與李商隱（約812—約858）同年，二人皆爲王茂元之婿，遂有連襟之誼。韓偓十歲時，曾即席賦詩，舉座皆驚。義山遂贈詩云："十歲裁詩走馬成，冷灰殘燭動離情。桐花萬里丹山路，雛鳳清於老鳳聲。"（《韓冬郎既席爲詩相送因成二絕》其一）傳爲美談。

　　偓之人品，歷爲人所稱頌。馬端臨（1254—1323）《文獻通考》謂："偓有君子之道四焉：唐之末南北分朋而忘其君，偓崔允門生，獨能棄家從上，一也；其時搢紳無不交通內外，以躐取爵祿，偓獨能力辭相位，二也；不肯草韋貽範

---

① 《新唐書》卷一八三《韓偓傳》作"字致光"，宋以來學者多從此說。致堯說始見宋計有功《唐詩紀事》卷六五。金人元好問《唐詩鼓吹》、明人胡震亨《唐音癸籤》、清人王士禛《池北偶談》及吳汝綸評注《韓翰林集》等皆持此說。另有"致元"一說，見於胡仔《苕溪漁隱叢話》前集卷二三、後集卷十五及魏慶之《詩人玉屑》卷十六。胡仔此說孤立無證，恐是訛光爲元。《玉屑》照錄《叢話》原文而不察。宋人計有功駁致光之說曰："偓字致堯，今曰致光，誤矣。"然未給出理由。紀昀批元人方回《瀛奎律髓》之說辨曰："堯訛光，下仿此。偓佺，堯時仙人，堯問道焉。故名偓，而字致堯。諸本或作光，以形近而訛耳。"有清一代多從紀氏之說。此從《新唐書·韓偓傳》，參見本書附錄一《韓偓字辨正》。

起復麻，三也；不肯致拜於朱温，四也。"① 蓋言其一生行事，深合儒家忠君守節之道。明人謝榛（1495—1575）《四溟詩話》贊其"節行似潛"。《四庫全書總目提要》亦云其"死生患難，百折不渝，晚節亦管寧之流亞，實爲唐末完人"。稱韓偓爲"唐末完人"，可見提要作者對於韓偓之人格品節備極贊賞。

韓偓詩集有《香奩集》與《韓内翰别集》兩種。② 其《香奩集》中的大部分作品，被後人稱爲香奩體詩。嚴羽《滄浪詩話·詩體》條下列有香奩體，下注云："韓偓之詩皆裾裙脂粉之語，有《香奩集》。"所謂"皆裾裙脂粉之語"，即指以描寫女性爲詩歌的主要內容。例如韓偓的香奩體名作《寒食夜》：

惻惻輕寒翦翦風，小梅飄雪杏花紅。
夜深斜搭鞦韆索，樓閣朦朧煙雨中。③

王仁裕《開元天寶遺事》卷下"半仙之戲"條下云："天寶宫中至寒食節，競豎鞦韆，令宫嬪輩戲笑以爲宴樂。帝呼爲半仙之戲。都中士民因而呼之。"④ 韓偓長年於禁中當值，與宫人常有往來。《香奩集》中以寒食、鞦韆爲吟咏對象的作品有十餘首，皆以懷念昔日戀人爲主題。⑤ 此一首中雖未有人物出現，不過第三句特意描寫深夜中空懸的鞦韆，實則暗示作者所思念的乃是寒食節當日以鞦韆爲戲的女子，且此女子極有可能是禁中的宫人。末句寫到雨霧中的樓閣，大約正是良人所居之處。短短二十八字，將作者惆悵懷人之心，曲折委婉地刻畫出來。而語言之優美，情感之深沉，意境之朦朧，可稱得上是《香奩集》中的上乘之作。

不過，《香奩集》由於"皆裾裙脂粉之語"，長期以來被視爲六朝宫體詩之餘緒，代表着一種頹靡的文學風氣。事實上，《香奩集》與宫體詩之間存在着本

---

① [元]馬端臨：《文獻通考》卷一百九十六，京都：中文出版社影印乾隆戊辰序刊本，1970年第二册，第1654頁。
② 《韓内翰别集》也作《玉山樵人集》《韓翰林集》等。
③ [清]吴汝綸評注：《香奩集》卷一，臺北：臺灣學生書局，1967年，第114頁。
④ [五代]王仁裕《開元天寶遺事》，載[明]顧元慶編《陽山顧氏文房》第二函，見嚴一萍選輯《百部叢書集成》三，臺北：藝文印書館，1966年，第4頁。
⑤ 如《想得》詩："兩重門裏玉堂前，寒食花枝月夕天。想得那人垂手立，嬌羞不肯上鞦韆。"又如《寒食日重游李氏園亭有懷》："往年同在鶯橋上，見倚朱欄詠柳綿。今日獨來香徑裏，更無人跡有苔錢。傷心闊别三千里，屈指思量四五年。料得它鄉遇佳節，亦應懷抱暗凄然。"

質上的區別。嚴羽《滄浪詩話・詩體》條下於"香奩體"後列出"宮體",注云:"梁簡文傷於輕靡,時號宮體。其他體制尚或不一,然大槩不出此耳。"嚴羽以爲,宮體詩之特徵,是"傷於輕靡",這就比對"香奩體"的注語多出一份批判的感情色彩。仔細玩味《香奩集》中一百餘首詩作,雖然大致皆以女性爲描寫對象①,然而較之宮體詩,描寫的側重點與情感的趨嚮却有所不同。

宮體詩着重摹寫女子的容貌及服飾,可謂筆致入微、盡態極妍。而韓偓香奩詩則在描寫女性聲色外貌的同時,更注重刻畫其意態神情乃至內心情感。試舉《裹娜》②一詩爲例:

裹娜腰肢澹薄妝,六朝宮樣窄衣裳。
著詞暫見櫻桃破,飛醆遙聞豆蔻香。
春惱情懷身覺瘦,酒添顏色粉生光。
此時不敢分明道,風月應知暗斷腸。

首二句先咏女子體態妝飾,繼而寫其朱唇玉步、曼舞輕歌,不可不謂豔麗。緊接着筆鋒一轉,寫她身形單薄、情懷鬱鬱,而又強自歡笑、暗藏心事,詩人分明已然感受到她內心深埋的隱衷,遂生憐惜之情,而無輕薄之意。比諸蕭綱《美女篇》、梁江洪《詠舞女》這樣描寫對象近似的宮體之作,筆致所觸更爲深透,情感內涵也更爲豐富。再如《嬾起》一詩:"百舌喚朝眠,春心動幾般。枕痕霞黯澹,淚粉玉闌珊。籠繡香煙歇,屏山燭焰殘。煖嫌羅襪窄,瘦覺錦衣寬。昨夜三更雨,今朝一陣寒。海棠花在否?側臥捲簾看。"③詩人並不摹寫女子容顏妝服,而是落筆於枕上闌珊的淚痕及香煙消歇、殘燭明滅的居室,以女主人公擁衾不眠、捲簾看花的細節作結,委婉而細膩地表現出她徹夜未眠,惜花傷春的感懷身世之情。其意境之淒美、情懷之蘊藉,十分耐人尋味。④

統觀《香奩集》內的作品,與梁陳宮體詩的輕浮穢豔之風相比,氣質上更爲感傷。這恐怕與韓偓所處的時代氛圍及其個人身世經歷不無關係。晚唐社會

---

① 《香奩集》中亦有描寫男性相思與回憶之作,若《蹤跡》《病憶》等篇,這一部分嚴羽不曾提及,後世效仿香奩體之作亦少涉獵,筆者以爲這些作品對於理解、研究韓偓內心情感歷程,至關重要。
② [清] 吳汝綸評注:《韓翰林集・香奩集》卷二,臺北:臺灣學生書局,1967年,第136頁。
③ [清] 吳汝綸評注:《韓翰林集・香奩集》卷一,臺北:臺灣學生書局,1967年,第109頁。
④ 李清照《如夢令》一詞有"試問捲簾人,却道海棠依舊"之語,蓋即直化韓偓此詩末二句而來。

藩鎮割據、宦官擅權、朋黨傾軋、農民蜂起，在這樣內憂外患、飄搖動蕩的時代背景之下，詩人仕途蹭蹬、浮沉患難的遭際，空懷憂國之志而終究無力回天的人生遺憾，或許還有他難以明言的情感經歷上的曲折與隱痛，使得《香奩集》籠罩着一層淡淡的感傷情緒。① 韓偓筆下的女子，常散發出一種多愁善感、綺怨哀傷的氣質。一事一物都可以引發她們無限的愁思與悵惘。譬如《五更》一詩：

> 秋雨五更頭，桐竹鳴騷屑。
> 却似殘春間，斷送花時節。
> 空樓雁一聲，遠屏燈半滅。
> 繡被擁嬌寒，眉山正愁絕。②

這又是一個擁衾不眠的女子形象，秋雨、曲聲、雁唳、燈影，這一系列的意象均是寂寥冷清而惹人愁緒的。詩人沒有明言女子因何而愁絕，就內容而言，這與一般的閨怨詩並無二致。然而結合晚唐末世風雨飄搖的時代氣氛及詩人顛沛流離的遭際，就不難體會出，詩中這種淒涼傷感的情調，分明同時也是時代憂患意識的自然流露。

通過對女性意態愁容、慵懶舉止的刻畫，體現人物內心情緒，借由富有特徵的環境與景物描寫來烘托人物情思，構成了韓偓香奩詩中兩種慣見的藝術手法。就詩歌的意象而言，《香奩集》中所采用的大致可以概括有三：鮮艷、靜謐與清冷。

韓偓頗爲注重對顏色的感覺，香奩詩中常寫到紅、白、綠三色。如"碧闌幹外繡簾垂，猩血屏風畫折枝""酥凝背胛玉搓肩，輕薄紅綃覆白蓮""綠屏無睡秋分簟，紅葉傷時月午樓"等句，皆色調明艷，在視覺上予人以衝擊，讀者仿佛置身於畫卷之中，詩中景物皆鮮明可感。

此外，韓偓筆下的世界常常是安靜沉謐的，抑或借細微的聲響來加以烘托。因此，《香奩集》中常出現諸如"夜"這樣時間性的詞語。如韓偓的名句

---

① 需要指出的是，《香奩集》中也包含着一部分韓偓入仕前之作，如《詠柳》等，詩風清新明媚，與後期有所不同。
② [清] 吳汝綸評注：《韓翰林集》内《香奩集》卷二，臺北：臺灣學生書局，1967年，第133頁。

"夜深斜搭鞦韆索,樓閣矇矓煙雨中",意境矇矓而安靜,耐人尋味,惹人遐思。再如《效崔國輔體四首》之一:

> 淡月照中庭,海棠花自落。
> 獨立俯閑階,風動鞦韆索。①

區區二十字,就將一幅春夜庭院寂寞淒清的畫面展現在讀者面前。斯人獨立,雖一語不發,而幽情愁緒,已透紙背。末了風動鞦韆的一個鏡頭以動襯靜,更加烘托了全詩清冷的氣氛及主人公幽怨的心理。

再次,《香奩集》中喜用"寒"字,若"香侵蔽膝夜寒輕,聞雨傷春夢不成""惻惻輕寒剪剪風、小梅飄雪杏花紅""羅幕生春寒、繡窗愁未眠"等,不勝枚舉。借由身體的寒冷,傳達出人物寂寞淒苦的內心情懷。

《香奩集》中這種細膩的筆觸、婉曲的情致恰恰昭示出晚唐詩歌由盛唐時代的疏闊外放轉而為收縮內斂的時代特徵,尤有繼承李義山詩的地方。意境上追求幽深小巧,風格上趨於柔婉綺艷,對後世曲子詞的興盛,產生了不容小覷的影響。

不過,像韓偓香奩詩這樣以吟咏女性,或以表現對女性的愛慕思念之情為主題的作品,有悖於"溫柔敦厚"的傳統詩教,因而歷來文人對於韓偓香奩詩的評價,以批評居多。例如元人方回所著《瀛奎律髓》卷七云:"惟香奩之作,詞工格卑""香奩之作為韓偓無疑也。……淫海之言,不以為恥,非唐之衰而然乎?"② 陶宗儀《說郛》卷八十二下引高秀實語云"韓渥香奩集麗而無骨"。鄭方坤《五代詩話》卷六云:"詩有銷魂者三,《香奩集》其一也,夫銷魂者,即壞心田之謂也。"③ 即便如吳闓生為其父吳汝綸所注《韓翰林集》撰寫跋文,云"夫志節皭皭如韓致堯,即香奩何足為累?此固不必為諱"④。仍目香奩詩為白璧微瑕,以為並不足取。不過,清人論及香奩詩及《香奩集》時,頗多辨正之辭。認為韓偓借"香草美人"之筆法,寄託遙深。譬如唐孫華《讀韓致堯集》

---

① [清]吳汝綸評注:《韓翰林集》內《香奩集》卷二,臺北:臺灣學生書局,1967年,第126頁。
② [元]方回選評、李慶甲校點:《瀛奎律髓彙評》上冊,卷七"風懷類",上海:上海古籍出版社,1986年,第279—280頁。
③ [清]鄭方坤:《全閩詩話》卷一亦有此語。
④ [清]吳汝綸評注:《韓翰林集》,臺北:臺灣學生書局,1967年,第164頁。

一詩云："身世阽危事不堪，孤臣銜淚灑天南。沈湘有恨生無益，賣國何人死尚慚。造膝誰能容陸九，撩鬢終是怕朱三。美人香草皆離怨，莫道香奩語太憨。"①直言香奩詩中所寄托的，是去國懷君之離怨，非尋常之麗言綺語。皮錫瑞（1850—1908）《經學通論》亦云："即如李商隱之無題，韓偓之香奩，解者亦以爲感慨身世，非言閨房。"②而震鈞著《香奩集發微》，結合韓偓生平事迹，對集內詩作逐一做政治抒情的解讀，並稱《香奩集》是"有唐之《離騷》《九歌》，復考其辭，無一非忠君愛國之憂。"③評價雖高，不免有附會之嫌。

雖然韓偓之品節頗爲後世所稱頌，但其《香奩集》中的作品，因爲充滿"裾裙脂粉"的女性趣味，爲正統士大夫所不能接受。大約也正因爲如此，自宋代開始，關於《香奩集》作者問題的論爭持續了很長一段時間。沈括（1031—1095）在其《夢溪筆談》中最先質疑《香奩集》的歸屬問題，並確言《香奩集》乃和凝嫁（898—955）名韓偓之作。④宋人計有功（生卒年不詳）《唐詩紀事》、劉克莊（1187—1269）《後村集》皆從沈括之說。葉夢得（1077—1148）則指出當世已有"或謂江南韓熙載所爲，誤以爲偓"的說法，不過葉氏本人對這一說法予以否定，認爲"不可以爲訓矣"。⑤葛立方（？—1164）在其《韻語陽秋》中對沈括"和凝說"加以反駁。其後，元人方回之《瀛奎律髓》、明人胡震亨之《唐音統籤》對於此一問題皆詳加考證，蓋謂和凝之說有誤，《香奩集》確爲韓偓所作無疑。入清以後，學者大抵以爲和凝、韓熙載（902—970）二說存疑甚多，而又缺乏旁證，主張《香奩集》的作者仍屬韓偓。筆者以爲，《香奩集》在傳世過程中屢有增補，新唐書著錄《香奩集》一卷，至吳汝綸評注《韓翰林集》時已增至三卷，這其中極有可能混入他人之作，或爲誤錄，或爲托名。讀《香奩

---

① ［清］唐孫華撰：《東江詩鈔》卷十二，見《四庫禁燬書叢刊》，集部第187册，北京：北京出版社，2000年，第411頁。
② ［清］皮錫瑞著：《經學通論》，北京：中華書局，1982年，第62頁。
③ ［清］震鈞：《香奩集發微·序》，東洋文庫所藏清宣統三年（1911）排印本。
④ 《夢溪筆談》卷十六云："和魯公有艷詞一編名《香奩集》，凝後貴，乃嫁其名爲韓偓，今世傳韓偓《香奩集》，乃凝所爲也。……予在秀州，其曾孫和惇家藏諸本，皆魯公舊物，末有印記甚完。"雖言之鑿鑿，卻並未明言在秀州和惇家所見舊物，是否即爲《香奩集》。故歷來學者，多有存疑。且"艷詞"之稱，語頗含糊，考之宋人孫光憲《北夢瑣言》卷六載："晉相和凝少年時好爲曲子詞，布於汴洛。洎入相，專託人收拾焚毁不暇。然相國厚重有德，終爲艷詞玷之。契丹入夷門，號爲'曲子相公'。"可見"艷詞"一稱，恐是實指，由此和凝之《香奩集》則極有可能是與韓偓《香奩集》同名的詞集。
⑤ ［元］馬端臨：《文獻通考》卷二百四十三《經籍考·七十》引葉夢得語。清乾隆戊辰（1748）序刊本，第三册，京都：中文出版社影印，1970年，第1923頁。

集》時當細審之。

二、香奩體在日本的影響

儘管韓偓的香奩詩受到宋以來士大夫們的批判，仍不乏有詩人效仿香奩體進行創作。與嚴羽同時代的葉茵所著《順適堂吟槀》中，即有以"香奩體"爲題的詩作收入。明末王彥泓所著《疑雨集》、元人楊維楨所著《復古香奩集》，以及清人袁樹（1730—?）所著《紅豆村人詩稿》中，亦不乏仿效韓偓香奩詩而吟咏的作品。嘉慶、道光朝的詩人陳文述（1771—1843）更是深好香奩體詩，其詩集《碧城仙館詩鈔》及《頤道堂外集》中多有香奩艷體之作，并於江戶末期傳入日本，屢有和刻本或選本問世，在日本漢詩界可謂擅一時之盛。

《香奩集》流傳至日本，年代則更早。前文中已經指出，目前《唐詩百名家全集》舶至日本最早的記錄在天明三年即西曆1783年（據日本國立國會圖書館藏《商舶載來書目》）。《中晚唐五家集》雖無舶來記錄，但根據卷首鈐印，此書舊藏淺草文庫。淺草文庫的前身是明治五年（1872）成立的日本近代第一家公立圖書館"書籍館"，明治七年（1874）書籍館閉館，次年改建爲淺草文庫。明治十四年（1881）淺草文庫閉館，藏書大部分移往東京國立博物館，另有部分被收入內閣文庫，今藏於國立公文書館。《中晚唐五家集》即屬於後者，則《中晚唐五家集》極有可能於明治初年舶至日本。而國立公文書館今藏明代汲古閣本《香籢集》，卷首有紅葉山文庫鈐印。紅葉山文庫係寬永十六年（1639）時任幕府將軍的德川家光於江戶城內紅葉山所建之文庫，但紅葉山文庫這一名稱實則在明治時期方開始使用，藏書印也係明治時期所製。明治維新以後，紅葉山文庫移交太政官管理，後爲內閣文庫所繼承。再轉藏於國立公文書館。可見，汲古閣刻本《香籢集》可能於江戶時代前葉即已舶至日本。

在明刊、清刊的《香奩集》先後舶至日本以後，和刻本《香奩集》及其覆刻本、鈔本亦不斷問世並廣爲流布。受此影響，幕末至明治初期的漢詩人中多有愛好韓偓香奩詩、且不乏創作香奩體詩者。最早積極接受香奩詩影響的詩人大約是江戶後期的女詩人江馬細香（1787—1861）。細香系美濃大垣（今岐阜縣大垣市）藩醫江馬蘭齋之女。本名多保。自幼隨父習漢詩，亦擅南畫。師事當世名宿賴山陽。文化十年（1813）細香二十七歲時，經賴山陽介紹，與武元登登庵、浦上春琴、小石元瑞等京中名流多有切磋交流，詩畫之技隨之精進。又於鄉里間與梁川星巖、村瀨藤城等詩家集會，創立白鷗社，頗多酬唱之作。有詩集《湘夢遺稿》二卷，細香詩筆致纖細，風格濃艷，受香奩體浸染頗深，常以表現女性生活及情感為詩歌主題。例如其《夏日偶作》一首云：

永日如年晝漏遲，霏微細雨熟梅時。
午窗眠足深閨靜，臨得香奩四艷詩。①

此詩描寫了夏日午後，詩人午睡醒來於深閨之中臨寫香奩體詩四首的生活場景。特別表現出女性特有的閨閣樂趣與詩人閑適慵懶的情緒。同時，此詩也可反映出細香愛好香奩詩的文學趣味。而除此詩以外，細香詩集《湘夢遺稿》中，頗多效仿香奩體的作品。

進入明治時期以後，森春濤、丹羽花南②、中野逍遙③、上夢香④、本田種竹⑤等漢詩人皆於香奩體詩創作用力頗深。其中以艷體詩創作風靡當世詩壇，並產生深遠影響的當屬明治初期的漢詩人森春濤。

---

① ［日］江馬細香：《湘夢遺稿》卷上，富士川英郎等編《詩集日本漢詩》第十五卷，東京：汲古書院，1989年，第148頁。
② 丹羽花南（1846—1878），尾張藩士。丹羽氏常（號閑齋）之長子。通稱淳太郎，幼名錠太郎；本名賢，字覺，又字大受；以花南為號。詩學森春濤，畫學外祖高木雪居。明治以後，入森春濤所主辦的茉莉吟社，文學創作上十分活躍。與神波即山、奧田香雨、永阪石埭並稱為春濤門下四天王。係明治初期代表性的漢詩人。明治十一年（1878）病故，享年三十三歲。性激越，愛詩酒，以多才聞名於世。明治十三年（1880）其詩集《花南小稿》二卷由森春濤編訂刊行。
③ 中野逍遙（1867—1894），本名重太郎，字威卿，別號狂骨子。生於伊予国賀古町（今愛媛縣宇和島市）。先後就讀于南予中學、大學預備門，後考入東京大學漢文科。係明治十七年（1894）東京大學漢文科第一屆畢業生，並得以留任。是年秋，因急性肺炎病故，享年廿八歲。明治廿八年（1895）遺作《逍遙遺稿》（正、外二編）出版。作品多以描寫戀愛心理為主題。
④ 上夢香（1851—1937），明治至昭和前期漢詩人、雅樂家。名真行，夢香乃其號。京都人，係幕末明治時期雅樂家上真節之子。明治三年（1870）隨父入太政官雅樂局，為伶員。明治十四年（1881）任音樂取調掛教官，於東京女子師範學校、學習院教授雅樂，後任東京音樂學校教授。大正六年（1917）任宮內省雅樂部樂長。編有《小學唱歌集》，作有《天長節》《鐵道唱歌》《一月一日》等歌曲。昭和十二年（1937）卒，享年八十七歲。有詩集《夢香論樂詩稿》行世。
⑤ 本田種竹（1862—1907），名秀，字實卿，通稱幸之助。阿波國德島（今德島縣德島市）人。少時赴京都，曾學詩於江馬天江、賴支峰。明治三十二年（1899）赴中國游歷。明治三十七年（1904），決意斷絕仕途，專以詩道為業。種竹以漢詩人身份，與大沼枕山、森春濤、森槐南、向山黃村等當世詩家多有交流，於國分青崖從戎後成為日報《日本》漢詩欄之編輯。以雕心鏤琢、清新雋麗的香奩體聞名於世。與森槐南、國分青崖同為明治末期詩壇之重鎮。有詩集《懷古田舍詩存》六卷、《戊戌遊草》《梅花百種》等傳世。

第二節　森春濤的艷體詩及其特色

一、森春濤與《春濤詩鈔》

　　森春濤，名魯直、字希黃，又字浩甫。初以真齋爲號，後改作春濤①。另有別號如尚老春森髯、如戟居士等②。文政二年（1819）四月二日生於尾張一宮（今愛知縣一宮市）。父森左膳，號一鳥，於下馬町西側行醫。文政十二年（1829）春濤十一歲時，隨岐阜眼科醫中川氏學醫，然春濤不以此爲志趣。天保六年（1835）返回一宮，投入丹羽村鷲津益齋門下，研習漢學。時年春濤十七歲。嘉永三年（1850），赴京都師事梁川星巖，研磨作詩之法，自此詩名漸盛。文久三年（1863）五月，移居名古屋桑名町，設立桑三吟社，從此專事詩文，不再以醫爲業。明治七年（1874）十一月，舉家遷至新都東京，主辦茉莉吟社，與京中詩家名流交游酬唱，聲名大盛。其後，編選《東京才人絕句》及漢詩文雜誌《新文詩》系列，可謂明治初期執漢詩壇之牛耳者。明治二十二年（1889）没。著有《春濤詩鈔》二十卷，由其婿森川鍵藏編修，明治四十五年（1912）由東京文會堂書店刊行問世。

　　森川鍵藏在其識語之中，述及《春濤詩鈔》一書編修之由來甚詳，兹引錄有關文字於下：

　　　　岳丈春濤先生《詩鈔》二十卷。其首四卷，自《三十六灣集》至《絲雨殘梅集》，既經先生手定，題爲《甲籤》。生前上梓，久行於世，而未及其他。令嗣槐南先生有續刻之志，亦未果而逝矣。於是親舊囑余卒其業。余既有瓜葛之親，義不可辭，乃就遺槀③而鈔錄，嗣成十六卷。每集小名既存之，自《林下柴門集》至《老春癭後集》是也。前四卷一依其舊，絕

---

① "春濤"之號取自李義山《哭劉蕡》詩"黃陵別後春濤隔"一句。
② 關於森春濤之名、字、號，現存各種文獻記錄互有出入。其中《一宮市史》第十二編《文藝》記載較爲詳細，且因以森氏户籍記錄爲據，可信度較高。此處以《一宮市史》記載爲主，參考其他文獻整理而成。
③ "槀"乃"槀"之異體。

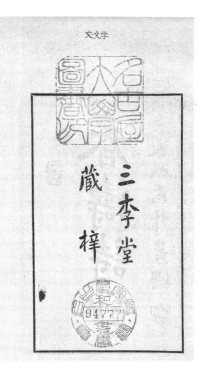

圖3-1　明治四十五年（1912）東京文會堂刊《春濤詩鈔》書影
（名古屋大學圖書館藏）

無所變更。①

　　森川氏提到的《春濤詩鈔甲籤》四卷於春濤生前的明治十四年（1881）由東京三李堂刊刻出版。此書共二册。扉頁題"東京 茉莉菴凹處發客"，扉頁背面有"明治十四年肇秋刻于東京三李堂"的款識。此書現於東京大學總合圖書館、鹿兒島大學圖書館、九州大學圖書館等機構有藏。春濤既於生前將詩集前四卷命名爲"甲籤"出版，並已定下此後作品的集名，大約彼時已有將全集漸次刊行的考量。不過，甲籤以後，春濤生前再未出版同一系列的詩集，而其全集《春濤詩鈔》於春濤故後二十四年，終由乃婿森川編訂爲二十卷，付梓刊行。

　　《春濤詩鈔》所收春濤詩作，以創作年月爲順排列。共收各體詩二千五百三十六首。開卷《三十六灣集》中的作品最早作於天保四年癸巳（1833）三月，

---

① ［日］森春濤：《春濤詩鈔》卷頭《識》，東京：文會堂刊本，第一册，明治四十五年（1912），第3—4頁。

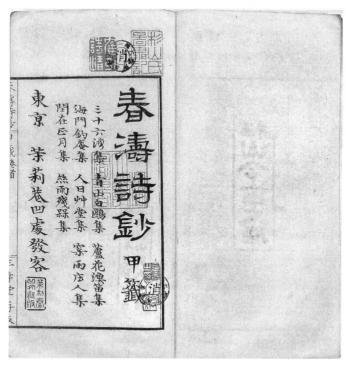

圖3-2 明治十四年（1881）三李堂刻《春濤詩鈔甲籤》書影
（一橋大學圖書館藏）

其時春濤十五歲；卷末《老春瘧後集》中的作品最晚作於明治二十二年（1889）十一月春濤逝世前，可謂囊括了春濤一生的漢詩創作。對於考察春濤在各個時期的創作心理以及詩風的變化，提供了重要的研究資料。

二、"新秋風月扁舟夢，故里煙花艷體詩"
——春濤艷體詩風的形成

森春濤自少年時代即好艷歌。《春濤詩鈔》卷一《三十六灣集》內有《楊貴妃櫻》《江郭早秋》等詩，頗多綺艷之句。① 同集中又有七律《贈子壽》一首：

---

① 如《楊貴妃櫻》末聯"春頰豐嫣然，笑倚瀲沱風"。《江郭早秋》頸聯"夢邊涼動錦鴛水，愁裏月生紅藕秋"等。

> 妙齡固有好容儀，更見嶄然頭角奇。
> 三日不逢人刮目，百年何愧豹留皮。
> 新秋風月扁舟夢，故里煙花艷體詩。
> 聞說東歸期在近，天邊嶽色映朝曦。①

子壽乃春濤友人大沼枕山之字。據《一宮市史》記載，天保六年（1835）森春濤投入丹羽村鷲津家塾萬松亭②，隨鷲津益齋研習漢學，與同門大沼枕山之間切磋學問，並有詩歌唱和往來。③

《三十六灣集》題下注云"自癸巳三月至乙未七月"，乙未即天保六年（1835），枕山由尾張國丹羽郡返回故鄉江户正在這一年。尾聯既謂"聞說東歸

圖 3-3　有鄰舍（原萬松亭）遺址（愛知縣一宮市南屋敷）

---

① ［日］森春濤：《春濤詩鈔》卷一《三十六灣集》，1912 年（明治四十五年）東京文會堂刊本，第一册，第 11 頁。
② 萬松亭由尾張國丹羽郡丹羽村（今愛知縣一宮市大字丹羽）儒士鷲津幽林（1726—1798）創立於寶曆十年（1760）。塾名取自唐人釋靈一《題僧院》詩"帶雪松枝掛薜蘿"，創建當時曾遍地植松。幽林故後，由其第三子松陰（亦作松隱，1778—1836）繼承家學。天保七年（1836）九月松陰病逝，其長子益齋（1804—1842）出任家督，爲紀念祖父幽林，將萬松亭更名爲有鄰舍，兼取《論語》"德不孤，必有鄰"之意。此後又歷經三代，至明治三十年代停辦。前來就學者以尾張、美濃子弟爲主，最盛時甚至有出雲、贊岐、大和、遠江等地慕名而來者。塾生中有佐藤牧山、森春濤、大沼枕山、服部牧山等日後知名於世的文人學者。
③ 關於春濤與枕山之間的同門之誼，參見本書附錄四《森春濤年譜》"天保六年"條。

期在近",可見此詩當爲兩人分別之前春濤爲枕山所作的送別詩。當時春濤年甫十七,枕山長春濤一歲,兩人年齡相近,志趣亦相投,文學上俱懷有抱負。春濤在此詩中先是稱贊枕山"妙齡固有好容儀",接着,連用"頭角奇""刮目""豹留皮"等三個典故,贊嘆枕山的文学才能。領聯"故里煙花艷體詩"一句,當指遠離故鄉在異地求學的春濤與枕山二人,對於艷體詩抱有濃厚的興趣。由此可知,春濤與同門大沼枕山自少年時代起已經開始接觸并愛好艷體詩。對於春濤來說,這種文學審美上的獨特趣味終其一生未有改變。

圖3-4 鷲津有鄰舍之碑
(愛知縣一宮市南屋敷)

不過,所謂"艷體"只是一種寬泛的説法,事實上包含着各種風格與流派。春濤最爲喜愛,且深受影響的,當屬肇始於晚唐詩人韓偓的香奩體詩。小野湖山《題森春濤蓮塘詩》云:"千古香奩韓偓①集,繼之次也竹枝詞。兩家以外推妍妙,一種森髯艷體詞。"② 湖山先將韓偓《香奩集》與始自劉禹錫的竹枝詞並舉,在此兩家以外,格外推崇春濤之"艷體",並稱之以"妍妙"二字。這不僅道出了春濤艷體詩與香奩集及竹枝詞之間的繼承關係,③ 同時也指出春濤艷體詩與上述兩家的風格相較,具備其獨特的文學個性。

春濤對於韓偓香奩詩的愛好,《春濤詩鈔》的作品中亦有所反映。例如《詩鈔》卷三《人日草堂集》内收有《游仙集唐三首》,均爲七言絕句。其中第三首係集四句韓偓詩而成:

---

① 按原文誤作爲"渥"。
② [日] 小野湖山:《湖山近稿》卷二,富士川英郎、松下忠、佐野正巳編:《詩集日本漢詩》第十六卷《湖山樓十種》,東京:汲古書院,平成二年(1990),第21頁。另此詩於《新文詩》第二集亦有收。題作《書春濤湖上雜詩後》。請參考本書第六章第三節。
③ 《春濤詩鈔》中竹枝詞亦甚多,並有《三國港竹枝詞》《新潟竹枝》(遺作)等單行本出版。

收裙整鬢故遲留，腸斷蓬山第一流。

應笑楚襄仙分薄，夜深無伴倚空樓。每旬韓偓①

第一句出自《踏青》詩，次句出自《思錄舊詩於卷上，淒然有感，因成一章》，第三句出自《妬媒》，末句出自《寒食夜》。值得一提的是，以上四首皆出自於《香奩集》。《游仙集唐三首》前二首集許渾、曹唐、李義山、陸龜蒙、白居易、元稹等唐人諸家詩句而成，每家僅選出一句，而第三首四句皆從韓偓《香奩集》詩句中摘出，顯見出春濤對於韓偓詩尤其是《香奩集》中作品的偏愛之情。

《人日草堂集》題下注云"自己亥至甲子正月"，己亥係天保十年（1839），值作者二十一歲。以此推算之，距離這一年最近的甲子係文久四年（1864），時春濤已四十六歲。創作期間當不至於如此之久。而卷四《松雨莊人集》題下注則作"自庚子二月至十二月"，庚子在天保十一年（1840）。疑《人日草堂集》題下注所云"甲子"當是"庚子"之誤。②如此則卷三、卷四之創作方可銜接得上。森川鍵識語中既謂"前四卷一依其舊"，考之《春濤詩鈔甲籤》卷三，《人日草堂集》題下亦作"自己亥至甲子正月"，可知《甲籤》誤刻在先，森川氏沿用作底本而未加改訂。由此可知，《游仙集唐三首》是春濤二十一二歲時的作品。可以集《香奩集》詩句成詩，足見森春濤在其青年時代已經熟讀《香奩集》中的作品。

三、"兩家以外推妍妙，一種森髯艷體詞"
——春濤艷體詩之特色

春濤從十多歲至二十多歲的這一時期，漢詩創作常以四季景物爲吟咏對象。這其中，尤以吟咏春、秋景物爲主題的作品數量較多。《詩鈔》卷一至卷四中，即有《新秋夜望》《春日蘭川即矚》《新秋竹枝二首》《秋思》《秋晚遊小房山》《楊貴妃櫻》《春興》《江郭早秋》《中秋月下内集成詠》《天道橋觀月歌》《春潭釣者歌》《牡丹二首》《秋蝶二首》《春晝六言》《海棠》《杏花》《蓑笠二詠爲秋

---

① 原詩下有此四字注。疑"句"字爲"句"字之誤。按春濤所引韓偓詩之用字與管、卷同校本《韓内翰香奩集》一致。則春濤所用《香奩集》之底本，當爲和刻本。

② 日文中甲子與庚子音讀相同，或由此而致訛誤。

潭釣者》《秋景四首》《春初雜句》《尋春》《春晚雜句》《秋初雜句》《秋晚出遊》《秋晚雜句》等作品，不勝枚舉。特別是卷四內，收《春天》《春雲》《春雨》《春雪》《春月》《春風》《春寒》《春城》《春郊》《春苔》《春草》《春雁》《春蝶》《春鶯》《春燕》《春愁》《春夢》《春柳》《春詩百題》等一系列以春日景物為主題的作品，幾乎占去此卷之大半。而上述這些以春、秋景物為主題的作品，並非只是單純的寫景或擬物之作，常有女性的意象出現其中。例如《詩鈔》卷二所收《海棠》一詩，將海棠花瓣比作醉酒之楊妃，頸聯云"雨痕數點粉脂膩，霞韻二分肌肉肥"，將海棠之風姿與楊妃之媚態相重叠，雖是咏物之作，却從描摹女子姿容神態處下筆，可謂深得香奩體壺奥。而類似此種以描寫女性姿容比擬美好景物，以穠艷綺麗之詩語表現女性情緒的創作手法，在春濤早期的漢詩作品中已十分常見。

其次，春濤所作咏物詩之中，也常常有女性人物登場。《詩鈔》卷三中有《梅醬》一詩，詩中描寫一位"佳人"，"津生舌本除煩渴、酸上眉尖助媚妝"。用女性蹙眉之狀反襯梅醬之酸味，十分形象而鮮明。而由此詩題下春濤自注可知此詩創作之緣由：

> 三休居士以咏物為真詩，而予未服也。居士曰："子不能自作，焉能知其趣乎？"酒間戲指梅醬，拈嘗字為韻，使予詠之。詩成，居士曰："善。"①

由春濤注語可知，他認為咏物詩不必是"真詩"，意即咏物不需寫實，可以有所虛擬。因此，此詩中所描寫的佳人，或許出於春濤的想象，而非真有其人。春濤艷體詩不論是否以女性為吟咏對象，詩中的女性意象已成為不可或缺的存在。

除去豔冶的詩風以外，春濤艷體詩的另一大特色，是其憂愁感傷的情調。春濤作為漢詩人有着早熟的一面，自少年時期的詩作開始，已經顯現出作者感傷的情緒。少年時代特有的憂愁與煩惱，以及春濤作為詩人的憂鬱氣質，或者是其憂愁詩風形成的主要原因。

---

① ［日］森春濤：《春濤詩鈔》卷三《人日草堂集》，東京：文會堂刊本，第一册，明治四十五年（1912），第6頁。

试以《诗钞》卷九内所载《美人二图》其一为例：

> 蓝膏一盏夜青荧，病背残花恨未醒。
> 睡起啼痕红腻枕，伤心读到《牡丹亭》。①

起句以一盏青灯衬托出夜的沉静与画中人物的孤独。画中的女子在睡梦中醒来，泪水打湿脂粉，浸染在枕面上。而她之所以会在沉睡中哭泣，是因为读到《牡丹亭》的伤心之处，触动心弦，为之感伤不已。春涛所描写的于枕上啼哭的女子形象，其实在韩偓《五更》《懒起》等香奁体诗中早已出现。兹以《懒起》②诗为例：

> 百舌唤朝眠，春心动几般。
> 枕痕霞黯澹，泪粉玉阑珊。
> 笼绣香烟歇，屏山烛焰残。
> 暖嫌罗袜窄，瘦觉锦衣宽。
> 昨夜三更雨，今朝一阵寒。
> 海棠花在否？侧卧捲帘看。

上述春涛《美人二图》诗中青荧、残花、啼痕、红腻枕等意象，脱化自韩偓此诗的痕迹十分明显。而对女性的容貌姿态、感情与心理的细致描写也可谓春涛艳体诗与韩偓香奁诗的共通之处。

韩偓《香奁集》中颇多表现恋爱心理或追忆昔日恋情的作品。而借咏物来比拟女性姿容神态，刻画女性心理，甚而寄托作者对心仪女子的爱慕之情，也是韩偓香奁诗常见的主题之一。如《咏灯》一诗运用"孤灯"这一意象，表现出因被男子抛弃而幽怨自艾的女性形象。《哭花》一诗则以"妖红委地"隐喻美人薄命，表达作者对于不幸女子的深深的哀悼之情与惋惜之意。再看《春涛诗钞》，前五卷中表现恋爱心理的作品数量亦颇多。如卷四《松雨庄人集》中所载

---

① [日]森春涛：《春涛诗钞》卷九《桑三轩集》，东京：文会堂刊本，第三册，明治四十五年（1912），第2页。
② [清]吴汝纶评注：《香奁集》卷一，台北：台湾学生书局，1967年，第109页。

《春月》① 一首：

> 碧海青天夜夜心，最銷魂夕易沈沈。
> 海棠和影睡應足，歌管無聲花有陰。
> 何處悄將遺半臂，此宵真不換千金。
> 一枚如鏡朦朧裏，照見相思脈脈深。

起句用李義山《嫦娥》詩最後一句而一字未改。頷聯則用《冷齋夜話》卷一所記玄宗見楊妃酒醉，稱其"是豈妃子醉，真海棠睡未足耳"的典故。而頸聯中"何處悄將遺半臂"一句，則用宋祁於錦江宴飲之際，偶感微寒，諸妾各送半臂一枚，而竟至十餘枚之多的故事。② 兩則典故，主旨皆爲表現夫婦之間琴瑟和諧、鶼鰈情深。而此詩最後一聯，寫春月如鏡，照見詩人心底相思之意，不惟構思巧妙，用語精巧，更生動地表現出作者心中難以名狀的愛戀之情。

《春濤詩鈔》中類似《春月》一般風格精巧而流麗的艷體詩數量雖多，却因爲表達作者真摯的情感，並不涉及男女情慾，因此不曾沾染香奩詩末流輕薄猥褻的風氣，品格亦不流俗。穠艷纖巧的詩風、難以言狀的憂愁，加之春濤獨特的審美趣味，形成了春濤特有的艷體詩風。不過，隨着作者境遇與心理的變化，春濤艷體詩的風貌亦有所演變。

安政三年（1856）十二月，春濤原配妻子服部氏病故。兩年後的安政五年（1858），安政大獄興起，春濤業師梁川星巖於被捕前感染時疫身亡，而春濤於京中的知交故舊如梅田雲濱、吉田松陰等人皆爲幕府緝捕後下獄身死。至萬延元年（1860）三月，被春濤視作"麒麟兒"，寄予莫大期望的長子真堂亦不幸夭折。現實政治的黑暗、家庭生活的不幸，給春濤的精神上帶來接二連三的打擊。據橫田天風記載，安政年間，京都詞壇領袖梁川星巖曾數度致書於春濤，勸說其上京以張門户。春濤好友如家里松崎、藤本鐵石等人亦屢次勸說春濤進京。

---

① ［日］森春濤：《春濤詩鈔》卷四《松雨莊人集》，東京：文會堂刊本，第一册，明治四十五年（1912），第2頁。
② ［宋］魏泰撰：《東軒筆録》卷十五："宋子京……多内寵，後庭曳羅綺者甚衆。嘗宴於錦江，偶微寒，命取半臂，諸婢各送一枚，凡十餘枚皆至。子京視之茫然，恐有厚薄之嫌，竟不敢服，忍冷而歸。"李裕民點校：《東軒筆録》，北京：中華書局，1983年，第171頁。

春濤原已決意舉家上京，值此期間妻子服部氏病故，春濤不勝悲慟，遂放棄遷居入京的計劃。① 不但如此，春濤在這一時期作有多首悼亡詩，以寄託對亡妻的哀思。如《詩鈔》卷七所載《春寒》② 一詩：

> 酒邊新月入哀彈，綠綺吹塵歌易殘。
> 無復佳人遺半臂，牡丹庭院倚春寒。

此詩作於丁巳安政四年（1857）初春。時值春濤原配服部氏新喪。雖題作"春寒"，實則係春濤爲服部氏所作的悼亡詩。全詩氛圍感傷，第二句"綠綺"用司馬相如琴挑文君的典故，追憶往昔琴瑟和諧，而今古琴蒙塵，弦歌不再。第三句再次用"半臂"的故事，感念妻子在世時對自己的關愛。末句以春寒結尾，既呼應詩題，切合時節，同時也借春寒蕭瑟的氣象，襯托作者內心的悲傷與孤獨。作爲一首悼亡之作，詩中"新月""綠綺""牡丹庭院"等意象可謂十分鮮明，可見作者並未擯棄艷體詩的創作手法，反而將其運用到悼亡詩的創作之中。

卷七中另有《無題》一首，亦爲悼念服部氏所咏的作品。詩中運用"春色""海棠""畫眉"等戀愛詩中常用的意象，反襯出夫婦死別的悲傷之情。作者更是用"粉愁香恨"一語，表現夫妻永隔的愁與怨，造語綺麗，充滿了女性趣味。

另一方面，春濤的艷體詩中，也常常有詩人自身的形象出現。以男性立場描寫對女子的思戀，韓偓香奩詩中已有《五更》《病憶》等作品可視爲先例。如《五更》詩中"光景旋消惆悵在，一生贏得是淒涼"一聯，《病憶》詩中"信只尤物必牽情，一顧難酬覺命輕"一聯，皆是表現作者無法忘懷昔日之戀人，而滿懷感傷的心情。森春濤在此一方面對於韓偓香奩詩的創作手法不僅有所繼承，更作出了一些新的開拓。遷居名古屋之後的春濤立意棄醫從文，自此在漢詩界聲望益高，然而家庭生活卻屢遭不幸。安政六年（1859）春濤四十一歲時，迎

---

① ［日］橫田天風：《明治的清新詩派森春濤先生（二）》，《東洋文化》第三十九號，昭和二年（1927），第90頁。
② ［日］森春濤：《春濤詩鈔》卷七《牛背英雄集》，東京：文會堂刊本，第二册，明治四十五年（1912），第10頁。

娶村瀨氏爲繼室。然而在僅僅三年之後的文久元年（1861）冬臘月（一月），村瀨氏亦因病故世。春濤與村瀨氏之間所生次子晉之助日後亦被過繼至春濤異父姐村田家作養子。文久二年（1862）九月，森春濤與岐阜女詩人國島氏再婚，次年十一月，春濤第三子，也即日後的森槐南出生。明治五年（1872）二月，國島氏亡故。接連失去三位妻子的春濤，在其《春濤詩鈔》中留下了爲數不少的悼亡詩。春濤的悼亡詩，仍然保留着濃烈的艷體詩氣息，詩人自身的形象也刻畫得十分鮮明。試舉《詩鈔》卷十一《桑三軒後集》中《夜涼聞笛》① 一首爲例：

荷香漠漠度空軒，衣裳淚痕多露痕。
楚管一支誰所弄？夜深招起素娥魂。

此詩作於春濤第三任妻子国島氏故后不久。詩中，夏夜裏獨自流淚緬懷妻子的詩人形象鮮明可感。春濤爲三位妻子所作的悼亡詩，多以表現他喪妻後的寂寞、悲傷的心境爲主題，不過偶爾亦有以亡妻的口吻所寫的作品。《詩鈔》卷八《夢入青山集》中有《悼亡詩》四首，第二首末二句云："玉纖徒撫蓮華坐，惆悵儂來君未來。"②《悼亡詩》四首是爲第二任妻子村瀨氏所作。春濤在第二首中假藉亡妻的口吻，喟歎死後的寂寞，以及對丈夫的思念之情。雖是妻子的口吻，實則表現的仍是作者自身的感情。

第三節　韓偓香奩詩與春濤艷體詩創作旨趣比較

一、有關韓偓香奩詩的解讀

承前文所述，關於韓偓香奩詩的創作旨趣所在，清代以來的學者大多以爲

---

① ［日］森春濤：《春濤詩鈔》卷十一《桑三軒後集》，東京：文會堂刊本，第四冊，明治四十五年（1912），第9頁。
② ［日］森春濤：《春濤詩鈔》卷八《夢入青山集》，東京：文會堂刊本，第三冊，明治四十五年（1912），第11頁。

作者別有深心寄寓，而非等閑的艷詩。如唐孫華詠及韓偓詩，就有"美人香草皆離怨，莫道香奩語太憨"①之語，可知唐氏以爲香奩詩中有作者抒發被迫罷官入閩的去國之思，以及慨嘆唐朝覆亡的憂國之情，非尋常艷體詩可比擬。再如皮錫瑞在其《經學通論》中論曰："即如李商隱之無題、韓偓之香奩，解者亦以爲感慨身世，非言閨房。"結合韓偓一生的事迹與經歷來考察，《香奩集》中的一部分作品或者確有深意蘊含其中。譬如《香奩集》卷一所收《詠浴》一詩尾聯作"豈知侍女簾帷外，賸取君王幾餅金。"方回在其《瀛奎律髓》卷七中，論及此二句云：

> 按《趙后外傳》："昭儀浴，帝竊觀之，令侍兒勿言，投贈以金，一浴賜百餅。"此詩尚有所諷，謂世之爲君者，亦惑乎此也。②

方回援引趙飛燕故事，認爲韓偓此詩有諷諫君王耽於女色的用意在內。所見應當合乎作者本意。不過清代以來的學者如震鈞等人認爲韓偓香奩詩無一不有政治寓意，則有過度解讀之嫌，失於偏頗。例如同在卷一內的《五更》一詩，前四句描寫昔日與戀人私會的場面，極盡露骨。方回即有"前四句太猥太褻，後四句始是詩"③的評價。若硬將此詩解作忠君憂國的主題，則不免過於牽強。

宋人鄭文寶所撰《南唐近事》卷二之中，記有韓偓逸事一則，可資參考：

> 韓寅亮，偓之子也。嘗爲予言，偓捐館之日，溫陵帥開其家藏箱筥頗多，而緘鐍甚密，人罕見者。意其必有珍翫，使親信發觀，惟得燒殘龍鳳燭、金縷紅巾百餘條。蠟燭尚新，巾香猶鬱。有老僕泫然而言曰："公爲學士日，常視草金鑾內殿，深夜方還翰苑，當時皆宮妓秉燭炬以送，公悉

---

① ［清］唐孫華：《東江詩鈔》卷十二《讀韓致堯集》，見《四庫禁燬書叢刊》集部第187冊，北京：北京出版社，2000年，第411頁。
② ［元］方回選評、李慶甲校點：《瀛奎律髓彙評（上冊）》，卷七《風懷類》，上海：上海古籍出版社，1986年，第289頁。
③ ［宋］鄭文寶撰：《南唐近事》，見嚴一萍選輯《百部叢書集成（18）》，明尚白齋刻本《寶顏堂秘笈》，臺北：藝文印書館影印，1965年，第288頁。

藏之。自西京之亂，得罪南遷，十不存一二矣。"余卅歲，延平家有老尼嘗說斯事，與寅亮之言頗同。尼即偓之妾云耳。①

如果此則記載屬實，則韓偓將宮人贈與的龍鳳殘燭與金縷紅巾終生珍藏這一行爲，反映出他爲人溫存而重情義的一面。徐復觀先生指出，韓偓晚年，"對女性還保有一幅深厚的感情，這是在他的詩裏分明可以認取出來的"②。然而必須指出的是，《香奩集》中的作品雖然對於女性的姿容、儀態乃至情感有着細緻入微的描寫，對於女性才能與人格方面的關注，則較爲欠缺。

二、春濤艷體詩的創作旨趣

與韓偓香奩詩不同，比之美好的儀容姿態，春濤顯然更爲重視女性的文學才能與人格修養。春濤第三任妻子國島氏善制和歌，然而因爲幼時發痘而於臉部留下瘢痕，直至三十歲時仍於閨中待嫁。春濤早即聽聞国島氏的詩才，游歷至岐阜時，曾托人求得國島氏近作，並將此事記入詩中。③ 在迎娶國島氏之前，又作有《予將娶國島氏，賦此贈某》一首，真切地表現出詩人的期待之情與喜悦之意。④ 新婚期間，春濤咏有《九月某日娶國島氏爲繼室》⑤一詩云：

> 十笏茅堂膝可容，菜畦桑圃小隆中。
> 而今擇配醜如此，此段肯饒諸葛公。

春濤以"小隆中""諸葛公"等語，自比爲隱居中的諸葛孔明。前述《予將娶國島氏，賦此贈某》一詩中，已將妻子国島氏比作貌醜而賢德的奇女子孟

---

① [宋] 鄭文寶撰：《南唐近事》，見嚴一萍選輯《百部叢書集成（18）》，明尚白齋刻本《寶顏堂秘笈》，臺北：藝文印書館影印，1965年，第15頁。
② 徐復觀：《韓偓詩與〈香奩集〉論考》，載鄭健行、吳淑鈿選《香港中國古典文學研究論文選粹：1950—2000 詩詞曲篇》，南京：江蘇古籍出版社，2002年，第84頁。
③ [日] 森春濤：《春濤詩鈔》卷八《深山看花集》内有《閨秀國島氏善和歌，予介人乞近咏，得其暮春咏杜若一章，乃賦二十八字以謝》一首。東京：文會堂刊本，第三册，明治四十五年（1912），第12頁。
④ [日] 森春濤：《春濤詩鈔》卷八《維鵲有巢集》，同上書，第18—19頁。
⑤ 同上書，第19頁。

光。此處春濤稱新妻"醜如此",實則將國島氏喻作諸葛亮的妻子黃氏。關於諸葛妻黃氏,陳壽《三國志·蜀志·諸葛亮傳》引用《襄陽記》云,"身有醜女,黃頭黑色,而才堪相配",因而歷代傳言黃氏容貌不佳,而賢德有才。春濤將妻子比作歷史上有名的賢妻孟光與黃氏,可知比起容貌,春濤更爲注重妻子的品德與才能。国島氏故後,春濤作有《悼亡》二首,將国島氏喻爲"謝家道蘊"①,表達出對亡妻文學才能的痛惜之意。

揖斐高先生在其《森春濤小論》一文中,談及春濤艷體詩的主題時曾有以下論述:

> 對女性的文學才能的關心,對女性情感的共鳴,無疑是春濤大量的香奩體詩創作的背景所在。②

自文久三年(1863)春濤移居至名古屋,發起桑三軒吟社,廣納門人弟子,至明治維新以後再舉家遷至東京下谷,創立茉莉吟社,編輯《東京才人絕句》及漢詩文雜志《新文詩》系列,並終於成爲漢詩壇的盟主。此後十多年間,春濤漢詩創作的目的,或者可以從其頻繁的文學與社會活動中窺知一二。茉莉吟社時期的春濤,大力鼓吹"清詩"(即清人詩),結交明治新政府的高官與社會名流並延請入社,由此詩社聲名鵲起,而春濤於漢詩壇的主導地位也得以日益鞏固。在詩歌創作上,春濤繼承並吸收了韓偓香奩詩的傳統,發揚其特有的優美纖細、豔冶柔弱的艷體詩風,引領了明治初期漢詩壇的審美風氣。春濤一派的漢詩人不惟推崇春濤的艷體詩,同時也不乏有人認爲春濤的艷體詩與韓偓香奩詩相同,有"美人香草"的深刻寓意在內。如蓉塘漁人(橋本寧)《讀春濤翁近稿》一詩中有"美人香草離騷意,今日非君會者誰"③的句子,將春濤詩比作屈原的《離騷》,評價不可謂不高。不過,詩社中文人的此類評價,或多或少有着抬高其作品的用意在內。春濤友人依田百川在爲《春濤詩鈔》所作序文中

---

① 《悼亡二首》其二首聯:"慧業文人出洞房,謝家道蘊久流芳。"見《春濤詩鈔》卷十一《桑三軒後集》,東京:文會堂刊本,第四册,明治四十五年(1912),第9頁。"蘊"當作"韞"。
② [日]揖斐高:《森春濤小論》,入谷仙介,載揖斐高校注《春濤詩鈔》,東京:岩波書店,2004年,第439頁。
③ [日]蓉塘漁人:《讀春濤翁近稿》,《新文詩》第五十一集,東京:茉莉巷凹處藏梓,明治十二年(1879),第5頁。

曾如此寫道：

> 紀曉嵐嘗云："申鐵蟾好以香奩體寓不遇之感。"先生葛巾野服，超然事外，意思翛然，豈於聲律託不遇哉！①

申鐵蟾即申兆定，字圓南，鐵蟾係其號，乾隆時人，其作品被王昶收入《湖海詩傳》。依田所引紀曉嵐語出自《閱微草堂筆記》卷廿二《灤陽續錄四》。依田稱春濤"葛巾野服，超然事外，意思翛然"，當然是對春濤人品風範的一種美譽。不過春濤雖與明治政府高官多有交游酬唱，但其本人終生並未出仕，始終以布衣文人的身份自居。細檢春濤艷體詩，確實鮮有抒發其個人政治抱負或感嘆懷才不遇的作品。春濤到晚年名聲更盛，並終成爲詩壇之領袖，與其致力於艷體詩之創作，以其清新艷麗的詩風迎合當世的審美趣味，進而風靡明治詩壇所作出的一系列努力是分不開的。

---

① ［日］森春濤：《春濤詩鈔》卷頭《序》，明治四十五年（1912），東京：文會堂刊本，第一冊。

第四章 森春濤的王士禛詩受容研究

幕末至明治初期漢詩人森春濤積極引介清人詩進入日本詩壇，其中尤以受王士禛詩論影響爲深。《春濤詩鈔》卷七中載有《秋柳四首用王漁洋韻》及《疊韻》四首，共計八首次韻之作。時值安正大獄期間，春濤爲避禍隱居於故鄉一宮（今愛知縣一宮市）。這也是春濤漢詩作品中最早透露出接受漁洋詩影響的痕跡。《秋柳四首》作爲王士禛的名作，精於用典，語意隱晦而內涵深刻，自問世以來，關於詩中本事可謂衆説紛紜而莫衷一是。春濤的八首次韻詩，糅合了漁洋神韻詩風與春濤一嚮的艷體詩風，用典精巧，意境深沉。雖然表現出學習漁洋神韻詩的特點，究其創作旨趣，畢竟與漁洋原作不同。

中年以後的春濤數度喪妻，其經歷與漁洋多有相似之處。春濤爲亡妻所作的悼亡詩亦多有借鑒漁洋悼亡詩之處。春濤在學習漁洋詩的同時，融入香奩體的寫作手法，形成了獨具個人特色的詩風。

圖 4-1　森春濤詩碑《風雨踰函嶺》
（愛知縣一宮市和光一丁目）

第一節　春濤與王士禛的"神韻説"

一、王漁洋詩與明治漢詩壇

　　森春濤及同時期日本漢詩人與清人王士禛之間的接受關係，日本學者福井辰彦所撰《明治漢詩と王士禛——〈新文詩〉所收作品から》（載《國語國文》2006 年，75 卷 5 號），以及合山林太郎所撰《〈漁洋山人精華録訓纂〉への森槐南自筆書入れ》（收入雲英末雄編《江戸書物の世界——雲英文庫を中心にたどる》，笹間書院，2010 年）等論文中已有所涉及。本節將在考察春濤創作《秋柳》次韵詩時的經歷與境遇的基礎上，解讀這兩組次韵詩的本意所在。

　　王士禛（1634—1711），字貽上，號阮亭，別號漁洋山人。身後以避清帝諱，名改士禎。山東新城人。順治十五年（1658）二十五歲時舉進士，歷任揚州推官、户部郎中、翰林院侍讀、禮部主事、國子監祭酒等職，康熙四十三年（1704）官拜刑部尚書。卒謚文簡。詩與朱彝尊齊名，時有"南朱北王"之稱。王士禛一生勤於詩文著述，著作《帶經堂集》共九十二卷，收詩三千餘首，可謂卷帙浩繁。另有個人詩的選集《漁洋山人精華録》十二卷通行於世，收詩千餘首。

　　四庫館臣論及王士禛之詩風云：

> 　　當我朝開國之初，人皆厭明代王李之膚廓、鍾譚之纖仄①。於是談詩者競尚宋元。既而宋詩質直，流爲有韵之語録。元詩縟艷，流爲對句之小詞。於是士禛等以清新俊逸之才，範水模山、批風抹月，倡天下以"不著一字，盡得風流"之説，天下遂翕然應之。②

　　所謂"不著一字，盡得風流"，係唐人司空圖首創的作詩理論，王士禛以此爲作詩的理想境界，并大力推崇。在此基礎上，王氏所提出的"神韵説"，對後世詩壇產生了絕大的影響。"神韵説"繼承司空圖《二十四詩品》及嚴羽《滄

---

① 王、李、鍾、譚指明人王世貞、李攀龍、鍾惺、譚元春。王世貞與李攀龍爲"後七子"領袖人物，鍾惺與譚元春爲竟陵派代表詩人。
② [清]紀昀：《欽定四庫全書總目》卷一七三，北京：中華書局，1997 年，第 2343 頁。

浪詩話》中的詩論，崇尚衝淡、超逸、蘊藉的詩風，以"色相具空""羚羊掛角，無跡可求""興會神到"等作爲寫詩與論詩的標準。王氏的"神韻説"與沈德潛的"格調説"、袁枚的"性靈説"並稱於清代前期的詩壇，成鼎立之勢。

王士禛的詩説不僅對清代詩壇，對日本幕末明治初期的漢詩壇亦深有影響。日本幕末至明治時代（1853—1912）正值中國清末時期。明治初期，經漢詩人森春濤等人的介紹與鼓吹，清人詩在日本漢詩壇曾十分流行。大江敬香在《明治詩壇評論》中指出："明末清初之詩殊由春濤紹介也。"① 春濤之前的漢詩壇領袖大沼枕山（1818—1891）素來推崇蘇軾、黄庭堅、范成大、楊萬里、陸游等宋詩人，而春濤一派的漢詩人較之於宋人詩，更熱衷於讀清人詩，並積極向清詩名家借鑒學習。

神田喜一郎先生論及當時清詩流行之狀況曾云：

> 當時之漢詩人（筆者注：此處指江户時代末期至明治、大正時代約一百年間的漢詩人），盡皆争先讀清詩。置李、杜、韓、白詩不讀，而先躍至厲樊謝、黄仲則、張船山、陳碧城等人。……當然，較之這些詩人，時代稍早的王漁洋詩流行更甚，"門前野風開白蓮"句自不待言，稍有才力者皆以嘗試次韻《秋柳》詩而自許。②

比起李白、杜甫、韓愈、白居易等唐詩名家，幕末明治時代的漢詩人更傾心於清人詩。厲鶚、黄景仁、張問陶、陳文述皆爲雍正、乾隆朝的詩人，而王士禛則主要活躍於順治、康熙兩朝。作爲清初的詩文大家，王氏聲名與影響之大，厲、黄幾位後世詩人不能望其項背。順治十五年（1658），士禛舉進士後，於濟南大明湖畔與當地名士結成秋柳詩社，當時所咏《秋柳四首》使他一舉成名，成爲詩壇翹楚。《秋柳四首》體現出的，正是漁洋當時所提倡且被視爲"神韻説"萌芽的"典、遠、諧、則"之四字作詩綱領。後世詩人及詩論家皆視《秋柳四首》爲漁洋"神韻詩"的代表之作。日本幕末

---

① ［日］大江敬香：《明治詩壇評論》，見神田喜一郎編《明治漢詩文集》，載《明治文学全集（62）》，東京：筑摩書房，昭和五十八年（1983），第328頁。
② ［日］神田喜一郎：《清詩在日本的流行》，見《神田喜一郎全集》第八卷，京都：同朋舎，1987年，第163—164頁。引文係筆者所譯。

至明治時代的漢詩人之間，多有爲炫耀詩才而次《秋柳》詩韵者，森春濤便是其中一人。

二、春濤《秋柳》次韵詩及其他

春濤於天保六年（1835）自岐阜返回故鄉一宫，投入丹羽村鷲津益齋門下，研習漢學。嘉永三年（1850），赴京都師從梁川星巖，研磨作詩之法，自此詩名鵲起。文久三年（1863）五月，移居名古屋桑名町，設立桑三軒吟社，從此專事詩文，不再以醫爲業。明治七年（1874）十一月，舉家遷往新都東京，主持茉莉吟社，與都中仕宦名流交游酬唱，自此聲名大噪。其後，編選《東京才人絕句》及漢詩文雜志《新文詩》系列，可謂明治初期執漢詩壇之牛耳者。不過，他於何時開始接觸王士禎詩並接受"神韻説"詩論之影響，目前尚無確證。《春濤詩鈔》卷七《牛背英雄集》内收有《秋柳四首用王漁洋韻》及《疊韵》四首，共計八首次韵詩。《牛背英雄集》題下注明"自甲寅至戊午"，可知集内詩係安政元年至安政五年之間（1854 年 1 月—1859 年 1 月）所作。這八首次韵詩列於《牛背英雄集》卷末，居《春日雜興》《夏晚圍爐》等詩之後。結合詩題及内容來看，當作於安政五年秋無疑。適時正值戊午大獄期間，隱居於故鄉一宫的春濤首次在其詩作中顯露出受到王漁洋詩影響的痕迹。《秋柳四首》作爲漁洋的成名之作，有清一代，無論是與漁洋同時代的遺民詩人，抑或後世文人乃至閨閣詩人均紛紛唱和，影響不可謂不巨。春濤以漁洋《秋柳四首》原韵和詩，既透露出他對漁洋《秋柳》詩的稱賞之意，大約亦有自負詩才並期待爲世所知的動機在内。

王士禎《秋柳四首》以落葉秋柳爲主題，用典精巧和諧，素以詩義複雜深沉、晦澀難解而聞名。如第一首云：

> 秋來何處最銷魂，殘照西風白下門。
> 他日差池春燕影，祇今憔悴晚煙痕。
> 愁生陌上黄驄曲，夢遠江南烏夜村。
> 莫聽臨風三弄笛，玉關哀怨總難論。①

---

① [清]王士禎：《帶經堂集·漁洋詩》卷三丁酉稿，康熙五十年（1711）歙縣程氏七略書堂刻本，第 8 頁。

關於《秋柳四首》的來歷，漁洋在《菜根堂詩集·序》中自述，順治丁酉年（1658）秋，於濟南大明湖與諸名士宴飲之際，目睹柳葉微黃，乍染秋色，若有搖落之態，悵然有感而賦此四首。不過，關於此詩主旨，作者並未言及。難以名狀的憂思，熟練精緻的用典，使得全詩籠罩在一片朦朧而深沉的氣氛之中，可謂"神韻詩"的代表之作。殊難一字一句去追究作者的本意。自《秋柳四首》問世以來，有關詩中本事，諸說紛紜而莫衷一是。以漁洋同時代的遺民詩人徐夜、屈復等人爲首，主張《秋柳四首》的主旨係感嘆"故國黍離之悲"。此後，李兆元《漁洋山人秋柳詩舊箋》、鄭鴻《漁洋秋柳詩箋注解》直指《秋柳四首》，乃"弔明亡之作"。關於第一首的寓意，屈向邦在其著作《粵東詩話》中，將頸聯"愁生陌上黃驄曲"一句，解爲"指四鎮中黃得功也"，尾聯"玉關哀怨總難論"一句，則解作"指孫白谷潼關之敗也"。① 雖言之鑿鑿，却並無其他旁證支持，因此難免有附會之嫌。

清末文人高丙謀在《秋柳詩釋》中引用漁洋外甥朱曉村所撰《秋柳亭圖跋》，指出《秋柳四首》乃爲元福藩（筆者注：即明末福王）歌伎而作。云："《秋柳》之咏，蓋爲鄭妥娘作也。妥娘，福藩時歌伎。鼎革後，流落濟南。"② 進一步推測福藩歌伎的身份爲明末名伎鄭妥娘。況周頤《蕙風詞話》亦持同論。由此，至清末民初，《秋柳四首》旨在咏名伎鄭妥娘之說，頗具影響。③ 無論是弔明亡之詩，亦或是咏福藩歌伎之詩，均不外乎哀感王朝更迭、人生無常的情感主題。高橋和巳先生在其著作《王士禛》中論及此四首時云："將時代之變遷，亡國之悲痛，人生之哀歡，乃至情愛之短暫，於動人心弦的憂愁氣氛中吟咏出來。"④ 較之前人欠缺實證的解讀，高橋此說或者較爲接近作者本意。

春濤所作《秋柳四首用王漁洋韻》其一：

日日銷魂更斷魂，行人別去不開門。

---

① 屈向邦：《粵東詩話》，香港龍門書店，1964年，第15—16頁。
② ［清］顧炎武著，王蘧常輯注：《顧亭林詩集彙注》，上海古籍出版社，1983年，第1883頁。
③ 有關王士禛《秋柳四首》之微旨，今人李聖華、周興陸等學者考辨甚詳。因無關本文宏旨，此處不予展開。可參看李聖華《王士禛〈秋柳四首〉"本事"說考述》（《瀋陽師範大學學報（社會科學版）》，2005年第5期，第24—28頁）、周興陸《少年記憶與〈秋柳〉詩之微旨》（《山東社會科學》，2014年第9期，第113—117頁）二文。
④ ［日］高橋和巳注：《王士禛》，見《中國詩人選集》二集十三卷，東京：岩波書店，昭和三十七年（1962），第3頁。引文係筆者所譯。

可憐匳底藏眉譜，誰記衣邊贈淚痕。

梁苑今無忘憂館，石城空有莫愁村。

一聲殘笛斜陽恨，縱見漁翁嬾細論。①

春濤此詩次漁洋《秋柳四首》第一首的原韻，風格亦較近似。然而仔細玩味，情致上却與漁洋原作不盡相同。首句"日日銷魂更斷魂"，連用"銷魂""斷魂"二語，可謂直抒胸臆，傳達出詩人的深切悲憤之情。頷聯"可憐匳底藏眉譜，誰記衣邊贈淚痕"二句則顯露出香奩體詩的痕跡，從語意來看當與女性有關。頸聯中的"梁苑"乃梁孝王劉武所築園林，作爲梁園文學的發祥地，曾經盛極一時，劉武故後，梁園亦隨之没落。莫愁是傳説中楚頃襄王的歌姬，以善歌謠而聞名，常爲後世詩家所吟咏。全詩用典自然精巧，將漁洋所倡"神韻

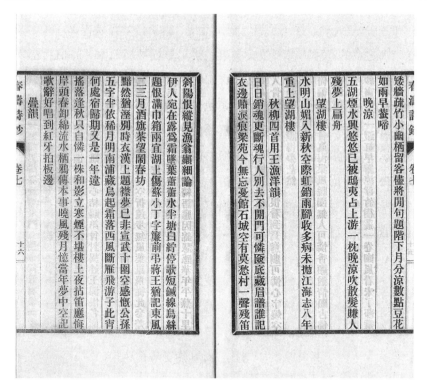

圖4-2　明治四十五年（1912）東京文會堂刊《春濤詩鈔》卷七
《秋柳四首用王漁洋韻》書影（名古屋大學圖書館藏）

① ［日］森春濤：《春濤詩鈔》卷七《牛背英雄集》，東京：文會堂刊本，第二册，明治四十五年（1912），第15—16頁。

詩"之詩風與春濤嗜好的艷體詩風融爲一體，却並無生澀之感。

　　此詩主旨，當爲哀悼故人。如前所述，春濤作此詩在安政五年（1858）秋。安政三年十二月（1856年1月），春濤原配夫人服部氏病逝，因妻子亡故而備受打擊的春濤接連寫下《悼亡》（四首）、《丁巳新年偶成》《梅花》《無題》《刻意》《春寒》《魂》等十餘首悼亡詩，以追思亡人。安政四年臘月（1857年1月），服部氏故後滿一年時，春濤又作有《十二月十四日先室小祥忌》一首以紀念亡妻。此後又有《春日雜興》等悼亡詩同收於《牛背英雄集》内。此詩頷聯所謂"可憐匳底藏眉譜，誰記衣邊贐淚痕"，以及頸聯"石城空有莫愁村"等句當係春濤悼念亡妻、感懷舊事之語。

　　安政初年，京中詩壇領袖梁川星巖主張尊王攘夷，於時政頗有議論，志士文人多有投入其門下者。頸聯中"梁苑""忘憂館"等語以梁園隱喻星巖位於京都的宅邸，意指星巖執掌文壇，可與孝王劉武媲美。然而江户幕府於安政五年（1858）四月掀起大獄，梁川星巖、梅田雲濱、吉田松陰等人皆爲通緝對象，原有遷居京都之意的春濤不得不放棄初衷。梁川星巖被捕前夕，時值京都霍亂流行，星巖不幸罹病身亡。梅田雲濱、吉田松陰等人則爲幕府逮捕下獄，或被拷問致死，或被定罪處決。首句"日日銷魂更斷魂"並不僅是悼念亡妻之語，亦有悲悼恩師、舊友之死的用意在内。春濤此詩不但語義曖昧、用典和諧，其情志之憂傷，寓意之深沉，可以說已得漁洋神韻詩的精髓。

　　其餘三首次韵詩則分別化用《詩經》名句、柳永詞、王漁洋及錢謙益等人詩，以吟詠秦淮風物爲主題。語義隱晦，而情緒感傷。如《秋柳四首用王漁洋韻》第二首作：

> 伊人宛在露爲霜，墜葉蕭蕭水半塘。
> 白紵停歌短針線，烏絲題恨滿巾箱。
> 兩宜湖上傷蘇小，丁字簾前弔蔣王。
> 猶記東風二三月，酒旗茶望鬧春坊。①

　　起句"伊人宛在露爲霜"語出《詩經・秦風・蒹葭》。與首句"伊人"相

---

① ［日］森春濤：《春濤詩鈔》卷七《牛背英雄集》，東京：文會堂刊本，第二册，明治四十五年（1912），第16頁。

呼應，頷聯則有"兩宜湖上傷蘇小"一句。兩宜係舊時杭州地名，兩宜湖即西湖別稱。蘇小小是南齊時錢塘名妓，以才女聞名，不幸早殁。下一句中的"丁字簾"則係金陵地名。"蔣王"乃漢末人，名歆，字子文。據《搜神記》卷五載，秣陵尉蔣歆追賊至鍾山麓，爲賊所戕，額上負傷，不久身亡。春濤於此處吟詠紅顔薄命的蘇小小與討賊殉身的蔣子文，恐怕並不單純出於吟詠江南風物的目的。結合頷聯中"白紵停歌""烏絲題恨"等詩語來看，"傷"與"弔"二字恰是此聯乃至全詩的詩眼。因此，悼念故人才是此詩真正主旨所在。

《疊韻》四首在風格與內容上，與上述四首次韵詩保持了一致。如第三首作：

> 人頭滿鏡易生霜，憔悴憐他立野塘。
> 篋底禿殘京兆筆，城南零落少年箱。
> 贈君難綰同心結，賜第曾封異姓王。
> 惆悵名園非舊日，寒煙空鎖大功坊。①

首聯兩句以鏡中人秋霜染髮，憔悴獨立野塘的景象描寫奠定了全詩感傷的基調。頷聯反用曹魏時光祿大夫京兆人韋誕善書以及韓昌黎所作《游城南十六首·嘲少年》的典故，當有感嘆文壇冷落、人才凋敝的寓意在内。三、四聯中"異姓王""大功坊"等語，援引明初名臣魏國公徐達的故事。洪武十四年（1381），朱元璋以徐達功大，將自己任吳王時的舊邸賜與徐氏，又命有司於舊邸前治甲第，賜其坊曰"大功坊"。徐達死後，朱元璋追封其爲中山王，贈三世皆王爵。不過，歷經建文、永樂朝的政治變故，徐氏家族逐漸由盛轉衰。而徐達本人的死因，野史亦多有爲朱元璋毒殺的記載。春濤引用徐達故事，頗有感嘆盛衰興替、榮辱倏忽的用意在内。尾聯所謂名園非舊，與前引《秋柳四首用王漁洋韻》第一首中所引"梁苑""忘憂館"的典故可相參看。此詩主旨所在，仍是爲哀悼死於安政大獄時期的星巖翁及其諸門生，慨嘆名園蕭瑟、故舊凋零。在當時一片寒煙蕭殺的政治氣氛下，蟄居中的春濤只能借古人故事諷喻現實遭遇。

---

① ［日］森春濤：《春濤詩鈔》卷七《牛背英雄集》，東京：文會堂刊本，第二冊，明治四十五年（1912），第16頁。

《春濤詩鈔》卷八《夢入青山集》内有《整理近稿偶得二絕》兩首七言絕句，其中第二首尤爲值得注意。春濤不僅在此詩中首次提及漁洋詩，並且明確表露出他對於王漁洋詩的態度：

一良家女即吾師，何必神仙綽約姿。
只恐名香熏不徹，背人偷讀阮亭詩。①

《春濤詩鈔》是一部編年體詩集。據題下注可知《夢入青山集》的創作時期在安政六年己未（1859）正月至文久二年壬戌（1862）二月之間。《二絕》後一首《閑居》詩題下注明"庚申"，則《二絕》當係安政六年（1859）所作無疑。揖斐高先生在《森春濤小論》一文中曾論及此詩，對於詩義却未作説明。今關天彭在長文《森春濤》中指出，此詩典出袁枚《隨園詩話》。袁枚曾就宋荔裳"絕代消魂王阮亭"之語發論云："阮亭之色，亦並非天仙化人，使人心驚者也。不過一良家女，五官端正、吐屬清雅。"（《隨園詩話》卷三·條二九）袁枚對宋琬之言持有異議，以"一良家女"的形象比擬漁洋詩，並概括以"端正""清雅"二語。可知袁枚對於阮亭詩，並不如宋琬那般推崇。春濤此處反用袁枚之語，首句便開宗明義地宣稱"一良家女即吾師"，明白表露自己在作詩上以王漁洋爲師；而"只恐名香熏不徹"一句更可看出春濤對於漁洋詩十分傾倒的態度。

揖斐氏先生談及此詩云："由此可知，四十歲前後時的春濤已強烈意識到，要以王漁洋詩及'神韻説'詩論爲創作目標。"② 不過，種種迹象顯示，在此以前，春濤應當已經開始接觸並學習漁洋詩。

曾在春濤處學詩的岩溪裳川在其長文《詩話感恩珠》中援引春濤《岐阜竹枝二首》其一及《題畫》一首，論曰："其神韻之綿邈，殆如觀精華錄（筆者注：即《漁洋山人精華錄》）中詩。"③《題畫》載於《詩鈔》卷五，大約係天保

---

① ［日］森春濤：《春濤詩鈔》卷八，見《夢入青山集》，東京：文會堂刊本，第三册，明治四十五年（1912），第2頁。
② ［日］揖斐高：《森春濤小論》，見《新日本古典文學大系·明治編》二《漢詩文集》，東京：岩波書店，2004年，第438頁。引文係筆者所譯。
③ ［日］巖溪裳川：《詩話感恩珠》，《作詩作文之友》第6号，明治三十二年（1899），第2頁。引文係筆者所譯。

十五甲辰（1844）至弘化四年丁未（1847）間所作①，值春濤蟄居於名古屋之時，約二十六七歲前後。《岐阜竹枝二首》則載於《詩鈔》第一卷卷首，係春濤十五歲時的處女作。兩首詩雖造語清新，却並未直接化用王漁洋詩的詩語。岩溪裳川的評語雖不免溢美之詞，不過作爲追隨於春濤身邊的弟子，裳川對於春濤詩的理解應當比較接近春濤的本意。因此，裳川此語仍不失爲了解春濤詩風形成的重要綫索。

第二節　春濤與王士禎的悼亡詩

一、春濤的悼亡詩

森春濤自少年時代起即好艷歌。《詩鈔》卷一《三十六灣集》內有七言絶句《贈子壽》一首，其中頸聯云"新秋風月扁舟夢，故里煙花艷體詩"②。前章所述，子壽即春濤友人大沼枕山。天保六年（1835）秋，枕山自尾張國丹羽村的有鄰舍返回故鄉江戶。此詩即爲春濤寫與枕山的送別詩。在此之前，遠離故鄉的春濤與枕山，在有鄰舍共同鑽研漢詩並屢有唱和之作。在中國，艷體詩的創作傳統雖然延綿未絶，但從未成爲過詩壇主流。而春濤在詩中明確表示自己喜好艷體詩風，雖然與江戶末期較爲開放的社會風氣不無關係，更與春濤自少年時代便已形成的個人審美趣味深有關聯。

艷體詩之概念，歷來並無明確定義。隨着時代變遷，曾涌現出各種不同風格與流派的作家作品。南朝梁、陳時代風靡一時的宮體詩可謂艷體詩之濫觴。此後，誕生於晚唐時期的香奩體詩，以及清中葉以後頗爲盛行的閨閣體詩的一部分作品皆被視爲艷體詩。結合《春濤詩鈔》及其他資料來看，這一時期春濤所接觸的"艷體詩"並非宮體詩或閨閣詩。春濤自少年時代起便深爲喜愛，並深受其影響的是始自晚唐詩人韓偓的香奩體詩。《詩鈔》卷三《人日草堂集》中

---

① ［日］森春濤：《春濤詩鈔》卷五識語云："自甲辰至丁未，舊槀［藁］全逸。今補綴之，名曰《鳴蟬落雁集》。"可知卷五所收詩係甲辰（1844）至丁未（1847）年間的作品。
② ［日］森春濤：《春濤詩鈔》卷一《三十六灣集》，東京：文會堂刊本，第一册，明治四十五年（1912），第11頁。

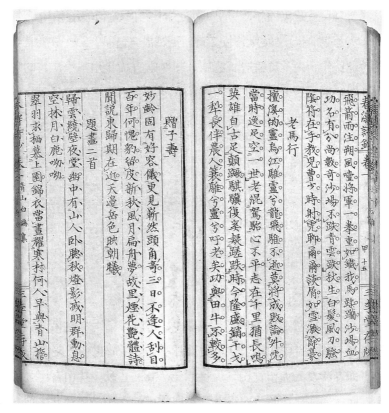

圖4-3　明治十四年（1881）三李堂刻《春濤詩鈔甲籤》書影
（一橋大學圖書館藏）

載有七言絕句《游仙集唐三首》，其中最後一首係集韓偓《香奩集》內詩四句而成。可見春濤對於《香奩集》喜愛與熟悉的程度之深。春濤所作的艷體詩，尤其是少年、青年時代的作品受香奩體詩風影響甚深。譬如卷四《松雨莊人集》內，一連收錄《春天》《春雲》《春雨》《春雪》等二十八首以詠春爲主題的七言絕句及律詩，均爲艷體之作。據春濤之婿森川鍵所撰《春濤詩鈔》識語："岳丈春濤先生《詩鈔》二十卷，其首四卷，自《三十六灣集》至《絲雨殘梅集》，既經先生手定，題爲《甲籤》。生前上梓，久行於世，而未及其他。"《詩鈔》前四卷係春濤本人加以校訂，生前既已刊行，可知春濤對於自己早年的詩作十分重視。進入明治以後，已成爲漢詩壇盟主的春濤對於艷體詩的態度仍然不改初衷。明治十三年（1880）三月，春濤於漢詩文雜志《新文詩》第六十集發表《詩魔自詠》十二首，引文中公然宣稱"他日得文妖詩魔並稱，則一生情願了矣"，明白表達出自己即便爲世人所非難，亦不會放棄艷體詩創作的決心。

關於森春濤的艷體詩，齋田作樂編《花南丹羽賢——附花南小稿》、合山林太郎著《幕末明治期的艷體漢詩——以森春濤、槐南一派的詩風爲中心》、日野俊彦著《森春濤的基礎研究》① 等已有所論及。本節旨在以春濤所作悼亡詩爲研究對象，分析其接受王士禛詩影響的狀況。

艷冶之詩風，憂傷之情懷，融合春濤獨特的審美趣味，形成了極具春濤特色的艷體詩風。不過，隨著人生經驗的累積及境遇的變遷，春濤艷體詩的風貌與内容較之青年時代的作品有所發展與變化。這裏就不得不論及春濤所作的數量衆多的悼亡詩。

春濤的家庭生活多有不幸。中年以後的春濤曾三度喪妻，一度喪子。弘化二年（1845），春濤二十七歲時迎娶第一任妻子服部氏。服部氏名天都子（一作鐵子），號雪香，能作漢詩。《詩鈔》内尚有夫婦之間的贈答詩留存。弘化四年（1847），春濤長子真堂出世。安政三年（1856）十二月，服部氏病故。四年後的萬延元年（1860）三月，被春濤視作"麒麟兒"的長子真堂亦夭折。安政六年（1859）春濤四十一歲時，續娶村瀨氏，兩年後的文久元年十二月（1861年1月），村瀨氏亦染病身亡。文久二年（1862）九月，森春濤再娶岐阜出身的國島氏。次年春濤的三子，亦即日後承繼春濤漢詩衣鉢的槐南誕生。明治五年（1872）二月，國島氏亦亡故。此後，春濤又納伊藤氏爲妾②。至明治廿二年（1889）逝世，春濤未再娶正室。

春濤於三任妻子亡故之後，均作有悼亡詩爲之祭奠。安政三年（1856）十二月，春濤原配夫人服部氏驟然病故。據橫田天風記載，安政年間，梁川星巖於京都執詩壇之牛耳，曾數度致信於春濤，勸其進京以張門户。春濤好友家裡松嶹、藤本鐵石等人亦頻繁邀請春濤入京。春濤原已決意舉家遷至京都，不料於此時遭遇服部氏亡故之變。

  孺人亦能詩，與先生琴瑟相和十有二年，今玉折蘭摧先逝，先生之悲哀堪想。以際會如此不幸事，終至移住之策未能決行。③

---

① [日]日野俊彦：《森春濤的基礎研究》第七章《春濤與艷詩》，東京：汲古書院，2013年，第147—170頁。
② [日]橫田天風：《明治的清新詩派森春濤先生（四）》："先生明治七年十月十六日五十六歲之時，携兒泰二郎氏（後號槐南，爲文學博士）、籈室伊藤氏，自岐阜發，二十七日至東京，卜居於下谷摩利支天街。"見《東洋文化》1926年，第41號，第92頁。既稱籈室，可知伊藤氏身份爲妾。
③ [日]橫田天風：《明治的清新詩派森春濤先生（二）》，見《東洋文化》，1927年第39號，第90頁。引文係筆者所譯。

於當時漢詩人而言，遷居京都意味着個人的才能可以得到更大的施展，謂之人生的重大機遇亦不爲過。春濤自然也期望遷居至京都，於漢詩壇占據一席之地。然而妻子的死給他以極大的打擊，使得他放棄進京之計劃。在此期間，春濤作有多首悼亡詩，以寄托對亡妻的哀思。如《詩鈔》卷七所載《春寒》一首：

> 酒邊新月入哀彈，綠綺吹塵歌易殘。
> 無復佳人遺半臂，牡丹庭院倚春寒。①

此詩係丁巳年（1857）春，春濤於服部氏故後不久所寫的作品。詩中"綠綺""半臂"等事物皆寓意夫婦之情。綠綺乃漢代司馬相如所藏名琴，相如因彈奏綠綺而得以與卓文君相識。半臂係袍下所着短袖長衫。據魏泰《東軒筆錄》卷十五記載，"宋子京……多内寵，後庭曳羅綺者甚衆。嘗宴於錦江，偶微寒，命取半臂，諸婢各送一枚，凡十餘枚皆至。"② 春濤連用兩則典故，意在傾吐與妻子永訣之悲傷。詩中出現的"哀""殘""寒"等字將詩人哀傷而寂寞的心境表露無遺。

同卷又有《無題》一首，可資參看：

> 粉愁香恨兩凄迷，手剥青苔認舊題。
> 春色滿庭人不見，海棠枝上畫眉啼。③

從"粉愁香恨"等詩語來看，此詩當爲吟咏女性而作。揖斐高先生論及此詩云："結句之'畫眉'指畫眉鳥，並有寓指美人畫眉的雙重意象。此詩主旨在於吟咏棄婦愁怨之情。"④ 然而，仔細玩味此詩，揖斐先生此說恐不確。首句"粉愁香恨兩凄迷"寫男女相互之間的"愁"與"恨"。次句寫作者手剥青苔，現出昔日題字。末兩句寫庭中雖然滿是春色，然而共相觀賞之人已不在，海棠

---

① ［日］森春濤：《春濤詩鈔》卷七《牛背英雄集》，東京：文會堂刊本，第二册，明治四十五年（1912），第10頁。
② ［宋］魏泰撰、李裕民點校：《東軒筆錄》，北京：中華書局，1983年，第171頁。
③ 同上注。
④ ［日］揖斐高：《森春濤小論》，見《新日本古典文學大系·明治編》二《漢詩文集》，東京：岩波書店，2004年，第438頁。引文係筆者所譯。

枝上畫眉空自啼叫。《漢書·張敞傳》中載有京兆尹張敞日日爲其妻描眉的故事，從此"畫眉"被視爲夫婦琴瑟和諧的象徵，常常出現於詩文題咏之中。海棠枝上啼叫的畫眉鳥，不禁讓詩人思及亡人。結合創作時期來看，此詩亦是爲悼念亡妻服部氏而作。詩中春色、海棠、畫眉等意象雖然優美，恰恰反襯出夫婦死別之苦。通過追憶往事，憑弔舊日遺迹，傳達出作者思念亡妻的寂寞心情。

文久元年冬臘月（1862年1月），春濤繼室村瀨氏在爲春濤產下次子晉之助後不久即病故。晉之助日後被送往春濤同母異父的姐姐村田家作養子。十年後的明治五年（1872）二月，春濤第三任妻子國島氏亦亡故。十六年間先後失去四位親人的春濤，於《詩鈔》中留存下爲數不少的悼亡之作。

《詩鈔》卷十一《桑三軒後集》內《夜涼聞笛》一首：

荷香漠漠度空軒，衣裳淚痕多露痕。
楚管一支誰所弄，夜深招起素娥魂。①

此詩收於明治五年（1872）稿內，列於《悼亡》二首之後。從內容來考量，極有可能是爲第三任妻子國島氏所作的悼亡詩。"楚管"即詩題中的"笛"。李商隱《燕台·冬》一詩中有"楚管蠻弦愁一概，空城舞罷腰支在"之句。春濤此處借鑒李詩，以笛曲爲主要意象，營造出憂傷哀愁的氣氛。"素娥"乃嫦娥別稱，以遠離人間獨居於月宮的寂寞仙子形象，爲歷代詩家吟咏不絕。"招魂"則係春濤平素喜用的詩語，春濤在其悼亡詩中數度化用漢武帝爲李夫人招魂的典故，表現其欲爲亡妻招魂的悲痛之情。而詩中夏夜裏獨自流淚思念亡妻的詩人形象亦十分鮮明。

春濤爲三任妻子所咏的悼亡詩，多從自身落筆，抒寫對妻子的思念與失去妻子的悲傷。不過，偶爾亦有借亡妻口吻而寫的作品，可謂別開生面。如卷八《夢入青山集》中有《悼亡》詩四首。其二云：

塵劫一空塵念灰，定應過現悟輪回。
玉纖徒撫蓮華坐，惆悵儂來君未來。②

---

① ［日］森春濤：《春濤詩鈔》卷十一《桑三軒後集》，東京：文會堂刊本，第四冊，明治四十五年（1912），第9頁。
② ［日］森春濤：《春濤詩鈔》卷八《夢入青山集》，東京：文會堂刊本，第三冊，明治四十五年（1912），第11頁。

《悼亡》四首是春濤爲第二任妻子村瀨氏所作。此首末句假托亡妻口吻，喟嘆故後的寂寞。事實上，這也正寓意着詩人哀嘆自己獨自存活於世的孤寂之情。末兩句從遣詞用語來看，仍然存有艷體詩風的痕跡。

森春濤對於女性題材的關心，不僅限於對女性容貌、姿態與情感的描寫，對於女性的文學才能與人格修養更爲重視。日野俊彦氏曾就春濤悼亡詩的特徵，作出如下分析：

> 首先，（春濤）並不只是在夫妻的社會關係層面表述追悼之意，而是將妻子作爲具有對等人格或是才養的女性來加以描寫。其次，也並不是單純因爲遭遇妻子逝世之變故而創作悼亡詩，而是從以結婚爲題材的詩開始，一直持續創作至最後的悼亡詩。①

儘管很難説春濤是有意識地從以結婚爲題材的詩寫起，一直延續至最後的悼亡詩。不過，將妻子作爲具有對等人格或是才養的女性加以描寫，則是春濤以結婚爲題材的詩（包括以婚姻生活爲題材的詩）與悼亡詩之間的共通之處。與第二任妻子村瀨氏成婚之際，春濤作有《村瀨氏過期不嫁，聞其意欲得書生如余者，即聘爲繼室》一詩，表達其欣喜之情。

> 梁伯鸞今聘孟光，春江繡出醜鴛鴦。
> 聞君自有隱居服，早脱尋常新嫁裳。②

春濤化用《後漢書・梁鴻傳》的故事，將自己與村瀨氏比作貧士梁鴻與其妻孟光。孟光貌醜而德惠，是歷史上有名的賢妻，爲歷代文人所敬仰。日本江户時期的漢詩人，將妻子喻爲孟光者雖不少見，但將新婦稱作"醜鴛鴦"者却絕無僅有。從此詩可以看出春濤對於妻子的容貌毫不介意。相較於外在，春濤更爲看重女性的內在，亦即才學與品德。這也是他將妻子喻作賢妻孟光的本意。

---

① ［日］日野俊彦：《森春濤的基礎研究》第一章《森春濤的周邊人物——親戚與師長等》，東京：汲古書院，平成二十五年（2013），第9—10頁。引文係筆者所譯。
② ［日］森春濤：《春濤詩鈔》卷八《夢入青山集》，東京：文會堂刊本，第三册，明治四十五年（1912），第1頁。

春濤的第三任妻子國島氏長於和歌。因幼時發天花而於臉上留下瘢痕，三十歲時仍未出嫁。春濤早就聽聞國島氏有詩才，於游歷岐阜之時，曾托人求得國島氏近作。① 《維鵲有巢集》内第一首《予將娶國島氏，賦此贈某》一詩作於迎娶國島氏前夕，此詩真實地表現出春濤婚前的喜悦之情。詩中領聯再次引用梁鴻、孟光夫婦的典故，咏作"貧似伯鸞非俗士，醜如德曜定賢媛"（按：伯鸞爲梁鴻字，德曜爲孟光字）。國島氏雖然容貌不佳，然而春濤較之容貌，更爲關心妻子的品格與才學。他將國島氏比作有"女中丈夫"之稱的孟光，贊其爲"賢媛"。尾聯化用《詩經·召南·鵲巢》中"維鵲有巢"一句，可以窺見春濤對於即將成家的喜悦之意，以及對婚後生活的期待之情。

國島氏故後，春濤作《悼亡》詩二首，將亡妻喻作有咏絮之才的"謝家道藴"，爲妻子詩才卓絶却降年不永而深感惋惜。

揖斐高先生在《森春濤小論》中論及春濤艷體詩時指出："對女性文學才能的關心，對女性情感的共鳴，無疑是春濤創作大量香奩體詩的深層原因。"② 揖斐先生此説同樣適用於春濤的悼亡詩。不過，春濤在悼亡詩中融入艷體之詩風，竊以爲並非其獨創，實則是受到王士禎悼亡詩的深刻影響所致。

二、王士禎悼亡詩之於春濤的影響

如前所述，春濤深受漁洋詩及漁洋詩論影響。王士禎個人生活亦多不幸，曾先後三度喪妻，兩度喪女。漁洋於每一任妻子故後均寫下相當數量的悼亡詩。在這一點上，春濤、漁洋二人的經歷可謂極其相似。清人楊子畢於《芳菲菲堂詩話》中曾有"阮亭三詠悼亡，一哭張宜人，再哭陳孺人，又哭張孺人。此老不幸亦云甚矣。然詩以哭張宜人者爲最凄惋"③ 之語。康熙十五年（1676）丙辰九月，漁洋原配妻子張宜人病故，享年四十歲。漁洋與張氏共同生活二十六年，結髪情深。漁洋於張氏故後不久即寫下《悼亡詩三十五首哭張宜人作》組詩，這三十五首七言絶句，全數被收入《漁洋續詩》卷十丁巳稿内。

---

① ［日］森春濤：《春濤詩鈔》卷八《深山看花集》内有《閨秀國島氏善和歌，予介人乞近詠，得其暮春詠杜若一章，乃賦二十八字以謝》一首，即爲此事而咏。
② ［日］揖斐高：《森春濤小論》，見《新日本古典文學大系·明治編》二，《漢詩文集》，東京：岩波書店，2004年，第439頁。引文係筆者所譯。
③ 援引自蔣寅著《王漁洋事迹徵略》，北京：人民文學出版社，2001年，第123頁。

漁洋悼亡詩常常通過追憶妻子生前的點滴片段，贊美妻子溫柔賢淑的品德。如組詩第二十首：

帖子宜春認舊題，妝樓人去草凄凄。
東風不啓葳蕤鎖，一任空梁落燕泥。①

與前文援引的春濤所作《無題》一詩兩相參看，不僅"認舊題""人去"等詩語相同或近似，內容與手法也頗類似。而兩詩同用上平八齊韻，亦絕非偶然。②

再如第二十四首：

年年辛苦寄冬衣，刀尺聲中玉漏稀。
今日歲殘衣不到，斷腸方羡雉朝飛。③

此詩與春濤爲原配妻子服部氏所作《悼亡》四首的第二首中"離恨千端更萬端、不曾教我客衣單"兩句，以及前文引用的《春寒》詩中"無復佳人遺半臂"一句，皆係吟咏昔日妻子不辭辛勞爲自己縫製寒衣的往事。三首詩主題相同，大約係春濤有意借鑒漁洋悼亡詩所致。

王漁洋提出的"神韻說"，重視"興會神到"，倡導冲淡、超逸、含蓄、蘊藉的詩風，正如高橋和巳先生所指出的，"王士禛雖然年輕，却能夠越過諸般分析達到詩之妙悟，以其動人心弦的充滿憂愁的詩句，使讀者們爲之傾倒"④。"憂愁"正是漁洋"神韻詩"最重要的主題之一。《秋柳四首》便是"神韻說"與憂愁這一主題完美融合的代表作品。漁洋的悼亡詩在具備以上要素以外，更

---

① ［清］王士禛：《帶經堂集・漁洋續詩》卷十《丁巳稿》，康熙五十年（1711）歙縣程氏七略書堂刻本，第4頁。
② 春濤《無題》詩與南宋高翥（1170—1241）所作《春日北山二首》其一亦有關聯。按：高詩云，"人緣白石渡清溪、手剥蒼苔認舊題。春色滿山歸不去、折桐花裏畫眉啼"。載長澤規矩也編《和刻本漢詩集成》第十六輯《菊磵遺稿》，汲古書院，1976年，第288頁。高翥《菊磵遺稿》於江户後期已有和刻本問世。
③ 同上書，第5頁。
④ ［日］高橋和巳注《王士禛》之《解説》，見《中國詩人選集》二集十三卷，東京：岩波書店，昭和三十七年（1962），第1頁。引文係筆者所譯。

有一番淒惻哀切的感情融入其中。不過，漁洋爲續娶的妻子陳孺人與側室張孺人所作的悼亡詩，風格却有了些許變化。茲以《蠶尾詩》卷二所收《悼亡詩十二首哭陳孺人及女宮作》第七首爲例：

    枕壓偏鬟久罷梳，綠窗晝寂掩流蘇。
    那堪亭午朝回後，日聽垂簾響藥爐。①

  這是一首充滿閨閣氣息的作品。王利民先生將漁洋《悼亡詩哭張宜人作》三十五首評以"淒寒"二字，將《悼亡詩十二首哭陳孺人及女宮作》與《悼亡詩哭張孺人附哭女婉》十六首評以"哀艷"二字。②王氏的評語言簡意賅地概括了漁洋前後兩期悼亡詩的最大特色。而春濤爲亡妻村瀨氏及國島氏所作的悼亡詩，如前文所引用的"玉纖徒撫蓮華坐、惆悵儂來君未來"（《詩鈔》卷八《悼亡詩》四首其二），"春色滿庭人不見，海棠枝上畫眉啼"（《詩鈔》卷七《無題》）等句，同樣堪當"哀艷"二字。

  春濤悼亡詩中，有時亦有游仙的內容。如卷八《哭兒真》其一：

    天風一道步虛聲，鏡大春蟾空里明。
    好去碧桃花發處，定應逢我許飛瓊。③

  據《漢武帝內傳》及《太平廣記》等書記載，許飛瓊乃傳說中西王母的侍女。此處當寓指春濤原配妻子、長子真堂的生母服部氏。詩的後兩句想象真堂死後與亡妻服部氏於仙界重逢。同一卷中所收爲繼室村瀨氏所作的《悼亡》詩亦將亡妻喻作仙女杜蘭香。（《悼亡》其三："杜蘭香去鏡吹塵，新月古梅空復春。"）妻兒死後昇天爲仙當然出自於春濤的美好願望，抑或是心理上的一種自我安慰。不過，將游仙思想導入悼亡詩之中的創作手法並非偶然，王漁洋的悼亡詩中也常有此類手法出現。

---

① ［清］王士禎：《帶經堂集·蠶尾詩》卷二，康熙五十年（1711）歙縣程氏七略書堂刻本，第18頁。
② 王利民：《憶念與報償——王士禎悼亡詩及挽詩論析》，《南京師範大學學報（社會科學版）》，1998年第3期，第114頁。
③ ［日］森春濤：《春濤詩鈔》卷八《夢入青山集》，東京：文會堂刊本，第三冊，明治四十五年（1912），第3頁。

《蠶尾續詩》卷五所收《悼亡詩哭張孺人十二首》其五云：

> 碧海青天欲見難，月中誰伴女乘鸞。
> 可憐三五嬋娟影，只映方諸淚不乾。①

又其十云：

> 飆車幾日返神霄，青雀西飛竟寂寥。
> 千里鷲岡如黛色，空留甲帳誤文簫。②

這兩首詩都寫妻子遠離人世而去，登入仙界成爲仙人。從側面反映出詩人失去妻子後冷清寂寥的心境。前引兩首春濤悼亡詩的內容與筆法同這兩首詩多有相似之處。不過，春濤詩中的游仙思想，并非單純效仿，而與當時的政治背景深有關聯。安政五年（1858）四月，戊午大獄興起，志士文人多有被捕下獄而受酷刑者。春濤在得知梁川星巖死訊之後，憤而寫下《七十老翁何所求，追悼星巖翁》七言絕句三首，將星巖比作魏國信陵君的死士侯嬴，在感其高義、哀其身死的同時，也爲恩師不至下獄受辱感到慶幸。③ 前田愛先生所撰《枕山與春濤》以及日野俊彥著《森春濤的基礎研究》一書皆指出，春濤詩中常有吟咏幕末政治事件，或述及自己擔任尾張藩斥候時經歷的作品。遷居東京以後，春濤在自己編修出版的漢詩文系列雜誌《新文詩》《新文詩別集》《新新文詩》中發表了爲數衆多的政治抒情詩。④ 然而在安政五年前後，春濤迫於當時日益嚴峻的政治情勢，不敢直抒其內心對於時政的不滿，只能借悼亡的主題抒發內心的憤懣與悲傷。安政七年（1860）三月，春濤長子真堂不幸夭折之後，春濤一連寫下《小游仙效曹唐》絕句一百首，縱觀春濤漢詩創作生涯亦十分罕見。⑤ 承受喪妻、喪子、喪友與恩師故去等多重打擊的春濤，轉而遁入道家求仙避世

---

① ［清］王士禛：《帶經堂集·蠶尾續詩》卷五，康熙五十年（1711）歙縣程氏七略書堂刻本，第13頁。
② 同上書，第13—14頁。
③ 《七十老翁何所求，追悼星巖翁》其一："七十老翁何所求，侯嬴此語激時流。幸然全死昇平日，免獻奇謀自刎頭。"見《春濤詩鈔》卷八《夢入青山集》。
④ 請參考本書第八章"森春濤與《新文詩》系列"第三節"《新文詩》系列的內容與編選動機"。
⑤ 《春濤詩鈔》卷八《夢入青山集》收《小游仙效曹唐》詩十七首，餘者多已散佚。

的虛無世界中去，大約亦是詩人躲避現實的一種方法。①

今關天彭論及春濤詩，曾有以下論述：

> 春濤詩將香奩體與神韻派糅合爲一體，其清麗之文辭、纏綿之情調、宛轉之音節，加以清新之感興，其間雖不能云毫無俗情媚態之弊，仍不失爲我國之天才。②

誠然，清麗的文辭、纏綿的情調、宛轉的音節及清新的感興，可謂春濤艷體詩最大的特色。而春濤的悼亡詩實則具備相同的要素。春濤於創作悼亡詩時積極接受香奩體與神韵說兩方面的影響，并將兩者巧妙融合，從而構築起極具其個人特色的詩風，在整個明治時代的漢詩壇產生了廣泛而深遠的影響。

---

① 有關森春濤的游仙詩，合山林太郎《幕末明治期的神仙詩系譜》一文中亦有涉及。載《文學》第十卷第三號，東京：岩波書店，2009年，第169—179頁。
② ［日］今関天彭：《森春濤（下）》，《雅友》，昭和三十三年（1958）第36号，第20頁。引文係筆者所譯。

第五章 森春濤與陳文述

明治十三年（1880）二月，漢詩人森春濤之子槐南所作漢文《補春天傳奇》，以及春濤門人永坂石埭所作《補春天傍譯》同時刊行。《補春天傳奇》係以清代嘉慶、道光年間文人陳文述（號碧城）哀悼明末才女馮小青，並爲其修繕墓道一事敷衍而成的南曲劇本。主人公陳碧城在清代未能躋身一流詩人之列，在當時中國詩壇亦不受注目。而在日本，櫻井成憲於文久元年（1861）即抄録並出版《陳碧城絶句》二卷。明治十年（1877）森春濤又編選《陳碧城絶句》一册，作爲《清三家絶句》其二刊行於世。明治十一年（1878）春濤所刊刻的《廿四家選清廿四家詩》（卷下）亦收有陳碧城詩。明治十二年（1879）市村水香編選《頤道堂詩鈔》四卷問世。陳碧城詩在日本幕末明治初期不斷被編選刊刻，足以見出當時日本漢詩人對陳詩抱有濃厚的興趣。

森槐南在其《補春天傳奇》一書中運用"情種"這一概念，塑造出陳碧城溫柔多情的人物形象。現實中的陳碧城亦曾不顧世間非議，廣收女弟子，結社吟咏，獨好香奩詩風。他在西湖孤山上爲前代才女馮小青、楊雲友、菊香三人營造墓塋，撰寫墓誌，編成詩文集《蘭因集》刊刻行世。森春濤對於陳碧城其人十分傾倒，受其"情種"形象之影響，嘗於詩中自稱"情天教主"；另一方面，春濤亦十分推崇陳氏香奩詩。春濤不僅創作有次陳氏《頤道堂詩外集》中香奩詩原韵的作品，還曾親自編修《陳碧城香奩詩》三册並予刊行。本章旨在考察陳碧城詩，尤其是香奩詩之於春濤詩的影響，並試以探討陳碧城香奩詩與春濤艷體詩之間的内在聯繫。

第一節　《補春天傳奇》與陳文述

一、槐南的《補春天傳奇》

　　明治十三年（1880）二月，森春濤之子森槐南（1863—1911）以漢文創作的南戲《補春天傳奇》出版。由清廷駐日副使張斯桂題寫卷頭詩，清朝文人名士王韜、沈文熒、黃遵憲等人題辭。與《補春天傳奇》同時出版的，還有春濤門人永坂石埭句讀訓譯的《補春天傍譯》一册，此書卷頭有依田學海所作《補春天傳奇叙》及永坂石埭七律題詩一首。《補春天傳奇》是槐南藉由清代詩人陳文述爲明代才女馮小青重修祠墓的一段佳話，而鋪衍開的一段有關"補情天"的陰陽傳奇。

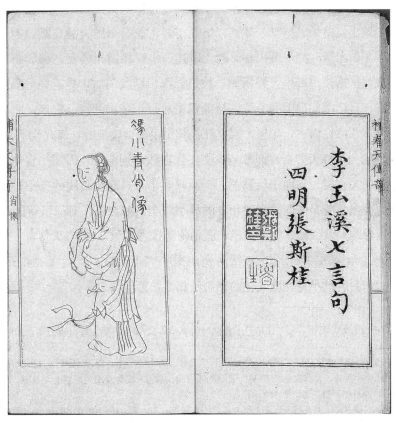

圖 5-1　明治十三年（1880）刊《補春天傳奇》書影
（早稻田大學圖書館藏）

馮小青的事迹最早見於明人筆記中。秦淮寓客所編《緑窗女史》"青樓部・才女"中有戔戔居士所作《小青傳》一篇；馮夢龍編《情史類略》卷十四"情仇類"中亦收入此傳，並附有小青詩詞及戔戔居士的評語。此外，鄭元勳輯《媚幽閣文娱》及支如增和周之標所編的《女中七才子蘭咳集》中均收有支如增所作《小青傳》，叙述較戔戔居士本更爲簡潔。才女薄命的故事博得了明末清初文壇的極大關注。據王馗先生考證，明清作者戲曲作品取材於小青事迹的，有二十五部之多。① 此外，《耳食録》《小豆棚》《螢窗異草》《夜雨秋燈録》等多部文言小説集中，也有以小青故事爲題材的小説，影響不可謂不大。戔戔居士與支如增所作小青傳均記載，小青卒於明朝萬曆壬子年（1612），與傳記作者係同時代人。不過清人錢謙益、周亮工仍對小青事迹提出疑議，以爲實無其人。施閏章在其《蠖齋詩話》中叙述自己向馮雲將父親的友人陸麗京詢問的經過，證明小青其人的真實性。② 其後，張潮、陳文述及至近人陳寅恪等皆有辯駁，進一步證實了馮小青其人的存在。其中陳文述不僅以博徵典籍的考證駁斥錢謙益等人，還出資造墳、撰誌、建祠以祭奠小青，並遍邀閨秀詩友賦詩題咏，編成《蘭因集》出版。據《蘭因集》卷上所述，小青係揚州才女，馮雲將其買爲妾帶回杭州。婚後爲馮生大婦所妒，被迫於孤山別業獨居，幾近與世隔絶。遂以詩畫寄托自己凄怨愁悶的心情。繼而鬱鬱成疾，請畫師爲己寫照，將畫像焚香酒祭，撫几泣血而亡，年僅十八。死後其手稿被馮妻燒毀，僅存殘篇。

槐南的《補春天傳奇》即敷演陳文述住在孤山別業時，因憐小青薄命，遂作《小青曲》一詩，一面把玩潤色，一面呼唤小青。而在陰間的馮小青聽到呼唤後離魂而出，於夢中同陳文述相會的故事。全文並不長，有《情旨》《夢哭》《魂聚》《餘韻》共四齣。據王人恩、張伯偉等學者考證，《補春天傳奇》係槐南於明治十二年（1879）所作③，當時槐南雖年僅十七歲；但從《補春天傳奇》來看，槐南對於馮小青、陳文述的事迹已相當熟悉。

---

① 王馗：《孤山的文人影響——三百年"小青熱"輯事論稿》，臺北：新文豐出版公司，2010年，第1頁。
② [清]施閏章：《蠖齋詩話》"小青"條："予至武林，詢之陸麗京，曰：'此故馮具區之子雲將妾也。……書中所云，皆實録也。'"見[清]張潮：《昭代叢書・戊集續編補》卷七，上海：上海古籍出版社，1990年，第二册，第1193頁。
③ 王人恩：《〈補春天〉傳奇新考》，《文學遺產》1996年第6期，第100—101頁。張伯偉：《關於〈補春天〉傳奇的作者及其内容》，《文學遺產》1997年第4期，第109—111頁。王人恩：《日本森槐南〈補春天〉傳奇考論》，《西北師大學報（社會科學版）》2003年，第40卷第3期，第62—66頁。

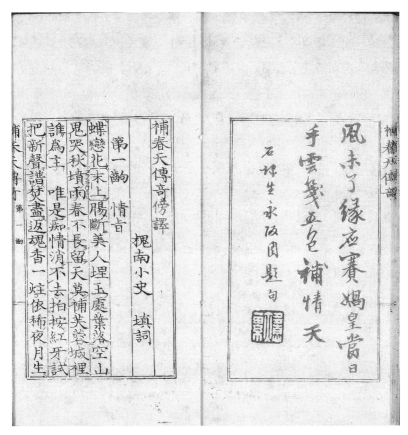

圖 5-2　明治十三年（1880）刊《補春天傍譯》書影
（早稻田大學圖書館藏）

二、陳文述詩在日本的受容

1. 陳文述其人

陳文述，初名文傑，字譜香，又字隽甫、雲伯、英白，後改名文述。別號元龍、邇盦、退庵，又號碧城外史、頤道居士。浙江錢塘人。生於清高宗乾隆三十六年（1771）八月二十七日，卒於宣宗道光二十三年（1843）。文述少以詩名，室名頤道堂、碧城仙館、三十六芙蓉讀書樓、題襟館等。十八歲入縣學，爲錢塘學咨部優行廩生。乾隆六十年（1795）八月，阮元奉旨調任浙江學政。嘉慶元年（1796）杭州鄉試，阮元以《仿宋畫院制團扇》命題，文述應試詩最佳，阮元大贊，并以團扇贈文述，時人稱其爲"陳團扇"。嘉慶三年（1798）文述中鄉試副榜。同年九月，阮元任滿離浙，招文述隨從入都。次年秋九月，阮元奉命撫浙，文述又隨阮元抵浙，入阮元幕下。嘉慶五年（1800）五月，阮元立詁經精舍，選兩浙諸生入讀，文述即在其中。六月，阮元駐台州，文述留節署治文書，未得偕往。阮元平寇，文述撰詩紀其事。是年秋，中恩科舉人。嘉慶六年（1801）春，入京參加會試，阮元書《呻吟語》長卷贈別，至道光十八年（1838）文述猶珍藏之。居京師五年，三試春官不第。文述詩學吳梅村、錢牧齋，博雅綺麗。在京師，與楊芳燦交好齊名，時號"楊陳"。嘉慶十四年（1809），署江蘇常熟縣知縣。嘉慶十八年（1813），署上海縣知縣，旋任奉賢縣知縣。嘉慶二十一年（1816），任崇明縣知縣。道光元年（1821），任江都縣知縣。後改官安徽，歷署繁昌、全椒二縣知縣。多惠政、性孝友，又好修名人遺迹，如常熟知縣任上曾爲柳如是修墓，於杭州爲馮小青修墓。其詩工西崑體，多香奩艷體之作。晚年復斂華就實，歸於雅正。據《清史稿・藝文志四》著錄，文述著作有《頤道堂文鈔》十三卷、《詩選》三十卷、《外集》十三卷、《戒後詩存》十六卷、《補遺》六卷。另編有《碧城仙館女弟子詩》一卷。

森槐南安排人鬼相聚的蘭因館，係道光年間由陳文述出資所建。文述於杭州西湖孤山置地修建馮小青、楊雲友、菊香三女士墓，并建成蘭因館用以祭祀三人。他不僅重新撰寫墓誌，還發起詩文哀悼，參與的閨秀作家竟達三十餘人。文述妾管筠作《西湖三女士墓記》；兒媳汪瑞，女兒華娵、麗娵等人均有詩歌唱和。文述將其結爲《蘭因集》出版。

文述雖曾因賦《團扇詩》受到阮元賞識，其行世的詩文，也博得時人贊譽之辭，但在清代詩壇始終未躋身一流詩人之列，亦未引起過多注目，影響并不甚大。其引人注意之處，往往在於其同閨秀才女間的密切聯繫。早於文述的隨園老人袁枚，晚年廣收女弟子，集會唱和，在當時可謂驚世駭俗之舉。與袁枚同時代的章學誠即撰文批評其蠱惑士女，極力嘲諷閨秀從詩的現象。陳文述在阮元幕中時已有"生平未見倉山叟，絕代風流亦我師"之嘆，明白表示奉袁枚爲師，並與袁枚之子袁通交情甚篤。他效仿袁枚招收諸多女弟子，爲詩又深好香奩艷體，因而深爲世人所詬病。譬如顧春批評其《碧城仙館詩鈔》"多綺語"，甚至有"碧城行列羞添我，人海從來鄙此公"[①]之語，可謂極盡厭惡之情。而

[①] ［清］顧春：《天遊閣集》卷四《春明新詠》，見《續修四庫全書》編委會：《續修四庫全書・集部・別集類》，上海：上海古籍出版社，2002年，第1529冊，第339頁。

與陳文述交誼深厚的郭麐則評價其詩風曰：

> 雲伯句錘字煉，宏朗高華，出入玉溪、飛卿之間而參以六朝、初唐、元白諸體，《碧城仙館》一卷幾於家繡弓衣，人歌遠上，人或病其多涉艷情。①

大約緣於友人規勸及世人批評，陳文述於嘉慶二十一年（1816）重新編纂詩集時，將先前傳誦京師的側艷之作盡皆刪去，詩風為之一轉。郭麐形容曰"近作刊落詞華，一歸樸老，豈得有以阿蒙見待？洵乎賢者不可測矣。"② 表現出稱善之意。

2. 幕末明治時期陳文述詩的編選與刊行

反觀日本，距離陳文述去世不到二十年，文久元年（1861）由櫻井成憲抄錄《陳碧城絕句》二卷於京都出版。共收錄陳文述七言絕句百八十八首。其後，明治十一年（1878）十一月，由森春濤編選抄錄、森槐南出版的《清三家絕句》問世。該書收張問陶、陳文述、郭麐三家絕句共計五百三十九首。其中張船山（問陶）詩百六十五首，陳碧城（文述）詩百九十九首③，郭頻伽（麐）詩百七十四首。三家詩各編選一冊，合計三冊。《清三家絕句》亦在當時春濤所經營的茉莉巷賣詩店發行書目之內。隔年，亦即森槐南創作《補春天傳奇》的明治十一年（1878），由森春濤主持、中島一男編錄的《廿四家選清廿四家詩》（二冊）出版。據中島敘文介紹，此書係模仿亡友北川雲沼所編《清廿四家文鈔》的體例而作。書分三卷，卷上收錢牧齋（謙益）、吳梅村（偉業）、王漁洋等五家詩。卷中收陳迦陵（維崧）、查初白（慎行）、厲樊榭（鶚）、尤西堂（侗）、朱竹垞（彝尊）等八家詩。卷下收蔣藏園（士銓）、趙甌北（翼）、張船山（問陶）、陳文述（碧城）、郭麐（頻伽）等十一家詩。大致以年代順序排列詩人名次。其中陳文述詩由春濤門下四天王之一、同樣喜好艷體的永坂石埭選錄二十首。與《頤道堂詩鈔》《清三家絕句》不同的是，永坂所選碧城詩不僅是七言絕句，七

---

① ［清］郭麐：《靈芬館詩話》卷五，見杜松柏主編《清詩話訪佚初編》第二輯，臺北：新文豐出版公司，1987年，第128—129頁。
② 同上書，第129頁。
③ 《清三家絕句》目次作《陳碧城絕句二百首》，經筆者仔細檢閱，實為一百九十九首。

言律詩亦占了八首。此外亦收有六言詩乃至古體詩。此後，明治十二年（1879）八月，由市村水香編選的《頤道堂詩鈔》四卷於京都出版。凡此種種，説明日本明治時期的文人對陳文述的作品接受程度頗高。而槐南《補春天傳奇》的出版，更使得日本漢學界對於陳文述其人及事跡的了解得以加深。

3. 陳文述的"情種"形象與春濤、槐南父子

與歷來以馮小青故事爲主題敷衍的戲曲與文言小説不同，槐南《補春天傳奇》的中心人物是陳文述而非馮小青。槐南於文中所慨嘆的，並非小青的多才與薄命，而是陳文述爲小青作詩及招魂之舉的仁義與多情。如第三齣《魂聚》中借小青之口稱贊陳文述：

> 那陳君是重仁義的人。况且好修古人遺蹟。決應不負我一片之心。咳奴家呵，悠悠千載，知己難逢。誰知今日遇箇有情有義的人。真感謝你不盡也。①
>
> 那陳君真是箇情種。②

第四齣《餘韻》又借屠倬（琴隖）之口稱贊陳文述是"自古到今天上人間未曾見的情種了"③。

有關於"情種"一詞的概念，福井辰彦先生在其《森槐南與陳碧城》一文中援引《聊齋誌異》卷十二《寄生》《儒林外史》第三十回、繆艮《文章遊戲》三編卷八等相關文字加以詳細闡述，認爲"此詞所意味的，並不單單是情深之人，特別是用於表現懷有深深的愛戀之情，有時甚或沉溺於其中的一類人"④。

"情種"一詞雖然散見於清代詩文小説，不過槐南創作《補春天傳奇》時所提到的"情種"概念，竊以爲受《紅樓夢》的影響很深。槐南對於《紅樓夢》，是很熟悉並喜愛的，這分明可以從他的詩作中讀取出來。明治十一年（1878）槐南於《花月新誌》第四十七及第四十九號發表了《讀〈紅樓夢〉詠尤二姐》《〈紅樓夢〉黛玉泣殘紅》二首七言律詩。可知此時的槐南已有接觸《紅

---

① ［日］森槐南：《補春天傳奇》，東京：森泰二郎，明治十三年（1880），第9頁。
② 同上書，第13頁。
③ 同上書，第16頁。
④ ［日］福井辰彦：《森槐南と陳碧城——槐南青少年時期的清詩受容について》，見《國語國文》，京都：中央圖書出版社，平成十五年（2003），第50頁。原和文，引文係筆者所譯。

樓夢》。明治十三年（1880）六月出版的《新文詩》別集第十集上，刊有槐南的《題〈紅樓夢〉後》七言律詩四首。第一首首聯即云："天荒地老奈情種，愁鎖紅樓十二重。"又《賀新涼讀〈紅樓夢〉用孫苕玉女史韻》詞中有"情者癡如此，最傷心，迷花蝶化，吐絲蠶死"之語。① 情癡與情種的概念，實際上是槐南解讀《紅樓夢》的重要視角。《紅樓夢》第五回《紅樓夢曲》的引子中有"開闢鴻蒙，誰爲情種？都只爲風月情濃"的曲詞。小說中的賈寶玉被作者曹雪芹塑造成古今第一情種的形象，而槐南筆下對天下薄命女子重情而有義的陳文述的形象實與賈寶玉多有重合之處。《補春天傳奇》第一齣《情旨》有四句開場詩，末二句是"西子湖竟還相思債，蘭因館重補離恨天"。《情旨》一齣雖然簡短，却係全劇關目所在。不僅開場詩中"離恨天"一語出自《紅樓夢》，詩句亦係脱化於《紅樓夢》第一回中"無才可去補蒼天"的詩偈而來。不過，相較於《紅樓夢》中"補蒼天"的概念而言，《補春天傳奇》又有所發展。槐南筆下的"補天"，有着"補情天"與"補恨天"的兩重含意。如《夢哭》一齣，小青見到陳文述題咏自己的新詞，不勝感慨：

  小青小青你今日始得逢知己矣。［泣介］［大聖樂］我呵空留下焚餘一卷。嘆知音難遇，誰承望你再補情天。
  我的人，那情天已補，恨天猶未補了。我的墳墓只在咫尺之間，你若有情，當爲過訪，是真情天恨天兩處都補完了。②

槐南將陳文述爲小青作詩哀悼視爲"補情天"之舉，而造訪小青墓冢，爲其重修墓道，則是"補恨天"之舉。槐南所塑造的情癡與情種化身的陳碧城，與《紅樓夢》中寶玉的形象相似，對於世間美麗、薄命、遭遇不公平待遇的女子，抱有深深的同情，同時也不乏傾慕之意。陳文述爲馮小青重修墓道、作詩哀悼之舉，在槐南看來，"是真情天恨天兩處都補完了"，小青亡魂也終於得到慰藉而安息。如果將槐南筆下"情種"的概念，簡單地歸結爲男女之間的愛戀之情，則未免失之妥當。

事實上，深受情種概念影響的，不僅僅是槐南，也包括乃父春濤。春濤一

---

① ［日］森槐南：《槐南集》卷二十八，東京：文會堂刊本，明治四十五年（1912），第20頁。
② ［日］森槐南：《補春天傳奇》，東京：森泰二郎，明治十三年（1880），第6頁。

反明治初期大沼沈山（1818—1891）、小野湖山（1814—1910）、鱸松塘（1823—1898）等人所崇尚的典雅莊重的傳統詩風，鍾情於艷體詩的創作。明治十三年（1880）六十一歲的春濤作《詩魔自詠》十二首，發表於《新文詩》第六十集上。春濤於引言中宣稱："予亦喜香匲竹枝者。他日得文妖詩魔竝稱，則一生情願了矣。"何謂"詩魔"，春濤在詩中有作進一步的説明。《詩魔自詠》其二：

> 平生不必患才多，奈此芬芳悱惻何。
> 若準滄浪當日説，情天教主是詩魔。①

歷史上白居易曾因刻苦作詩，以至於到了口舌生瘡、手指成胝的地步，因而被人稱作"詩魔"。但春濤此處的語意顯然不同。所謂"詩魔"，原是春濤友人戲贈與他的稱號，原因在於春濤癡迷於香奩體與竹枝詞的創作。不過春濤欣然接受這一稱號，甚至更進一步提出希望能夠以"文妖""詩魔"並稱。《自詠》其一中亦有"永劫不磨脂粉氣，詩魔賴得竝文妖"的句子，可見詩魔與文妖是春濤針對於自己詩中的"脂粉氣"而言的。換言之，也就是對女性主題的熱衷與關心。在這一首中，春濤儼然以"情天教主"自居。所謂"情天教主"當然係春濤的自創之語，然而在詞語的内涵上，應當與《補春天傳奇》中"自古到今天上人間未曾見的情種"陳文述這一人物形象有深刻的關聯。《補春天傳奇》係明治十三年（1880）二月出版，《詩魔自詠》是同年三月所作。二者在時間上相當接近。春濤此詩的遣詞用語，極有可能是受到《補春天傳奇》的啟發。不過，值得注意的是，春濤對於陳文述其人及作品的了解，當然並非始於《補春天傳奇》，相反，槐南最早接觸陳文述作品的契機，實際上是受到了春濤的影響。

《槐南集》卷三收有《讀陳雲伯〈頤道堂集〉》七律組詩十六首。其第十六首題記云：

> 余幼時隨家君館美濃人户倉竹圃忱家者凡數月，有書肆以此集求售，家君將購之，以竹圃請，竟爲其所得，家君乃携《外集》十卷歸。余初學詩，頗愛誦之。②

---

① ［日］森春濤編訂：《新文詩》第六十集，東京：茉莉巷凹處藏梓，明治十三年（1880），第10頁。
② ［日］森槐南：《槐南集》卷三，東京：文會堂刊本，明治四十五年（1912），第16頁。

槐南所謂"隨家君館美濃人戶倉竹圃忱家者凡數月"的時期，當指明治五年（1872）十月上旬至十一月下旬的一段時間。當年二月，春濤的第三任妻子、槐南生母國島氏病歿。八月，春濤携子槐南游歷至伊勢、美濃諸地，十月上旬抵達戶倉竹圃宅，淹留近兩個月。次年，春濤即從長居十年之久的名古屋遷居至岐阜。由槐南的這段記述可知，春濤購得陳文述的《頤道堂詩外集》的時間，正在遷居岐阜之前的明治五年（1872）冬。是時春濤五十四歲，槐南僅十歲。不過，在此以前，春濤應當已經接觸過陳文述的作品。關於這一點，將在下文中探討。

第二節　春濤艷體詩與陳文述香奩詩

一、《陳碧城絕句》的編選

　　森春濤購得《頤道堂詩外集》在明治五年（1872），即清同治十年。此時距陳文述下世不足三十年。槐南於題記中所提到的《頤道堂集》，包括《頤道堂文鈔》十三卷、《頤道堂詩選》三十卷、《頤道堂詩外集》十卷、《戒後詩存》十六卷。嘉慶十年（1803），久居京師的陳文述三次應試不第，孫均爲其刊刻《碧城仙館詩鈔》八卷，京師爭相傳抄。據李元愷爲《頤道堂詩選》所作序云："詩集傳鈔，遂令紙貴。都人士女嗜君詩者劇金付梓，品珍搜瑤，存十二三，玉臺宮體，自成一集。"① 不過，誠如前文所述，當時不少文人對於陳文述此種述艷的詩風，持以批判的態度。因此到嘉慶二十一年（1816）陳文述重新編纂自己的作品爲《頤道堂詩選》時，采納友人蕭掄的建言，刪去了大半收於《碧城仙館詩鈔》中的舊作。不過，詩人終覺不捨，復以所刪詩另編爲《外集》。② 春濤於明治五年（1872）於美濃所購得的，正是《頤道堂詩外集》十卷。而被槐南視

---

① ［唐］李元愷：《頤道堂詩選·原序》，第15頁。見《續修四庫全書》編委會：《續修四庫全書·集部·別集類》，上海：上海古籍出版社，2002年，第1504冊，第509頁。
② ［清］陳文述：《碧城仙館詩鈔·附錄》："此余丁丑在崇明初刻《頤道堂詩》，樊村勸余盡刪《碧城仙館舊作》。"見王雲五：《叢書集成初編》，第2332冊，附錄第4頁。上海商務印書館，民國二十五年（1936）。又《頤道堂詩選·自序》："先生之論詩也，曰詩心理足而後意足；意足而後氣格生焉。篇終而不識命意之所在，是理不足也，是妄作也。"見《續修四庫全書》編委會：《續修四庫全書·集部·別集類》，上海：上海古籍出版社，2002年，第1504冊，第506頁。

爲學詩啓蒙教材的《頤道堂詩外集》，其體例如下：

卷一　古今體詩擬古樂府

卷二　古今體詩體物

卷三　古今體詩贈答

卷四　古今體詩題詠

卷五　古今體詩題詠

卷六　古今體詩香奩一

卷七　古今體詩香奩二

卷八　古今體詩香奩三

卷九　古今體詩香奩四

卷十　古今體詩贈答題詠補

其中香奩體詩獨占四卷。值得注意的是，陳文述不僅將題詠女性姿容、描寫女性情感以及刻畫男女間戀情的作品收入香奩詩部分，將自己題贈女弟子的詩也收入其中。此後，春濤是否接觸到《頤道堂詩外集》以外陳文述的其他詩文集如《頤道堂詩選》《頤道堂文鈔》及《碧城仙館詩鈔》雖無法確證。不過，記載陳文述爲西湖三女士修墓事迹的《余在西湖爲菊香、小青、雲友三女士修墓，並於孤山建蘭因館，女弟子吳蘋香爲填南曲一齣，梨園多吳中名宿，按拍悉皆恊律，楚女亦多有歌之者。此詞場佳話也，因題四絕句》收錄於《頤道堂詩選》卷二十五內，又見於明治十二年（1879）八月出版、由市村水香編選的《頤道堂詩鈔》卷二之內。則春濤父子在明治五年（1872）以後讀到《頤道堂詩選》或市村水香編《頤道堂詩鈔》的可能性是很大的。

文久元年（1861）由櫻井成憲抄錄的《陳碧城絕句》收詩一百八十八首。而明治十年（1877）由森春濤編選抄錄的《清三家絕句》中的《陳碧城絕句》則收詩二百首。所收詩不僅體例相同，數量上也很相近。然而這兩本絕句選所收詩並無一首相同。究其原因，在於櫻井所編《絕句》全從《頤道堂詩選》中選出，而春濤所編絕句全從《頤道堂詩外集》中選出。新井洋子在其《關於森春濤所編〈清三家絕句〉》一文中認爲，因當初春濤只購得《頤道堂詩外集》，而只能從其中編選《陳碧城絕句》，竊以爲此說頗可商榷。明治十一年（1878）八月由春濤出版的《清廿四家詩》卷後附有《茉莉巷凹處發行書目》一頁，其中有春濤抄選的《碧城仙館女弟子詩選》三册及《陳碧城香奩詩》三册。按

《碧城仙館女弟子詩》係清人王蘭修等人輯成，分爲兩卷，收錄陳文述女弟子王仲蘭、辛瑟嬋、張雲裳、汪逸珠等十家詩作。道光二十二年（1842）刊行。此本現於東京大學總合圖書館有藏。其後又有民國四年（1915）上海西泠印社鉛印本，不分卷。春濤據以編選的底本，當然只可能是道光二十二年（1842）刊本。由此可知春濤無疑是讀過《碧城仙館女弟子詩選》的。此外，東京大學總合圖書館今藏槐南舊藏書中有《頤道堂集》二十四冊。除《外集》十卷及《戒後詩存》一、二卷共四冊缺失以外，餘皆保存完好。槐南何時收藏《頤道堂集》雖然無法確知，但此集每一冊上幾乎都有"濃國户倉氏印"字樣的藏書印鑑，可知係户倉氏舊藏無疑。如果春濤生前這套《頤道堂集》即爲槐南所得，則春濤讀過《頤道堂詩選》《頤道堂文鈔》及《戒後詩存》的可能性是相當大的。

事實上，在陳碧城絕句的選編上，櫻井與春濤的標準是大不相同的。櫻井編選的底本《頤道堂詩鈔》是陳文述刪除《碧城仙館詩鈔》中的香奩體舊作、回歸溫柔雅正的詩序傳統後所編選的詩集。而春濤所使用的底本《頤道堂詩外集》則是陳文述將之前所刪"玉臺宮體"之風的詩作另行編輯而成。①

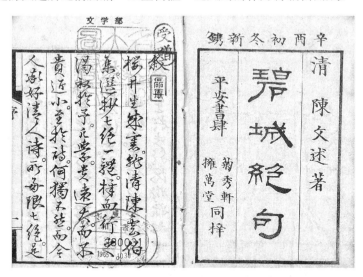

圖5-3 文久元年（1861）刊《陳碧城絕句》書影②
（名古屋大學藏）

---

① 《碧城仙館詩鈔》："從樊村言，所刪較多。已梓大半，後亦覺其減色，因以所刪另編《外集》。至今《頤道堂全集》，微特不愜閱者意。" 見《叢書集成初編》，第2332冊，附錄第4頁。上海商務印書館，民國二十五年（1936）。可知陳文述本人對於《頤道堂詩選》的編選不甚滿意。
② 此係扉頁書影，封面書名作《陳碧城絕句》。

值得注意的是，春濤編選的《清三家絕句》中的《陳碧城絕句》，於《頤道堂詩外集》卷二"體物"類收二首、卷三"贈答"類收十四首、卷四"題詠"類收二十七首、卷五"題詠"類收七十八首、卷十"贈答題詠補"類亦收七十八首，共計一百九十九首。與《張船山絕句》及《郭頻伽絕句》相較，收詩數量最多。不過，《外集》內卷一"擬古樂府"類以及卷六至卷九占據篇幅最多的"香奩"類均一首未收。究其原因，"古樂府類"由於詩歌體裁問題，並無絕句在內，當然無從遴選。而春濤最爲欣賞的香奩體詩之所以一首未收，應當是他刻意爲之。據《清廿四家詩》卷後所附《茉莉巷凹處發行書目》及《清三家絕句》末册《郭頻伽絕句》卷後所附《茉莉巷賣詩店發行書目》，可知春濤曾抄錄出版《陳碧城香奩詩》三册。《陳碧城香奩詩》一書今已不傳，不過上述兩種書目上均注有"近刻"字樣。由此可以推測，《陳碧城香奩詩》選抄與刊刻的時間應當與明治十一年（1878）八月刊印的《清廿四家詩》、是年十一月刊印的《清三家絕句》相接近。春濤編選《陳碧城絕句》刻意不選《頤道堂詩外集》卷六至卷九內"香奩"類詩，很有可能是他將這一部分作品單獨編選爲《陳碧城香奩詩》。一方面，雖然不能確知《陳碧城香奩詩》的分卷情況，但既然分三册出版，則此書收詩數量當遠超過《陳碧城絕句》；另一方面，《清三家絕句》僅收七言絕句，這在相當程度上限定了選詩的條件。編選絕句集，雖然是明治時代漢詩人間的風氣[1]，春濤爲迎合時風，亦曾編選有《東京才人絕句》。不過，鍾情於香奩詩風的春濤，特意編選出三册的《陳碧城香奩詩》，應當不只收有七言絕句，其他各體或有兼收。無論如何，《陳碧城絕句》與《陳碧城香奩詩》的編選，意味着春濤對於陳碧城詩尤其是香奩體詩相當的欣賞與推崇，這一點可說是確鑿無疑的。此外，《春濤詩鈔》卷十四《周華甲子集》內有《美人擘阮用陳碧城韻》一詩，係七言古體。所和的陳碧城《美人擘阮》一詩出自《頤道堂詩外集》卷八"香奩"類。陳碧城的原詩與春濤的次韵詩皆以歌咏女子彈琴爲主題，兩首均是典型的香奩艷體之作。由此可知春濤對於《頤道堂詩外集》內"香奩"類的作品是十分熟悉並喜愛的。

春濤選編的《陳碧城絕句》所收《頤道堂詩外集》卷五以及卷十內作品尤多，合計一百五十六首，占去總數的大半。內容上，以"題詠詩"爲主。其中

---

[1] 參見本書第六章第一節《春濤上京的背景與動機》。

又以題畫詩數量最多。雖然陳碧城在《外集》中單列出"香奩"類四卷，然而事實上"贈答"與"題詠"類中亦有不少風格綺豔、可以歸之爲香奩體的作品。如春濤所選《錢小謝春明策馬圖》，原載《頤道堂詩外集》卷四內：

> 玉河楊柳已吹綿，繡燈珊鞭踩躞便。
> 最好東華門外路，落花紅到馬蹄前。①

錢小謝其人，據《清稗類鈔·音樂類》"錢小謝聽琴"條云："錢廷烺，字小謝，仁和人，枚子，嘗爲崑山令。"可知與陳碧城係同鄉。《頤道堂詩外集》中尚有其他題贈錢氏的作品，則錢氏當爲碧城友人。東華門在北京，此詩應是碧城客居京師時所作。從"繡燈（鐙）珊鞭"等語可以知道畫中所描繪的是女子策馬的場景；而此畫當係錢氏所作。雖然是一首題畫詩，但遣詞用語溫柔旖旎，透露出濃濃的女性趣味。尤其是末句"落花紅到馬蹄前"，綺麗的場景中又暗含有一絲感嘆春光已逝的哀傷。可謂典型的香奩體之作。再如《題頻伽春山埋玉圖》其三：

> 紫玉成煙一夢中，碧雲無際楚天空。
> 才人別有傷心處，自剪春燈哭落紅。②

紫玉乃傳說中吳王夫差之女。據干寶《搜神記》記載："紫玉，年十八，悅童子韓重，欲嫁，而爲父所阻，氣結而死。重遊學歸，弔紫玉墓。玉形現，並贈重明珠。"後世多用以指多情而薄命的少女。詩人在這裏哭悼的，正是像馮小青那樣身世凄慘、凋謝如落紅的薄命女子。全詩語致凄楚而幽怨，充滿了對不幸女性的關懷與同情。

事實上，《陳碧城絕句》中類似上述兩首風格的作品不勝枚舉，如《題孫子瀟太史雙紅豆圖》六首、《題春江花月夜卷子》四首、《自題雲藍索句小影》

---

① ［日］森春濤選鈔：《陳碧城絕句》，明治十一年（1878），東京：茉莉巷賣詩店刊行，第6頁。原載於［清］陳文述：《頤道堂詩外集》卷四，見《續修四庫全書》編委會：《續修四庫全書·集部·別集類》，上海古籍出版社，2002年，第1505冊，第439頁。
② ［日］森春濤選鈔：《陳碧城絕句》，明治十一年（1878），東京：茉莉巷賣詩店刊行，第8頁。原載同上書，第441頁。

圖5-4 明治十一年（1878）刊《清三家絕句》之
《陳碧城絕句》書影（名古屋大學藏）

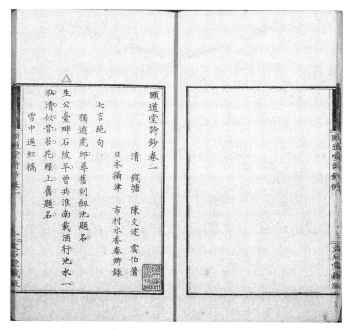

圖5-5 明治十二年（1879）刻《頤道堂詩鈔》書影
（日本國文學研究資料館藏）

四首等，大都係題畫之作。此類作品的大量編選與抄錄，可以明白看出春濤對於陳碧城詩的興趣與關注所在。

值得一提的是，明治十二年（1879）刊行的市村水香所編四卷本《頤道堂詩鈔》，自卷二《塞下變歌》以下皆選自《頤道堂詩外集》。換言之，《頤道堂詩選》三十卷，市村水香只選編成一卷多；而十卷本的《頤道堂詩外集》，市村卻選錄了兩卷有餘。如前所述，《頤道堂詩外集》從卷六至卷九長達四卷的篇幅、共計四十首詩全列爲古今體香奩詩，顯見出市村偏好陳文述此類香奩體詩作，這與森春濤所倡導的艷體詩風正可謂不謀而合。

二、陳文述詩對春濤的影響

合山林太郎在其《幕末時期的艷體漢詩——論森春濤、槐南一派的詩風》一文中指出，春濤艷體詩中"情禪"與"美人禪"等詩語，直接傳承自陳碧城的香奩詩。① 例如《頤道堂詩外集》卷十有《題顧子雨夢游舊館圖》二首，《清三家絕句》取其二：

> 驂鸞人去賦游仙，香散輕塵玉化煙。
> 懺盡情禪銷盡劫，一圖留取證人天。②

合山氏解讀此詩是碧城爲思念亡友而作，不確。顧子雨即顧晛元，子雨係其字，太倉人。其父顧王霖係乾隆五十年（1790）進士，由庶吉士改官戶部主事，陞員外郎。嗜學，工詩文，擅書畫，於婁東詩派中獨樹一幟。顧晛元亦刻苦攻詩，傳其家學。曾與里中名宿成立南園詩社，爲婁東詩派後起之秀。子雨與碧城係故交，黃裳曾云："請頤道居士集者不可不得此冊並觀之。"③ "香散輕塵玉化煙"一句顯然是描寫女子香消玉殞，且第一首中亦有"夢中仿彿見鴉黃"

---

① ［日］合山林太郎：《幕末明治期の艷體漢詩——森春濤・槐南一派の詩風をめぐって》，載《和漢比較文學》2006 年，第 37 號，第 25 頁。原和文，標題係筆者所譯。
② ［日］森春濤選鈔：《陳碧城絕句》，明治十一年（1878），東京：茉莉巷賣詩店刊行，第 35 頁。原載於《頤道堂詩外集》卷十，見《續修四庫全書・集部・別集類》，上海：上海古籍出版社，2002 年，第 1505 冊，第 539 頁。
③ ［清］顧晛元：《且飲樓詩選》黃裳題識。上海圖書館藏清道光間刊本。

之語。鴉黃係古時女子化妝所傅之黃粉。更可確定詩中思悼的對象是一名女子。結合全詩内容來看，此女子應當是顧子雨的戀人或故交，其身故後，顧子雨於夢中重回故地，並記取爲圖，以資紀念。碧城題咏此圖以爲詩，詩中的"情禪"一語，確實是陳碧城的獨創①，是有哀悼亡人、以情入禪之意。

《春濤詩鈔》卷十三《墨水遣興》一首内亦有"舊部煙花傳豔史，白華香火證情禪"兩句。合山氏以爲"情禪"一語係"戀愛之道的最高境界"，與"畫禪""詩禪"等語同類，並解讀春濤此聯以白華香火喻指男女和睦。② 此説恐不確切。《墨水遣興》係明治十年（1877）丁丑間春濤游覽墨川（即隅田川）時所作。遷居東京後的春濤在詩中回顧自己的香奩艷體之作，將其比作詩中史傳，頗有自賞之意。而"白華香火證情禪"一句，應當是針對其艷體詩中所描寫的女性、特別是他三位先後不幸亡故的妻子而言的。春濤吸收陳文述以情入禪的詩語，以白華香火祭悼亡人，表達對妻子們的愛戀之情與追思之意。

《墨水遣興》創作於春濤編選《清三家絶句》的前一年。不過，仔細玩味《春濤詩鈔》中的作品，可以發現陳文述詩對春濤的影響似乎在明治五年（1872）春濤購得《頤道堂詩外集》以前便有踪迹可尋。《春濤詩鈔》卷九《桑三軒集》内有《美人二圖》詩，其一云：

> 蘭膏一盞夜青熒，病背殘花恨未醒。
> 睡起啼痕紅膩枕，傷心讀到《牡丹亭》。③

前章已經論述過，這是一首描寫女子枕上讀書場景的作品，所讀的書是湯顯祖的《牡丹亭》。春濤雖未記畫中女子是誰，不過其所咏之對象，很有可能即是馮小青。按陳文述《小青曲》（節録）云：

---

① 清人錢泳《履園叢話·雜記下》下有"琴心曲"一篇，紀嘉慶二年（1797）春"偶過陳雪樵寓宅，晤陳雲伯，挑燈夜話"，雲伯爲賦《琴心曲》，其中有："花月姻緣事有無，情禪參破成鴻雪。"可見"情禪"是碧城愛用之詞語。見 [清] 錢泳《履園叢話》二十四，北京：中華書局，1979 年，第 644—645 頁。
② [日] 合山林太郎：《幕末明治期の艷體漢詩——森春濤・槐南一派の詩風をめぐって》，載《和漢比較文學》2006 年，第 37 號，第 21—22 頁。
③ [日] 森春濤：《春濤詩鈔》卷九《桑三軒集》，東京：文會堂刊本，第三册，明治四十五年（1912），第 2 頁。

> 遠籤哀秋帶雨聽，斷腸一卷《牡丹亭》。
> 白花紫玉悲前世，絮果蘭因證此生。①

此詩收錄於《頤道堂詩選》卷二十一及《頤道堂詩外集》卷七，惟題名略有不同。②小青夜讀《牡丹亭》的故事，相當知名。大約與支如增《小青傳》中的記載有關。③而故事所本，當源自馮小青《焚餘草》中所收的絕句一首：

> 冷雨幽窗不可聽，挑鐙閒看《牡丹亭》。
> 人間亦有癡於我，不獨傷心是小青。④

此詩被陳文述收入《蘭因集》卷上。《蘭因集》最早刊刻於道光十八年（1838），即日本的天保九年。此後，光緒辛巳年（1881）亦有覆刻。春濤卒於明治二十二年（1889）十一月。生前是否見過《蘭因集》，目前雖無確證，但考慮到槐南創作的《補春天傳奇》於陳碧城爲小青等西湖三女士修墓題咏的事件如此熟悉，則春濤父子接觸過《蘭因集》的可能性還是相當大的。對比春濤《美人二圖》其一與陳文述的《小青曲》，無論情感、意境、内容，都甚爲接近。《美人二圖》係文久三年（1863）所作，此時櫻井成憲抄錄的《陳碧城絕句》已出版兩年，無論是陳碧城的詩作抑或事迹，必然已在日本文壇引起注意。文久三年（1863）五月，四十五歲的春濤移居至名古屋桑名町三丁目，發起桑三吟社，正式開啓其作爲漢詩人的生涯。可以認爲，春濤在明治五年（1872）購得《頤道堂詩外集》以前，至遲在文久三年（1863）時，應當已經接觸過陳文述的詩文作品，並受到其香奩詩風的影響。

據鍾慧玲女史考證，陳碧城廣收女弟子，並不限書香門第之名媛淑女，秦

---

① [清]陳文述撰：《頤道堂詩選》卷二十一，見《續修四庫全書》編委會：《續修四庫全書·集部·別集類》，上海：上海古籍出版社，2002年，第1505冊，第189頁。
② 《頤道堂詩外集》題作《小青曲》，《頤道堂詩選》題作《小青曲孤山弔小青墓作》。
③ [明]支如增：《小青傳》："自杜麗娘死，天下有情種子絕矣，以吾所聞小青殆麗娘後一人也。小青讀《牡丹亭》詞，嘆曰：'人間亦有癡於我，豈獨傷心是小青。悲夫，真情種也。'"見明人周之標輯《女中七才子蘭咳集》，北京：國家圖書館出版社，2012年。
④ [清]陳文述輯：《蘭因集》卷上，見《叢書集成續編》，臺北：新文豐出版公司，1988年，第257冊，第46頁。

淮妓如玉霞、歡歡等亦爲其女弟子。① 陳文述晚年遍訪佳人遺迹，修墓復碣不問身份。並爲《秦淮畫舫錄》《吳門畫舫錄》題詩，這與雅好香奩艷體的森春濤多有氣質相近之處。春濤主辦的茉莉吟社每十日便聚會飲宴，甚而招妓陪侍，被時人譏爲"桃花會"②。而春濤弟子永井禾原（1852—1913）曾於明治三十四年（1901）親訪南京秦淮，駐足舊院長板橋。可見森春濤等人不僅不以世譏爲意，還引以爲香奩風雅。熟讀《牡丹亭》《紅樓夢》的森槐南將陳碧城描寫成"自古到今天上人間未曾見的情種"式的文人；春濤更以"情天教主"自稱。凡此種種，可見春濤一派的詩人對於陳碧城的受容，不僅限於愛好其香奩體詩作的風格，陳碧城性格中深情與癡情的一面，以及詩中對於女性主題的持續關注，才是春濤最爲認同和欣賞的地方。

---

① 鍾慧玲：《陳文述與碧城仙館女弟子的文學活動》，見《清代女作家專題——吳藻及其相關文學活動研究》，臺北：樂學書局，2001年，第767—768頁。
② 日語中"桃花"與"十日"同音，故有此揶揄。

第六章　森春濤與《新文詩》系列

明治四年（1871）春，京都出版的《明治三十八家絕句》中所收錄的春濤詩數量已超過同輩詩人小野湖山、大沼枕山等人，躍居首位。可知春濤在當時的漢詩壇，其實力與聲望已爲世所公認。這也正爲春濤毅然舉家遷至新都東京提供了契機。定居東京以後的春濤，先是發起茉莉吟社，積極邀請明治政府的高官加入詩社，並頻繁宴飲集會，往來唱和不絕。與此同時，春濤亦開始編選當世詩家的選集如《舊雨詩鈔》《東京才人絕句》等，並將清代詩人陳文述、郭麐等人的作品介紹至明治漢詩壇。春濤入京以後的文學活動中，最受矚目的當屬漢詩文雜志《新文詩》系列的創刊與編輯。明治八年（1875）七月，春濤開始着手創辦《新文詩》，十一月發行《新文詩》第一集。到明治十七年（1884）十二月爲止，共編輯、發行《新文詩》整一百集。此外，明治九年（1876）春，春濤開始編輯《新文詩別集》第一號，至明治十七年（1884）十月共計發行《別集》二十八集。《別集》停刊之後，春濤又於明治十八年（1885）五月創辦《新新文詩》，截至明治十九年（1886）十月，共發行十七集。自《新文詩》第一集出版至《新新文詩》停刊，春濤以一介布衣詩人的身份，在《新文詩》系列的編修與發行工作中度過了十一年的歲月。正由於春濤、槐南父子的苦心經營與勠力堅持，使《新文詩》系列得以成爲明治初期最具影響力的漢詩文雜志。

《新文詩》中所刊登的漢詩大致可以分作三類：一、交游酬唱詩；二、時事詩與咏史詩；三、艷體詩。春濤以茉莉吟社魁首的身份，藉由頻繁的詩歌集會實現了臺閣派詩人與江湖派詩人的往來與交流。另一方面，春濤作爲未曾出仕的布衣詩人，對於明治維新的新時代仍然充滿期待，對當時內政及外交上的諸多事件亦抱以關心的態度。春濤一派的漢詩人在《新文詩》系列雜志上發表了大量的時事詩，以及旨在借古喻今的咏史詩，表現出強烈的尊王攘夷的政治傾向。在此兩類詩歌之外，春濤最爲着力的則是艷體詩的創作。明治十三年

(1880) 三月，春濤於六十二歲生辰前夕，創作《詩魔自詠》十二首，詩中甚而有"永劫不磨脂粉氣，詩魔賴得竝文妖"之語。可知此時的春濤已立下終老不輟艷體詩風且不畏世譏的決心。

春濤的漢詩創作與《新文詩》系列的編修爲明治初期的漢詩壇帶來巨大的影響。春濤也藉此聲名廣播，並最終成爲明治詩壇的執牛耳者。常爲研究者所忽略的是，春濤在東京寓所經營茉莉巷賣詩店，兼以出版、販售茉莉社同仁的詩文別集爲業，實是其遷居東京後所從事的重要社會活動之一。本章將對春濤上述種種文學與社會活動加以考察，結合文獻資料與春濤作品分析其動機所在。

第一節　森春濤上京的背景與動機

一、江户末期絕句選的盛行

考察森春濤一生的文學活動，大約可以分爲三個時期。自天保六年（1835）春濤十七歲時至尾張國丹羽村從鷲津益齋研習漢學，至安政四年（1857）秋三十九歲時蓄髮棄醫[①]爲止，可視作其文學活動的第一期。在此二十餘年間，春濤繼承了家族行醫的本業，並積極於漢詩創作。這一時期是春濤創作上的青年期，也是他以漢詩人身份登上文壇前的準備期。此後，自文久三年（1863）五月，四十五歲的春濤移居名古屋桑名町三丁目，起桑三吟社，正式棄醫從文，至明治七年（1874）十一月舉家遷往東京以前，可以視作春濤文學活動的第二期。此一時期春濤以漢詩創作爲主業，經過十餘年的磨煉與累積，創作上已日趨成熟，其在漢詩壇的影響亦逐漸擴大。自五十六歲時遷居至東京下谷，起茉莉吟社，至明治二十二年（1889）七十一歲時病逝，是春濤文學活動的第三期。這一時期，春濤持續進行漢詩創作，致力於刊刻《東京才人絕句》，創辦編選漢詩文雜誌《新文詩》《新文詩別集》《新新文詩》，抄錄出版《清三家絕句》，等等。其文學活動的內容更爲豐富多樣，達到鼎盛時期。

[①] 《春濤詩鈔》卷七《牛背英雄集》內有《蓄髮呈拙堂翁》一首："卅年圓頂傍風塵、喚作僧來不得嗔。非有憐才韓吏部，誰知賈島是詩人。"揶揄自己行醫時代如僧人般需剃髮。按：此詩作於丁巳年秋，即安政四年（1857）詩人三十九歲時。

明治七年（1874），森春濤舉家自名古屋遷居至東京下谷，結茉莉吟社，翌明治八年（1875）刊刻《東京才人絕句》，並開始創辦漢詩文雜志《新文詩》。關於春濤舉家東遷的動機，可以從幾個方面進行考察。

幕末時期，已有漢學者陸續編選當時日本漢詩人的詩作結集出版，並形成風氣。譬如文政十二年（1829）刊刻加藤淵編選的《文政十七家絕句》二卷二冊，收錄當時著名詩家如菅茶山、市河寬齋、賴杏坪、館柳灣、柏木如亭、大窪詩佛、菊地五山、田能村竹田、卷菱湖、賴山陽等人作品五百首；天保九年（1838）刊刻三上恒編選的《天保三十六家絕句》三卷三冊，收朝川善庵、大窪詩佛、菊地五山、梁川星巖、篠崎小竹等詩家作品九百二十五首；嘉永元年（1848）刊北尾墨香編選的《嘉永二十五家絕句》四卷四冊，收梁川星巖、貫名海屋、中島綜隱等二十位名家共九百六十六首作品；安政四年（1857）二月刊額田正編選的《安政三十二家絕句》三卷三冊，於上述名家外，又增列齋藤拙堂與藤森大雅的作品，共收漢詩七百四十九首。文久二年（1862）刊櫻井成憲所編《文久二十六家絕句》，收錄草場珮川、廣瀬旭莊、大沼枕山、森春濤、藤井竹外等詩人詩作計六百一十八首。慶應二年（1866）刊內田修編《慶應十家絕句》二卷二冊，收大沼枕山、小野湖山、植村蘆洲、鷲津毅堂、鈴木松塘、關雪江等十家詩。大政奉還、改元明治以後，額田正選編《明治三十八家絕句》於明治四年（1871）刊行，收入幕末諸名家及菊地溪琴、小野湖山、大沼枕山等新進漢詩人的作品。其中森春濤詩收三十八首，超越小野湖山、大沼枕山等同輩詩家，位居第一。其後，明治十一年刊關三一編《明治十家絕句》二卷二冊，收入大槻磐磎、小野湖山、森春濤、成島柳北等諸家詩作。幕末明初這一時期漢詩集編選與刊刻的盛行，表現出當時的漢學者與詩人們對漢詩創作傾注以極大的熱情與努力。作品是否被收錄，以及收錄數量的多寡，關係着或者説決定了詩人在漢詩壇分量的輕重與地位的高低；而能夠選編這種詩集的人物，通常自身也兼具漢詩人的身份，並且在當時的漢學界已具備了一定的地位，通過這樣的編修出版工作，更加鞏固甚或壯大了自己在漢詩領域的聲名。

二、舉家東遷的動機

對於久居於名古屋的森春濤來説，當然希望自己的漢詩活動不僅僅局限在東海一隅，而是通過明治的新都東京這樣一個巨大的舞臺，將自己在漢詩壇的影響力迅速提昇，得以輻射至全國。遷居東京以前，明治四年（1871）春於京都出版的《明治三十八家絕句》一書中，所收春濤詩超越諸家而居冠。這說明了春濤在當時的漢詩壇，其實力與聲望已爲世所公認。與同輩詩人如小野湖山、大沼枕山等人相比，春濤無疑已取得了更令人矚目的地位。這一排名應當給予了春濤相當大的信心，他最終能夠作出舉家東遷的決定，大約與此不無關係。

另一方面，自明治元年（1868）三月起，春濤開始在尾張藩校明倫堂教詩。明治五年（1872）二月，其妻國島氏急病逝世，得年四十歲。春濤與國島氏共同生活十餘年，並且育有一子，感情不可謂不深。尤其是這十年恰恰是春濤棄醫從文的前十年，國島氏給予了春濤很大的支持與鼓勵。正當春濤在漢詩界聲名漸著而有所小成的時候，國島氏的猝死，給春濤以相當大的打擊。國島氏逝世後，春濤將子泰二郎托付於其外祖美濃國島氏，自己則寓居於養老山下戶倉竹圃居處，明治六年（1873）三月十四日又移居至岐阜，僑居木葉庵，即香魚水裔廬。因東南面山，號九十九峰軒；北俯藍川，又號三十六灣書樓。這一時期春濤的詩集題曰《敗柳殘荷集》，可以想見其心境之沒落。當明治七年（1874）終於決意遷居東京時，春濤已五十六歲。對於春濤在國島氏喪後萍踪浪迹的一段歲月，及其決意遷居東京的舉動，橫田天風氏以爲："先生連年遭遇不幸，悲愴不止，名古屋永住之念亦漸灰冷，何其數奇太甚。"① 所謂連年遭遇不幸，當指春濤先後經歷三次喪妻、一次喪子，并在安政大獄中痛失師友等事。當然，業師梁川星巖與妻子國島清的逝世給予春濤很深的打擊，這從他的漢詩創作中可以看出。② 不過，大政奉還遷都東京以後，幕末時期黑暗恐怖的政治空氣已然消退。事實上，春濤對於明治天皇的新政，懷抱着很大的期望，對於新都東京也不勝嚮往。據橫田天風記載："先生明治七年十月十六日五十六歲之時，携兒泰二郎氏（後號槐南，爲文學博士）、篋室伊藤氏，自岐阜發，二十七

---

① [日]橫田天風：《明治の清新詩派森春濤先生（三）》，載《東洋文化》，昭和二年（1927）第四十號，第83頁。原文和文，引文係筆者所譯。
② 《春濤詩鈔》卷八《夢入青山集》內收錄有《七十老翁何所求追悼星巖翁》三首、《哭兒真》二首、《悼亡》四首；卷十一《桑三軒後集》內有《悼亡》二首、《夜涼聞笛》一首；同卷《敗柳殘荷集》內有《冬夜雜詩》十首等，皆悼亡憶舊之作，多感懷自傷之語。

日至東京，卜居於下谷摩利支天街。"① 伊藤氏即伊藤織褚，係國島氏故後春濤所娶第四任妻子，既稱篋室②，可知係春濤側室而非正妻。春濤遷居東京，自岐阜啓程，隨行家眷只有子槐南與妾室伊藤。對於春濤來說，放棄名古屋穩定的生活，舉家搬遷至陌生的東京，應當是下了很大的決心的。

第二節　森春濤上京前後的文學活動及心理

一、上京前的詩作

啓程上京前，春濤與子侄輩一同登岐阜金華山，並詠有七律《登覽》一首：

> 登覽先凭百尺樓，山河形勝眼前浮。
> 霜華雁警北京信，月氣魚潛南島秋。
> 都督撫將多遠略，大臣排難有深謀。
> 壯心雖老吾何已，決眥蜻蜓影外洲。③

此詩頷聯與頸聯四句，當意有所指。明治七年（1874）五月，日本以琉球國船難幸存者遭臺灣原住民"出草"④ 殺害爲由，出兵攻打臺灣南部原住民部落。春濤所謂"北京信""南島秋"云云，大約即隱喻此次事件而言。頸聯中所云"都督"，當指西鄉從道（1843—1902）。西鄉於是年被任命爲台灣蕃地事務

---

① ［日］横田天風：《明治の清新詩派森春濤先生（四）》，《東洋文化》，1927年第四十一號，第92頁，原文和文，引文係筆者譯。按：此文第三部分（《東洋文化》第四十號）載春濤出發日期作十月十五日。
② 《左傳·昭公十一年》："僖子使助薳氏之篋。" 杜預注："篋，副倅也；薳氏之女爲僖子副妾，別居在外。"
③ ［日］森春濤：《春濤詩鈔》卷十一《太陽開曆集》，東京文會堂刊本，第三冊，1912年（明治四十五年），第19頁。
④ 出草是臺灣原住民獵人頭習俗的别稱，意從捕鹿而來。黃叔璥《臺海使槎錄》卷五："捕鹿，名曰出草。" 朱仕玠《小琉球漫誌》卷八："番以射獵爲生，名曰出草。" 清代蔣毓英《臺灣府志》："好殺人取頭而去，漆頂骨，貯於家，多者爲雄；此則番之惡習也。" 又清末李秉瑞等所著《蓬萊小語》："時人入山，常遇靈怪悲號迴野，俗謂討番費，散冥鏹，可免。遇怪悲號猶可，遇番悲號，則以首級爲路費矣。" 當時琉球漁民漂流到台灣島遭原住民殺害的事件時有發生。

局都督,於長崎港領兵待命。雖然明治政府迫於內外壓力下令中止出兵,但西鄉拒不受命,仍率三千士兵前往臺灣。"大臣"當指大久保利通。日本出兵臺灣,遭到清政府抗議。兩國並未宣戰,皆圖以外交手段解決。八月,明治政府任命大久保利通出任全權大臣,前往北京交涉。大久保拉攏英國駐北京公使威妥瑪(Thomas Francis Wade)出面調停,政府被迫作出讓步於九月二十二日(西曆 10 月 31 日)簽下不平等的《中日北京專約》,承認日本出兵臺灣是"保民義舉",並給付難民撫恤金及日方修路建房費用共銀五十萬兩。春濤作此詩之時當在大久保赴北京交涉成約後不久。① 尾聯"壯心雖老吾何已"一句,化用曹操《龜雖壽》"烈士暮年,壯心不已"的名句,表達作者雖自知暮年將至,仍然期待著能夠在詩壇上有所建樹。蜻蜓洲係日本雅稱,所謂"決眥蜻蜓影外洲",表明作者眼界不僅限於新都東京,更有俯視全日本詩壇之意。不過,儘管春濤自勉老驥伏櫪,有千里之志。放棄在名古屋與岐阜既有的安定生活,舉家搬遷至陌生遙遠的東京,詩人在期待之外也頗有些感慨與不安,這從他臨行前一日所作的《甲戌十月十五日將發岐阜留題》一詩中分明可以感受得出來。

飄零自歎老生涯,行色借秋拖晚霞。
學士後游辭赤壁,仙人前躅別金華。
破衫圓笠還為客,黃葉青山到處家。
偷舉離觴和暗淚,泫然彈向故籬花。②

開篇即感嘆自己暮年飄零,頗有些自嗟自嘲的意味。至頷聯又寫自己戴笠披衫,客居四方,雖云"黃葉青山到處家",實際也是詩人反語,屢次遷徙,實不知家在何處。尾聯"離觴"之語當是就亡妻國島氏而言,由思念已故親眷,引發出懷念故鄉、不忍別離之結句。其悽惶自傷,眷眷不捨之情,溢於言表。離別時詩人的情感雖然惆悵多於歡喜,不過,隨着離目的地東京的距離越來

---

① 《登覽》一詩未紀年月,然其所在《太陽開曆集》創作期間係"自癸酉正月至甲戌十月"。此詩位於集末倒數第二首。且次一首題作《予將赴東京,次兒泰留別詩韻,題寓舍壁》。可知《登覽》作於甲戌(1874)十月,且在十月十六日啓程東京之前。另,春濤詩以干支紀年,以舊曆記日月。甲戌(1874)九月二十二日《中日北京專約》簽訂,則《登覽》一詩作於約成之後無疑。
② [日]森春濤:《春濤詩鈔》卷十二《黃葉青山集》,東京:文會堂刊本,第三册,明治四十五年(1912),第 1 頁。

近，詩人的興奮與期待也變得越來越強烈。春濤在上京途中經過富士山，並作七律《富嶽》一首。

> 扶桑一氣隘乾坤，突兀排空玉色温。
> 齊魯之間無伯仲，泰嵩而下盡兒孫。
> 應爲四海朝宗表，真有萬年天子尊。
> 定鼎維新誰不仰，波濤日夜欲東奔。①

這首詩可謂氣勢恢宏，一掃春濤往日艷體優柔的風格。所謂"應爲四海朝宗表，真有萬年天子尊"之語，以富岳喻明治天皇實爲四海朝宗、天子萬年的正統。而從尾聯可以看出，春濤對於明治維新的新政極力擁護，所謂波濤，即指富士山麓五湖的湖水，同時也是春濤自喻。詩人此刻的心境，恰如富士山脚下的波濤，日夜欲東奔而去。而詩人此行的目的地東京，即在東方。詩人以這樣的比喻，表現出其對於明治的新時代寄予厚望，並急於施展其文學抱負的迫切心情。

二、《東京才人絕句》與《新文詩》系列的編選

十月廿七日，春濤一行甫至東京，當夜永坂石埭即至春濤下榻處，爲其謀劃居處。春濤遂作《念七日入東京，即夜石埭至，爲予謀栖息地，喜賦》一詩，表達其寬慰欣喜之意。

> 洗塵何害酒先賒，夜雨寒鐙情可嘉。
> 憐我飄零來上國，就君商確借誰家。
> 一株牆角柴門柳，數點水邊籬落花。
> 久在山村嫌寂寞，幽栖要擇小繁華。②

---

① [日] 森春濤：《春濤詩鈔》卷十二《黃葉青山集》，東京：文會堂刊本，第三册，明治四十五年（1912），第 1 頁。
② 同上書，第 2 頁。

石埭係春濤門下四天王之一，與春濤師徒關係親厚。石埭即夜冒雨前來爲春濤接風洗塵、商討住處，春濤十分感念其情。值得注意的是尾聯兩句，所謂"久在山村"，大約是指春濤赴京以前在岐阜山野的半隱居生活。春濤實已厭倦了寂寞的山野生活，對於在東京住處的要求，"幽栖要擇小繁華"，即所謂鬧中取靜之所。此處的繁華，當指與當時的文人詩家能夠多加交流，不致信息隔絕、詩名冷落而言。春濤與當時漢詩作者們的交流，除卻日常的宴飲酬唱往來以外，最主要的，即是通過編輯漢詩文雜志、甄選諸家詩作、定期結集出版的方式，逐步形成了一個以春濤爲中心的漢詩創作圈。

明治八年（1875）春，春濤赴東京後不久，即編選刊刻了二卷本的《東京才人絕句》，收明治初年江湖臺閣諸派詩家計一百六十六人所創作的五百六十三首絕句。卷首請"明治三大文宗"之一的川田剛作序，由當時的書法名家日下部鳴鶴（號翠雨山樵）執筆。此書卷末有春濤《贈清客葉松石次其春日雜興韻》四首。爲示謙虛，春濤於卷首識語中云："贅拙詩於卷末，願附驥尾，非敢比才人也。"

明治十年（1877）二月，春濤又編錄出版了《舊雨詩鈔》二卷。此書係春濤受舊雨社委托而編，收錄了以藤野海南爲盟主的舊雨社各派文人計五十九家詩作。卷首有藤野海南序，由名書家關雪江執筆。與之前各家選編的絕句集不同的是，《舊雨詩鈔》收詩並不僅限於七言絕句，而是五、七言均收。值得一提的是，此書卷末收春濤《湖上雜詩，以荷花世界柳絲鄉爲韻》絕句七首，皆纖巧綺旎的艷體之作。

不過，春濤並不只滿足於編選當世詩人的詩集，而是將更多的精力投入到漢詩文雜志的創辦與編輯上去。自明治八年（1875）乙亥七月起，春濤開始着手創辦漢詩文雜志《新文詩》第一集，於是年十一月出版。此後的八年間，至癸未十二月（明治十七年、西曆1884年1月）爲止，共編輯出版《新文詩》一百集。平均約每月出版一集。此外，自明治九年（1876）初出版《新文詩別集》第一號，至明治十七年（1884）十月二十九日，共出版《別集》二十八號。《別集》主要收《新文詩》未刊之作品，或一期設一專題編選成詩集。《別集》停刊後，春濤又於明治十八年（1885）五月編次《新新文詩》，由其子槐南參訂。至明治十九年（1886）十月，共出版《新新文詩》十七集。另有單冊《新新文詩》一集，未刊出版年月，收有"詩賸（茉莉園未定稿）"及"詩餘（茉莉園雜

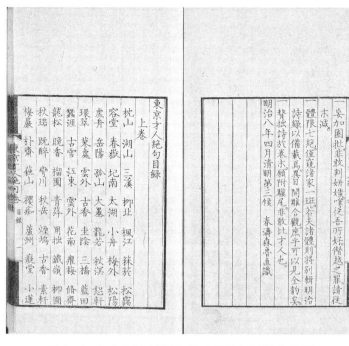

圖6-1　明治八年（1875）刊《東京才人絕句》書影
（日本國文學研究資料館藏）

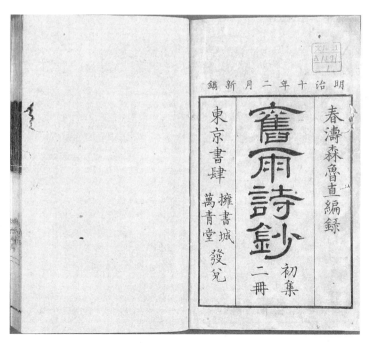

圖6-2　明治十年（1877）刊《舊雨詩鈔》書影
（早稻田大學圖書館藏）

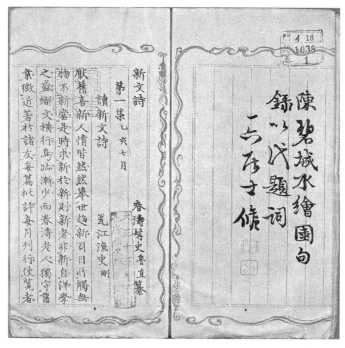

圖6-3 《新文詩》第一集書影
（早稻田大學圖書館藏）

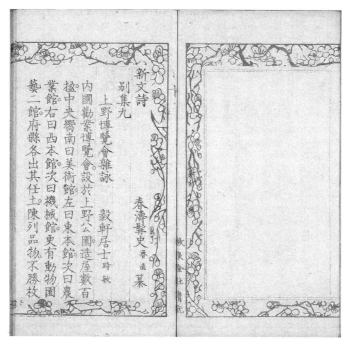

圖6-4 《新文詩·別集》書影
（早稻田大學圖書館藏）

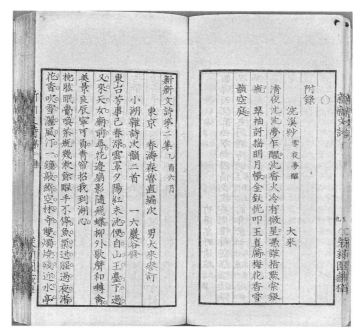

圖 6-5 《新新文詩》書影
（早稻田大學圖書館藏）

著）"若干篇。自《新文詩》的創刊至《新新文詩》的停刊，前後歷時十一年有餘。可以說編輯出版《新文詩》系列雜志成爲春濤上京以後最主要的文學活動。在春濤父子十數年如一日的黽勉堅持與苦心經營下，《新文詩》系列可謂明治初期刊行最久、規模與影響亦最大的漢詩文雜志。

第三節　《新文詩》系列的内容與編選動機

一、《新文詩》的命名

關於《新文詩》的命名，並非春濤隨意爲之，而是蘊含有深意的。《新文詩》第二集卷末，有朗廬醉史所作《贈春濤老人》一文。原文不長，兹引錄於下：

項日閱高選《新文詩》，不特文詩之新可喜。命名新奇，何其著意之敏也。蓋曰么麽册子，特假音便，以當吾家吟壇新聞紙。抑人事、興雅趣，則兩存不可微焉。新聞紙示勸誡於新話，而新文詩放風致乎新韻，皆新世鼓吹之尤者。而詞林風月之光，則新文詩專任之。邦土古矣，而事則日新；人物舊矣，而思則日新。毛詩有之，"方叔元老，克壯其猶"。素亦云：春濤老將，克新其思。素頓首。①

朗廬醉史即阪谷素（1822—1881），備中國川上郡（今岡山縣井原市）人。阪谷係幕末明初時期的漢學者。明治三年（1871）年入東京，供職於陸軍省，其後歷任文部省與內務省官僚。並與福澤諭吉等加入名六社，係社內惟一的儒學者。明治十二年（1879）當選爲東京學士會院議員。可謂典型的臺閣派文人。春濤入京後與阪谷有所交游，阪谷在此文中指出了《新文詩》的命名係由諧"新聞紙"之音而來。日本自明治維新以來，因循文明開化之潮流，創辦了多家新聞紙。先以小册子形態刊行，如《中外新聞》《江湖新聞》（1868年創刊）等。明治三年（1871年）日本最早的日報《橫濱每日新聞》創刊。翌年又陸續有《東京日日新聞》（即後來的《每日新聞》）、《郵便報知新聞》等創刊。其後，明治七年（1874）《讀賣新聞》創刊。明治政府認爲新聞普及有利於開啓民智，遂積極支持並保護新聞產業。於日本各地設立免費的"新聞縱覽所"，以及爲大衆講解新聞的"新聞解話会"，並制定以公費購買新聞紙等各項措施來支持各新聞社發展。在新聞紙大爲流行的明治初期，春濤獨立創辦漢詩文雜志，並特意取與"新聞紙"同音的"新文詩"來命名雜志，無疑是期望它能夠像新聞紙風行全日本一樣，成爲漢詩文界最通俗、最具代表性和影響力的刊物。另一方面，《新文詩》的命名著眼於一個"新"字，誠如阪谷所言，以"新韻"記"新事"與"新思"，正是春濤編輯漢詩文雜志的用意所在。而"放風致乎新韻"的編輯理念，也正合乎明治新世在文學審美上的新潮流。

雜志既命名爲《新文詩》，内容上自然是詩文並收。事實上，除詩文外，亦偶有詞、曲收錄。不過總體上《新文詩》所收作品仍以漢詩爲主，各體皆有，而以七言絕句及律詩爲多。這也是當時漢詩人之間最常用的詩歌體裁。

---

① ［日］森春濤編訂：《新文詩》第二集，東京：茉莉巷凹處藏梓，明治八年（1875），第10—11頁。

二、從春濤詩看《新文詩》系列的內容

1. 交游酬唱詩

《新文詩》所刊登的漢詩，大致可以分爲三類。一爲交游酬唱之作；二爲詠時事或詠史之作；三爲艷體詩作。春濤本人於《新文詩》上所刊登的作品，也不外乎上述三類。嚴格說來，春濤詩刊於《新文詩》者數量並不多，但常常以壓卷的形式出現。在春濤的主持下，茉莉吟社成員定期集會賦詩，並延請明治政府高官入社，與之宴飲酬唱，往來頻繁。這就誕生了大量的題贈唱和之作。《新文詩》的作者群中，既有臺閣派詩人，亦不乏布衣詩人即所謂江湖派。春濤刻意與臺閣派詩人結交，不外乎出於擴大《新文詩》影響力的目的；而事實上臺閣派詩人的加入，的確在某種程度上提高了《新文詩》及其創辦者森春濤的聲望。雖然結交權貴使得春濤不免爲人詬病，然而在客觀上，實則爲明治時期漢詩創作的發展與興盛爭取到了有利的環境。

《新文詩》第一集有一六居士（巖谷修）所作《贈森希黃》一首，詩云：

> 筆硯提攜入帝州，小天台麓寄優游。
> 江山有助能如此，風月之權儘自由。
> 平日所交多顯達，高人於世豈營求。
> 我將遺贈樊川句，千首詩輕萬戶侯。①

春濤舉家入東京後不久，於明治八年春入居於下谷仲御徒町三丁目三十二番地。因仲御徒町毗鄰供奉摩利支天的德大寺，因此又稱摩利支天橫町。春濤並將居所雅稱爲"茉莉巷凹處"。德大寺隸屬日蓮宗，因而巖谷將春濤居處稱作"小天台麓"。詩中頷、頸二聯透露出春濤這一時期社會及文學活動的一些內容。頷聯謂春濤得益於明治新世，在文學上終於能得以自由施展；而頸聯所謂"平日所交多顯達"，則指春濤平素多與達官貴人結交往來。小野湖山爲此詩作注云："二聯皆妙，妙在切於其人。"丹羽花南則注曰："宜做髯史小傳讀。"可知

---

① [日]森春濤編訂：《新文詩》第一集，東京：茉莉巷凹處藏梓，明治八年（1875），第 2 頁。

巖谷所言不虛。事實上，巖谷本人便是明治政府高官，歷任內閣大書記官、元老院議官、貴族院議員，是典型的臺閣派文人。他所謂的"顯達"，實際上也包括自己在內。至於"高人於世豈營求"一句，以及尾聯將春濤比作重情誼而輕功名的才子杜牧，當然都是巖谷的溢美之辭。不過，這也從側面反映出一個事實：春濤雖然與臺閣派多有交游，却並不以出仕爲目的。儘管春濤的學生如丹羽花南、神波即山，兒子槐南日後皆曾出仕，但春濤終其一生，並未踏入過政壇，也從未擔任過任何官職。遷居東京以後，春濤始終以江湖派詩人的身份經營詩社、創辦雜志。譬如明治十一年（1878）八月由中島一男編録、春濤出版的《清廿四家詩》卷末版權頁上，春濤的姓名前就注明"東京府平民"。借助於茉莉吟社的詩文集會，臺閣派與江湖派詩人之間有了較爲頻繁和密切的交流。當然這些交流僅限於詩文題贈與唱和，也即文學交流的層面。而《新文詩》恰恰是記録兩派詩人之間此種交集的載體。

春濤及其門人所唱和交游的對象，如川田剛、巖谷修、長松幹、阪谷素等人，皆係藩儒出身，明治以後均於中央政府擔任要職，且大都是貴族院議員或東京學士會院議員，地位顯赫；而小野湖山、大沼枕山等人，也是成名已久的詩家。從《新文詩》所刊載的詩文可以看出，春濤始終與他們保持着良好的關係，並在漢詩創作上爲其所認可、稱賞；而這些詩人題贈、唱和春濤的許多作品，都被春濤編入《新文詩》之中。

除上引朗廬醉史《贈春濤老人》一文及一六居士《贈森希黃》詩以外，如鷲津毅堂所作《森浩甫移住台南摩利支天街，賦此以贈》一詩，有"城中早已傳佳句，皆恨才人相遇遲"①之語。以"才人"稱春濤，以其詩作爲"佳句"，不啻爲對春濤漢詩人身份的認可與稱許。岩崎秋溟《贈森犉史》詩頷聯云："大雅遺音無繼手，清時至味付名流。""大雅遺音""清時至味"云云，則是對春濤詩風的稱賞之語。此詩尾聯又云："今日諸公有王事，此間樂地任君收。"②即點明春濤所交"名流""諸公"皆是輔佐王事的朝廷大臣，有這些人的襄助，則長安居易，可任由春濤施展其才華。第四集所收大沼枕山《東京才人絕句刻成，賦此以賀》一詩則有"春翁今日傳詩手，能把鸞膠續鳳絃"③之語。按"鸞膠"

---

① ［日］森春濤編訂：《新文詩》第二集，東京：茉莉巷凹處藏梓，明治八年（1875），第4頁。
② ［日］森春濤編訂：《新文詩》第三集，東京：茉莉巷凹處藏梓，明治八年（1875），第5頁。
③ ［日］森春濤編訂：《新文詩》第四集，東京：茉莉巷凹處藏梓，明治九年（1876），第1頁。

"鳳絃"典出《海內十洲記》，謂西海中有鳳麟洲，多仙家，煮鳳喙麟角合煎作膏，能續弓弩已斷之絃，名續絃膠，亦稱"鸞膠"。後世詩人多用來比喻續娶後妻。枕山此處語翻新意，謂春濤刻成《東京才人之句》，猶如鳳絃再續，乃文壇之盛事。詩後春濤注曰："續絃膠不敢當。受不辭者，以知己之言耳。"既可見二人關係之親厚，也可知春濤對於《東京才人絕句》編成付梓，頗有幾分自許之意。

此外，春濤及茉莉社詩人與當時清廷駐日公使何如璋、副使張斯桂、參贊黃遵憲（公度）及隨員沈文熒（梅史）等人亦有詩文往來。《春濤詩鈔》卷十三《茉莉凹巷集》（自丙子至戊寅）內有《清國欽差大臣何公突如來如，驚喜曷勝，賦二絕句以謝》二首七言絕句，可知何如璋曾親自造訪春濤居所。何氏係首任駐日公使，自光緒三年（1877）出使日本，前後四年有餘。隨行館員黃遵憲與春濤更是交游篤厚，春濤子槐南以十七歲稚齡作《補春天傳奇》，春濤延請黃遵憲爲其推敲文字並作序，黃氏欣然應允，並數次致書於春濤。春濤於《新文詩》五十五集、五十七集、六十二集分別刊出黃氏寫與自己的三篇書牘。其中五十七集所刊書牘稱槐南的《補春天傳奇》"一字一句，皆有黃絹幼婦之妙。愈讀愈不忍釋手矣"。並進一步稱贊春濤父子"父爲詩人，子爲詞客。鶴鳴子和，可勝健羨"。春濤刊登此文，不無爲槐南彰顯才名的用意在內。

明治十五年（1882），何如璋、張斯桂任滿歸國，黃遵憲調任美國舊金山總領事。春濤及茉莉社詩人紛紛作詩送別。《新文詩》別集十六號即是雙方臨別互贈之作的彙集，其中春濤於卷末刊登其《送黃公度轉任桑港領事赴美利堅絕句二首》，有"煙花二月送君行，青柳影籠黃鳥聲"之語，可知春濤曾親自送行，足證二人交情之深厚。

除清廷外交使節以外，春濤一派詩人與清朝旅日文人王治本（號黍園）、王藩清（號琴仙）兄弟、葉煒（字松石）等人亦有詩文唱和往來。王氏兄弟與葉煒皆係浙東出身[①]，善詩文，王氏兄弟並工書畫。不過，與何如璋、黃遵憲等人不同的是，王氏兄弟與葉煒既無功名也無官職，在中國亦非已成名的詩家。其中葉煒旅日更是迫於生計，來日後在東京開成學校擔任漢語教師。春濤等人與他們交往，完全出於文學交流的目的，並無任何功利色彩。春濤歿後，其子

[①] 王氏兄弟係慈溪黃山村（今屬浙江寧波）人。葉煒係嘉興人。

槐南將其遺稿《三國港竹枝詞》整理出版，即由王治本作跋文。從《新文詩》及《春濤詩鈔》的作品來看，春濤與葉煒私交甚篤，《新文詩》中保存了不少兩人互相題贈的作品。葉煒對於春濤其人評價亦很高，如第四集卷末刊有其《贈春濤詩壇》一首：

> 未曾謀面早心傾，辱荷簫韶和缶鳴。
> 一代才人編絕句，四方選政賴先生。
> 衹談風月場中樂，每有文章海外驚。
> 魏野林逋千古仰，奚須爵位始傳名。①

這首詩提到春濤入京後重要的文學活動，即編選刊行《東京才人絕句》。領聯中"選政"一語，意謂編選詩文，此處亦有提拔後進之意。頸聯兩句蓋云春濤與仕宦名流交游，并非於功名仕途上有所希求。僅以詩文創作便能夠名震海外。因此尾聯以宋代隱士魏野與林逋比喻春濤，稱贊其不需藉助於功名爵位以成就詩名。雖然不免恭維之詞，但"奚須爵位始傳名"一語應當切合了春濤不以功名仕途爲人生追求的心理。這大約也是春濤將他視爲知己的原因之一。

承前所述，森春濤之所以結交仕宦名流，並非出於政治功利上的考量，而是希望借由這些人的地位與聲望，迅速提昇茉莉吟社及《新文詩》的知名度，并擴大其影響力。春濤的詩文中，也完全見不到江湖派詩人之間常見的對於台閣詩人的排斥或批評。與臺閣派詩人之間密切而友好的關係，不僅使得春濤可以在東京成功立足，其詩名得以遠播，聲望亦與日俱增。春濤能夠從地方上的漢詩人一躍而成爲日本漢詩壇的盟主，與他的這種努力經營不無關係。

2. 詠時事詩及詠史詩

與顯達名流間的集會往來，使得春濤一派的詩人們能夠更爲清楚詳盡地了解時局及時事。春濤雖然並無興趣直接參與政治，但對於時局新聞，仍然抱持着相當關心的態度。如前所述，《新文詩》的命名是有以詩文紀時事，也即新聞的含意在內的。因而《新文詩》系列中詠時事與詠史的作品占到相當的篇幅，是《新文詩》所收作品的又一大主題。例如明治十三年（1880）初出版的《新

---

① ［日］森春濤編訂：《新文詩》第四集，東京：茉莉巷凹處藏梓，明治九年（1876），第10頁。

文詩》別集第九號，題作《上野博覽會雜詠》，所收作品均以題咏上野博覽會爲主題。受歐美近代文明影響，日本自幕末時期即開始參加國際博覽會，如慶應三年（1867）幕府及薩摩、佐賀、水戶等藩藩士赴巴黎參加第二屆萬國博覽會。明治六年（1873）明治新政府首次正式參加了於奧匈帝國首都維也納舉辦的第五屆萬國博覽會，並興建日本館，代表近代日本文明新成果的展示品獲得廣泛好評。而在日本國內，明治四年（1871）十月，於京都西本願寺召開的京都博覽會可謂其最早的博覽會。明治十年（1877）八月至十一月，東京上野公園舉辦了第一回内國勸業博覽會。這次博覽會歷時三個月，明治天皇與皇后皆出席了開幕式，是當時規模最大的博覽會。《上野博覽會雜詠》即是茉莉社詩人們吟咏這次博覽會的專題詩集。可見春濤一派的詩人們並不局限於集會唱和的小圈子，對於近代日本的科技與文明，也抱持著相當關心的態度。

除去吟咏記錄博覽會盛況這樣的社會時事之外，對於内政外交方面的時事，《新文詩》中的作品也有所表現。例如《新文詩》第九集有毅軒居士（松岡時敏）所作《觀朝鮮修信使入京，同森希黃》及春濤所作《同毅翁觀韓使》各一首，記錄朝鮮修信使訪日一事。

明治八年（1875）九月，日本軍艦於朝鮮江華島附近與朝鮮守軍發生炮戰，是謂"江華島事件"（朝方稱"雲揚號事件"）。次年二月，日本與朝鮮簽訂了不平等的《日朝修好條規》（朝方稱《江華島條約》）。日方並要求朝方遣使訪日以了解日本國情。同年五月朝鮮派遣金綺秀爲修信使出使東京，受到明治天皇的接見。《新文詩》第九集係明治九年（1876）七月出版。松岡時敏詩中有"如使早來花未謝，輕舟且醉墨川春"一聯。墨川即隅田川，係東京賞櫻聖地。松岡作此詩時春櫻已謝，合乎金綺秀此年入京的季節。則松岡與春濤兩詩所咏朝鮮修信使正是金綺秀。按松岡時敏號毅軒，幕末時爲土佐藩儒。維新後入京，先於文部省供職，後任左院二等議官。明治八年（1875）四月元老院成立時，當選爲第一屆元老院議官。朝鮮修信使入京，春濤可以前往觀禮，大約與松岡的身份有關。據金綺秀撰《日東記遊》卷一載，明治天皇於赤坂御苑接見朝鮮來使。金綺秀等人向天皇行朝鮮君臣大禮："見倭皇于赤坂之宫，儀節一如拜見我主之禮。"① 金綺秀並對此作出解釋："彼雖蠻夷之域，而戎狄之族，其國

---

① ［朝］金綺秀：《日東記遊》卷一，復旦大學文史研究院編《朝鮮通信使文獻選編》第五冊，復旦大學出版社，2015年，第350頁。

則固適體於我也。我又豈可以區區衣冠，妄自尊大也。妄自尊大亦非禮也，彼其情，豈或甘心而爲之下也。余故以春秋列國交聘君臣相見之禮，仿以行之。"① 稱日本爲蠻夷之域、戎狄之族，當然是朝鮮士大夫小中華思想的表現。而以春秋列國交聘往來比喻朝使此行，則顯現出積貧積弱的朝鮮面對強鄰日本時不得不作出妥協的尷尬與無奈。松岡與春濤的這兩首咏韓使詩，雖然並未涉及如此複雜的政治背景，但所吟咏的內容仍然有深層含意可以解讀。如春濤《同毅翁觀韓使》② 一詩：

> 咫尺天涯喜可知，西來韓使入朝時。
> 衣冠或用明遺制，禮樂仍存漢舊儀。
> 紫陌晨光雲靄靄，丹墀日色午熙熙。
> 上林御賜新廚酒，既醉應歌泂酌詩。

前兩聯描寫修信使入朝的場面，頷聯"明遺制""漢舊儀"云云則可以看出春濤對於朝鮮保存明代舊服制與禮樂一事的態度。作爲漢詩人，對傳統中華文化懷有仰慕之情並不難理解。也正因爲如此，春濤詩中流露出對朝鮮來使一種文化上的親近感。後兩聯寫天皇接見時宴飲之歡樂。末句"泂酌"一詞典出《詩經》。《大雅·生民之什》有《泂酌》一篇，《毛詩序》解作："《泂酌》，召康公戒成王也。言皇天親有德，饗有道也。"③ 春濤此處旨在歌頌明治天皇仁德敦厚，四海爲之賓服。不過，值得注意的是，"既醉應歌泂酌詩"一語是對朝鮮使臣而言，在此之前曾屢次退回日本國書的朝鮮，此時迫於形勢不得不開國與日本簽訂合約，對於日本一方而言，無疑充滿了勝利者的喜悅。因此，要求朝鮮使節謳歌明治天皇的盛德，也即是要求朝鮮向天皇表示臣服之意。春濤在此詩中用到"泂酌"一典絕非偶然，這與他一貫以明治天皇爲天下正統的尊王攘夷思想是深有關聯的。

---

① [朝] 金綺秀：《日東記遊》卷一，復旦大學文史研究院編《朝鮮通信使文獻選編》第五册，復旦大學出版社，2015年，第350頁。
② [日] 森春濤：《同毅翁觀韓使》，載《新文詩》第九集，東京：茉莉巷凹處藏梓，明治九年（1876），第11—12頁。
③ [漢] 毛亨傳、[漢] 鄭玄箋：《泂酌三章五句》，載《毛詩》卷十七，日本慶長年間木活字刻本，第9册，第15頁。

咏時事詩以外，春濤另有不少咏史詩收錄於《新文詩》内。雖題曰咏史，却往往借古諷今、針砭時事，有着很强烈的現實意義。《新文詩》十二集有春濤《詠史二首》，其二云：

末路一蹉隨覆轍，前功百戰不償身。
漢家當日恩非少，畢竟淮陰是叛臣。①

根據《新文詩》十二集題下注，此集所收作品係明治九年（1876）十月至十二月間所作。這一年十月末，熊本、福岡及山口三縣先後爆發神風連之亂、秋月之亂和萩之亂。這三次内亂的導火索是當年三月明治政府發布的廢刀令。該令一出，引發舊肥後藩、秋月藩及長州藩士族强烈不滿，遂向政府軍發起攻擊。由於亂軍勢寡，戰亂很快得以戡平。不過，發動戰亂的首領，如舊肥後藩的太田黑伴雄、舊秋月藩的宫崎車之助及舊長州藩的前原一誠等人在幕末皆屬於勤王派，積極擁護王政復古。如前原一誠自文久年間起即致力於倒幕運動，明治三年（1870）曾因戰功卓著獲賜"賞典禄"六百石，被列爲"維新十傑"之一。由於對明治政府的一系列内政外交的決策不滿，加上廢刀令的施行褫奪了士族的特權，終於使得這些過去曾經擁護過明治天皇的武士們反戈相向。兵敗後太田黑、宫崎自盡而死，前原則被處以極刑。春濤在此詩中借咏漢淮陰侯韓信故事，發表其對時事的見解。在春濤看來，三次戰亂接連發生，可謂覆轍重蹈。而曾經爲倒幕而戰的志士們如今倒戈相向政府，則前功已盡毁。從春濤的措辭及用語可知他對於此次内亂持批判的態度。韓信曾有功於漢室，受劉邦恩遇亦甚厚，最終仍因牽連叛亂而論罪身死。春濤在最後發出"畢竟淮陰是叛臣"的感嘆，旨在責難前原等人無論過去如何有功於朝廷，其叛亂之舉辜負皇恩，終究不可饒恕。春濤的這種論調與臺閣派詩人們是一致的。

明治十年（1877）二月，西南戰爭爆發，至九月底西鄉隆盛兵敗自盡，歷時近八個月。春濤及茉莉社的詩人們對此一事件均抱着極大的關心，《新文詩》第二十四至二十六集收錄了大量題詠這次戰役的作品。主題無非有二，一是祝賀官軍大捷，戰亂平定，如"妖氛忽斂瑞雲開""四海清平拭目看"云云；二是

---

① ［日］森春濤：《詠史二首（其二）》，載《新文詩》第十二集，東京：茉莉巷凹處藏梓，明治十二年（1879），第14頁。

攻擊與批判西鄉，諸如"老賊""老姦""老狐""賊魁""兇魂"等語，措辭之激烈，正如諸家評語所云，"罵得痛快""罵得快甚"。其中春濤於第廿四集、廿六集刊登的八首絕句均爲咏史詩。如廿四集所收《九月廿四日詠史》四首，其二云：

> 薶藏首級彼何心，孤壘雲荒暮氣沈。
> 輸與項王臨自刎，催呼故舊得千金。①

明治十年（1877）九月二十四日，西鄉率領的薩軍退守鹿兒島，占據城山。官軍以一萬餘人之勢對城山發動猛烈攻擊。西鄉中彈後命部將別府晉介斬下自己首級。其後部將將其首級掩埋，官軍未能找到。故而春濤開篇即發出"薶藏首級彼何心"的質問。並以此事與項羽兵敗自刎一事作對比。按《史記·項羽本紀》："項王身亦被十餘創。顧見漢騎司馬呂馬童，曰：'若非吾故人乎？'馬童面之，指王翳曰：'此項王也。'項王乃曰：'吾聞漢購我頭千金，邑萬户，吾爲若德。'乃自刎而死。"② 同爲兵敗自盡，項羽將自己的首級交與故舊領賞，西鄉陣營却不肯將主帥首級交出。春濤借由這樣的對比，意在嘲諷與奚落西鄉叛軍。如果説，這首詩的遣詞還不算太不客氣的話，第三首更是直斥西鄉"狗猶不食敗餘肉，焉得魂爲天上星"。措辭之露骨，憎惡之強烈，真可謂"罵得痛快"。所謂"天上星"云云，當指本年九月火星接近地球，異常明亮，當時庶民之間盛傳火星中出現西鄉身影，時人呼作"西鄉星"。可見西鄉隆盛雖然戰敗身亡，仍然爲百姓所敬仰悼念。不過，政治立場傾向於明治政府的春濤對西鄉成星的説法當然持否定態度。不惟如此，廿六集所收《九十月之交詠史》第三首中有"天家雨露有餘滋，地下兇畜悔可知"兩句。稱西鄉作"兇畜"，幾近謾罵之語。"地下悔可知"云云，正可與前面的"焉爲天上星"一句相對看。木下彪氏在其《明治詩話》中稱春濤之所以盡力攻擊西鄉，"實以此迎合當政官僚之意，其所主辦的吟社吸收得勢官員，是爲大張門户之策略"③。前田愛氏在《幕末維新期的文學》一書中附和了木下氏的觀點。不過，前田氏在文中稱春濤爲

---

① [日] 森春濤：《新文詩》第二十四集，東京：茉莉巷凹處藏梓，明治十年（1877），第8頁。
② [漢] 司馬遷：《史記·項羽本紀》，北京：中華書局，1959年9月第1版，第1册，第336頁。
③ [日] 木下彪：《明治詩話》卷之上，東京：岩波書店，2015年3月第1版，第213頁。引文係筆者所譯。

"官僚的走狗"①，評價則未免過苛。事實上，春濤對於西鄉並非一味地加以批判，例如《九十月之交詠史》其四，以隋人李密比擬西鄉，開篇"讀書牛背已奇才，身敗家亡真可哀"兩句，可以看出詩人對奇才西鄉落得如此結局的欷歔惋惜之意。② 事實上，春濤評價西鄉乃至於其他政治人物，以是否遵循忠君守分的綱常大義爲核心標準。在春濤眼裏，悖上作亂的西鄉已違背君臣之綱常，其亂臣賊子的罪名永遠難以洗刷。不過，對於西鄉的才幹與過去的功勳，春濤並沒有予以全部抹殺。

3. 艷體詩

受春濤的影響，《新文詩》中艷體詩的數量亦很可觀。如第八集中鴛湖釣徒（葉煒）的《贈花南醉士，即傚其體》與花南醉士（丹羽花南）的《春雨小占》、十七集藍田仙史（股野琢）《首夏即興》、卅六集小泉散人（川島柔）《永晝》、四十九集槐南小史（森槐南）《青山》、五十八集三郊牧夫（杉山令吉）《春魂花影小照》、八十一集槐南小史《憐春詞》四首、九十一集石埭居士（永坂周）《梅影四律次韻》、別集第十集槐南小史《集桃花扇傳奇句》三首等，不勝枚舉。可見，在春濤的帶領下，茉莉社詩人創作艷體詩已蔚爲風尚。而春濤本人也在《新文詩》上發表了爲數不少的艷體詩。如第六集《吉原避災詞》八首、《除夕德山純神波成二子來會艸堂，分韻成詠》③、四十二集《善因緣歌》、六十六集《秋興二首》、八十一集《精廬德川公子穆如閣雅集，賦得春寒花較遲，以題爲韻五首》、九十一集《梅影四律次韻》、九十五集《題嬌笑樓》、別集第一集《又得四絕句》、別集第五集《疊韻贈別四首》等，春濤艷體詩的創作可謂貫穿《新文詩》系列的始終。試以《吉原避災詞》其一爲例：

> 無端惘煞許飛瓊，酣宴不遑收玉笙。
> 報道崐岡俄有火，天風吹下步虛聲。④

---

① ［日］前田愛：《幕末・維新期の文学 成島柳北》，東京：筑摩書房，1989年，第208頁。
② 按春濤對於李密其人應當持欣賞的態度。《春濤詩鈔》卷七命名作《牛背英雄集》，即用李密典故。此集所收詩爲甲寅（1854）至戊午（1858）間，即春濤三十六至四十歲時的作品。
③ 此詩不見於《春濤詩鈔》，當係森川氏遺漏未收。
④ 森春濤編訂：《新文詩》第六集，東京：茉莉巷凹處藏梓，明治九年（1876），第2—3頁。

《吉原避災詞》八首之前，刊有用拙道人（松岡時敏）《十二月十二日吉原罹災，書此示希黄髯史》一首。吉原爲江户時期以來游廊所在地，結合松岡詩中"被裏鴛鴦白晝眠，飛廉太妒祝融瞋""其奈揚州騎鶴客，可憐金谷墜樓人"等句來看，可知松岡在吉原冶游時遭遇火災，事後將此次經歷吟咏成詩並寄與春濤。春濤因而作《吉原避災詞》以爲回贈。雖然題曰"避災"，春濤却並没有着力於描寫火場的恐怖或是逃生時的慌亂。他將吉原女子比作西王母的侍女許飛瓊，將游廊宴飲比作瑶池仙會，既是艷體詩的慣常寫法，也是爲松岡冶游的一種粉飾之詞。

第二首則以艷體寫火場逃生的場面：

> 五層樓子小陽臺，暮雨朝雲念念灰。
> 鴛夢一驚空一劫，步蓮徐脱火中來。①

"陽臺"與"暮雨朝雲"典出宋玉《高唐賦》，前兩句春濤借楚襄王夢神女來會的故事，描寫吉原女子於夢中思念情人的寂寞心情。後兩句則寫鴛夢爲大火所驚醒，女子於慌亂中逃生的場面。末句"步蓮徐脱火中來"用南朝齊東昏侯潘妃"步步生蓮華"的典故，比喻女子火場逃生時裊娜的步態，造語十分綺艷别致。春濤並未親身經歷吉原火災，此詩内容當本於當事人松岡轉告的情狀，甚或完全出自詩人的想象。事實上，從松岡詩可知，當時的吉原火災中是有吉原女子因此而喪生的。春濤詩中對此也有所反映，如第七首有"玉質秋花劇可憐，緑珠金谷證前緣"之語。雖然以石崇寵妾緑珠比喻遇難游女於事迹上並不甚相稱②，但此種香豔的筆法，確實是春濤詩的一大特色。無怪乎詩後雲沼（北川泰明）評曰"篇篇皆妙，真是森翁得意筆。湖翁所謂'一種森髯艷體詩'者也。"以此八首爲春濤艷體的典型之作。

北川泰明這裏所引用的湖山詩係發表於《新文詩》第二集的《書春濤湖上

---

① 森春濤編訂：《新文詩》第六集，東京：茉莉巷凹處藏梓，明治九年（1876），第3頁。
② 緑珠爲西晉時富豪石崇家中樂伎，善吹笛。孫秀使人求之，爲石崇所拒，因而賈禍。《晉書》卷三十三《石崇傳》："秀怒，乃勸倫誅崇、建。崇、建亦潛知其計，乃與黄門郎潘岳陰勸淮南王允、齊王冏以圖倫、秀。秀覺之，遂矯詔收秀及潘岳、歐陽建等。崇正宴於樓上，介士到門。崇謂緑珠曰：'我今爲爾得罪。'緑珠泣曰：'當效死於官前。'因自投於樓下而死。"（[唐]房玄齡等撰《晉書》卷三十三，北京：中華書局，1974年，第4册，第1008頁。）

雜詩後》一首：

> 千古香奩韓偓集，繼之次也竹枝詞。
> 兩家以外推妍妙，一種森髯艷體詩。①

揖斐高先生論及此詩時，認爲湖山末句以森髯稱呼中年以後蓄鬚的春濤，竟以偉丈夫之姿專寫豔冶佳麗的香奩體詩，實有揶揄之意。②事實上，春濤於《新文詩》中所刊載的作品多題以"春濤髯史"名，"髯史"是他晚年常用的別號之一。從全詩內容來看，將春濤的艷體詩與香奩集、竹枝詞並舉，評以"妍妙"二字，可見對春濤艷體詩風的稱譽推賞之意。就《新文詩》中春濤與湖山之間的詩文互動來看，湖山對於春濤的艷體詩風並無些許批評之辭。《新文詩》十七集有湖山題贈春濤近作《小湖新柳詞》詩一首，題記曰："春濤髯史近作小湖新柳詞十餘首，艷音冶態，才華可掬。一唱之際，覺齒牙皆香。""才華可掬""齒牙皆香"云云，顯然是對春濤豔詩的贊賞之詞，同時也可以看出湖山本人對於艷體詩其實抱着欣賞的態度。而湖山贈與春濤詩的這首絕句，事實上也係綺麗清新的艷體之作。將前一首"一種森髯艷體詩"句解作揶揄，似乎並不確切，即便果真有揶揄之意，應當也只是同道中人之間一種善意的揶揄，而非譏刺之語。

不過，雖然湖山等人對於春濤的艷體詩評價頗高，然而當時文壇對於春濤詩乃至《新文詩》作品的這種艷體傾向，其實不乏批判之聲。《新文詩》第二集卷末收有小舟客漁（小永井岳）《書〈新文詩〉後》一文，對《新文詩》所收作品提出了尖銳的批評："題號字面鄙猥，爲優諢之語，甚不相稱也，又甚不相通。適爲名士風流之累耳。所謂西施蒙不潔。吾輩寒陋村學，亦不得不掩鼻而却走也。"文後並附有小永井致春濤的書簡一則，曰："貴著《新文詩》，一讀首首皆覺其清艷。但弟於《新文詩》字，不無小愚見。因書其後，大方以爲何

---

① 此詩亦收入《湖山近稿》卷二，名曰《題森春濤蓮塘詩後》，詩末句作"一種森髯艷體詞"，惟前句"竹枝詞"已用"詞"字，未免重複。且"艷體詩"更合於實際情形。另《近稿》此詩"偓"字作"渥"，當爲校勘疏失或誤刻。大約"詞"字亦類之。
② ［日］揖斐高：《森春濤小論》，收入［日］入谷仙介、［日］揖斐高校注《春濤詩鈔》（"新日本古典文学大系·明治編·漢詩文集"），東京：岩波書店，2004年，第441—442頁。

如。"① 這就可知小永井"鄙猥""優諢"等評語，是針對《新文詩》作品"清艷"的詩風而言。小永井的這種措辭當然招致茉莉社詩人的不滿，如靜窩在注中直斥其"自稱寒陋村學，其實堂堂道學先生。……蓋先生知世有孟子，而未知有讒謗律也"②。不過，春濤對於小永井的批評並未作出過多反應。他將《書新文詩後》一文與前文所引阪谷素《贈春濤老人》一文並刊，並作識語云：

> 右二文同時得之，一褒一貶，禍伏福倚。嗚呼，毀譽亦糾繩哉！一笑併錄。③

感嘆"毀譽亦糾繩哉"，春濤固然是想藉此表現出自己不以爲意的胸襟與氣度。不過，將毀譽與褒貶視爲"禍伏福倚"，可知詩人並非完全不在意他人的批評。

《新文詩》第六集卷末有春濤七律《自詠》一首，頷尾兩聯云："白髮烏絲餘舊影，花天月地寫新聞。編成毀至譽隨至，爲是平生思不群。"再次提到了毀譽雙至的問題。春濤所提倡的艷體詩風，明顯有悖於溫柔敦厚的正統詩教，因而遭受非議與批評是不可避免的。春濤對此也應有所預料。不過，此詩最後詩人明確表示自己之所以吟詠風月、編輯詩文，以至於毀譽集於一身的根本原因，在於"爲是平生思不群"七字。"思不群"語出杜甫《春日憶李白》詩："白也詩無敵，飄然思不群。"春濤對於自己平生所好的艷體詩風迥異於世俗傳統有着深刻的認知，他在此以詩思超然不群的李白自比，既是爲自己不見容於世的艷體詩創作正名，同時也含有對自身異於凡俗的文學才能的肯定與自許之意。這大約正是春濤一直勉力經營《新文詩》系列雜誌、堅持艷體詩創作的根本原因。

春濤於艷體詩創作上所傾注的精力，並沒有隨着年紀增長而衰退，反倒是老而彌堅。這從他晚年的詩文中可以看得出來。明治十三年（1880）三月，春濤於六十二歲生日之前寫下《詩魔自詠》十二首，並將其刊登在《新文詩》第六十集卷末。詩前小引云：

---

① ［日］森春濤編訂：《新文詩》第二集，東京：茉莉巷凹處藏梓，明治八年（1875），第10頁。
② 同上注。
③ 同上書，第11頁。

點頭如來①目予爲詩魔，昔者王常宗以文妖目楊鐵崖。蓋以有竹枝緒
餘等作也。予亦喜香奩竹枝者。他日得文妖詩魔竝稱，則一生情願了矣。②

　　春濤對於友人所贈詩魔的稱號，欣然接受。不過，僅僅是詩魔的稱號還不
夠，需得詩魔文妖並稱，方可了却一生情願。春濤這種不受傳統詩教束縛、大
膽追求個人風格的文學自由精神在這裏可謂顯露無遺。《詩魔自詠》其一中甚而
有"永劫不磨脂粉氣，詩魔賴得竝文妖"之語。堂而皇之地宣稱自己詩中的脂
粉氣永遠不會消褪，顯示出詩人堅持創作艷體詩的決心，真可謂雖九死而不悔。
依田百川在《送森希黄序》一文中說道：

　　君詩工於諸體，而最以豔麗者得名。……或疑其浮靡非正聲，余以爲
不然。詩者，性情也。《關雎》爲國風之始，非以得性情之正乎。顧乃以
庸腐爲典雅，以枯澀爲淡遠。模擬剽竊，以赫愚俗。言與情背，文與實
遠。是非真詩也。不見夫《萬葉》《古今》諸集乎，朋友贈答，男女酬和，
性情存焉。若夫衆愚喧呶，譬如蚍蜉搖樹，未足爲君病也。③

　　依田在這裏不僅批判了"以庸腐爲典雅，以枯澀爲淡遠"的傳統詩教，更
指出了詩的精髓在於性情。春濤艷體詩的可貴之處恰恰在於流露出作者的真性
情，這就同言與志反、情實相背的虛僞文風有着本質的區別。因此在依田看來，
指摘春濤的人不過是蚍蜉搖樹，不能撼動春濤在漢詩壇的地位。依田所提出的
性情一說切中了春濤艷體詩的本質，春濤將此文刊登於《新文詩》別集十四號
上，並予以密密圈點，當有以此文爲自己代辯之意。
　　在春濤的大力倡導下，茉莉吟社的詩人們尤其是春濤的門生弟子如永坂石
埭、丹羽花南、森槐南等後輩詩人多有艷體詩作刊登於《新文詩》上。在明治
維新、萬象更迭的新時代，比之溫柔敦厚的傳統漢詩，這種敢於表現性情的清

---

① 關於點頭如來的身份，入谷仙介與揖斐高二先生校注《春濤詩鈔》中云，"當係春濤友人戲號，未
　　詳"。按《新文詩》五十八集有小野湖山《詩魔歌贈春濤髯史，用清人梅某詩佛歌韻》七言歌行一
　　篇。此詩作於明治十三年（1880）一月。則點頭如來當係春濤對湖山的戲稱。
② ［日］森春濤編訂：《新文詩》第六十集，東京：茉莉巷凹處藏梓，明治十三年（1880），第9頁。
③ ［日］森春濤編訂：《新文詩》別集十四號，明治十五年（1882），第1—2頁。標點爲筆者所加。

艷詩風當然更容易爲世俗所歡迎與喜愛。《新文詩》系列雜志發行區域的逐步擴大與發行書肆的不斷增加，也間接地證明了這一點。

三、春濤文學活動的動機

有關《新文詩》系列雜志的發行量，目前已無法確知。不過，從發行書肆數量的變化上仍然可以窺見一些端倪。根據《新文詩》第二集卷末版權頁記載，編輯並出版人皆爲森春濤，當時的發行書肆共六家，其中名古屋兩家、岐阜一家、東京三家。東京發行商之一的額田正三郎亦是同年稍早出版的《東京才人絕句》的發行人。東京以外，名古屋與岐阜皆是春濤久居之地，春濤詩名在當地已具有一定的影響力與號召力。因此《新文詩》甫一出版，春濤首選名古屋與岐阜爲東京以外的發行地。況且，《新文詩》於名古屋的發行書肆片野東四郎和永樂屋正兵衛，也是明治元年（1868）春濤於名古屋出版《銅椀龍唫》一書時七家發行書肆中的兩家。可知春濤選擇在名古屋發行《新文詩》，當有在發行人脈上的考量在內。明治十一年（1878）一月《新文詩》第二十九集出版時，發行書肆已擴大到十二地二十三家。除上述三地以外，又新增西京（京都）、大坂（大阪）、高梁、德嶋、大垣、善光寺前、高山、甲府、佐原等發行地，遍及關東、東海、關西三大地區。同時，東京的發行書肆也已由之前的三家增加到八家。到明治十五年（1882）五月刊行第八十二集時，發行書肆更是增加到五十七家之多，其中僅東京就有三十二家，可見《新文詩》其時在都內的發行之廣及影響之大。此外，長野、新潟等地亦開始有書肆販售《新文詩》。《新文詩》的發行點實已遍及本州各地。

另一方面，《新文詩》的作者群也在不斷擴大。《新文詩》第六集卷後刊有一至六集作家姓氏，共三十九人。其中有臺閣名流如川田剛、巖谷修、阪谷素等，有春濤的同輩同門如關雪江、小野湖山、大沼枕山等，有春濤的弟子門生如丹羽花南、神波即山、永阪石埭等；這些人多數係《新文詩》的固定撰稿人。此後亦不斷有新進詩人作品刊登，並不定期於《新文詩》卷末增補作家名單。投稿者的增加，同時也意味着讀者群的擴大與影響力的提昇。加之發行區域與發行書肆的擴增，發行數量也必然隨之增加。《新文詩》的流行與茉莉吟社的壯大，無疑使得春濤在漢詩界的地位越來越穩固。而他之所以能成爲明治初期漢詩壇的盟主，可以説在很大程度上得益於《新文詩》在漢詩文界巨大的影響力。

此外，迄今爲止鮮有論者提及的是，春濤遷居東京下谷仲御徒町後，至遲已於明治十一年（1878）八月成立了茉莉巷賣詩店。① 茉莉巷賣詩店所發行的書目除春濤所編輯的《舊雨詩鈔》及《新文詩》系列以外，還包括小野湖山所著《湖山近稿》《鄭繪餘意》《蓮塘唱和集》及鈔本《文章游戲》《文章綱領》，永阪石埭所著《橫濱竹枝》，三島中洲著《霞浦游藻》，鈴木蓼處著《大雲山房文鈔》，小山春山著《留丹稿》，河野秀野著《鐵兜遺稿》，小森橘堂著《橘堂詩鈔》，北川雲沼等人合集《六友詩存》，以及國島清子遺稿《古梅剩馥》等詩文集。春濤將大量的精力投入到漢詩文雜誌及漢詩文集的編輯、出版工作上，不僅促成了日本漢詩文壇的繁榮，也提攜了一批漢詩界的後進。不惟如此，春濤還儼然以明治漢詩界盟主的身份，將當時中國一些詩家的作品，介紹到了日本。如收錄張船山、郭頻伽、陳碧城三家詩的《清三家絕句》，李長榮的《海東唱酬集》及陳碧城的《碧城仙館女弟子詩選》與《陳碧城香奩詩》等詩集，皆由春濤編錄並出版。此外，春濤也參與編選了《清廿四家詩》，並予以發行。春濤主持出版的詩文集通常於卷末附有茉莉巷賣詩店發行書目，起到廣而告之的作用，便於吸引讀者購買。

日野俊彥氏於《森春濤的基礎研究》一書中，引用參與編輯《安政三十二家絕句》及《文久二十六家絕句》的家里松疇致春濤的書簡，考證當時的漢詩人於自己的作品被選編出版時，常常要贈與主編者禮金。這也是漢詩文集編輯出版者的重要收入之一。日野氏認爲，春濤日後編選出版多部詩集，也有出於經濟上的考量。此説當爲可信。不過，成立茉莉巷賣詩店，出版並銷售漢詩文集，應當也是春濤晚年重要的收入來源之一。從現有資料及本人作品來看，春濤晚年生活並不清貧，其謀生手段當不外乎上述兩項。可以説，春濤晚年的文學活動也有出於謀生的目的。

此外，值得一提的是，春濤所編輯的《新文詩》系列爲其子槐南提供了登上文壇并嶄露頭角的機會。春濤長子真堂自幼從父學詩，少有詩才，曾被譽爲學界麒麟兒。春濤將他視爲繼承自己文學衣鉢的不二人選。安政七年（1860）

---

① 明治十一年（1878）八月由中島一男編錄、森春濤出版的《清廿四家詩》卷後附有《茉莉巷凹處發行書目》；而同年十一月由森春濤手抄、森泰二郎（槐南）出版的《清三家絕句》卷後附有《茉莉巷賣詩店發行書目》，内容覆蓋了《清廿四家詩》所附書目並有所增添。

三月真堂十四歲時不幸夭折，春濤大受打擊，作《哭兒真》二首以爲哀悼。其中有"一飛雛鳳歸天上，哀矣人間老鳳聲"① 之語，反用李義山題咏少年韓偓"雛鳳清於老鳳聲"② 的名句，表達失子的哀傷之情。文久三年（1863）十一月，春濤三子槐南出生，③ 此時已四十五歲的春濤喜作《十二月十二日舉兒》詩二首，其中第一首有"昨來熊夢忽呈祥，雪有珠光月寶光"④ 之語，可見對於幼子寄予厚望。槐南受春濤艷體詩風的影響，於《新文詩》系列雜志上發表了大量的詩、文、詞、曲，也因此得到漢詩人橋本蓉塘、依田百川及清人王韜、黃遵憲等人的賞識與提携。這與春濤的引薦和幫助是有直接關聯的。譬如春濤請黃遵憲爲槐南《補春天傳奇》潤色文字並作序，並將黃氏關於此事的兩封回簡，以及茉莉社詩人橋本蓉塘所作《題補春天傳奇五首》與槐南《題小青圖》一文刊於《新文詩》上，皆有替槐南揚名的用意在內。而春濤與臺閣派之間的交遊，客觀上也爲槐南日後出仕奠定了人脉上的基礎。栽培槐南並盡力創造條件以使其能夠順利繼承自己漢詩文的衣鉢，恐怕也是春濤詩壇成名以後進行種種文學活動時的考量之一。

---

① [日]森春濤:《哭兒真》其二，收入《春濤詩鈔》卷八《夢入青山集》，東京：文會堂刊本，第三冊，明治四十五年（1912）第 3 頁。
② 語出李商隱《韓冬郎即席爲詩相送，一座盡驚。他日余方追吟"連宵侍坐徘徊久"之句，有老成之風。因成二絕寄酬，兼呈畏之員外（其一）》。
③ 春濤與第二任妻子村瀨氏之間所生的次子曾之助日後被送與春濤異父姊村田家爲養子。因而可以視槐南爲春濤在世的惟一的兒子。
④ [日]森春濤:《十一月十六日舉兒》其一，收入《春濤詩鈔》卷九《桑三軒後集》，東京：文會堂刊本，第三冊，明治四十五年（1912），第 4 頁。

結語

　　森春濤是一位早熟的詩人。至遲在天保六年（1835），春濤尚在鷲津益齋主持的萬松亭修習漢學期間，已對艷體詩產生了濃厚的興趣。春濤很早即接觸到韓偓的香奩詩，其艷體詩作亦常常可見受香奩詩影響之痕迹。十七歲至二十多歲時的春濤，常以春、夏時節的風物爲吟咏對象，造語濃豔綺麗，大有晚唐香奩體遺風；而直接以描寫女性的容貌、姿態及情感爲主題的作品亦不在少數。對於春濤的艷體詩而言，女性形象已不可或缺；而對女性容貌姿態的描寫，以及情感與心理的細緻刻畫則是春濤艷體詩與韓偓香奩詩的共通之處。

　　豔冶的詩風、憂傷的格調，融合春濤獨特的審美趣味，最終形成極具其個人特色的艷體詩風。然而，隨着人生境遇的變遷，春濤艷體詩的風貌也逐漸有所變化。這就不能不提到他的悼亡詩創作。中年以後的春濤接連三度喪妻，一度喪子，因此寫下了數量衆多的悼亡詩。春濤的悼亡詩中，可以明白讀出繼承王士禛悼亡詩的痕迹。漁洋所作《悼亡詩哭張宜人作》三十五首組詩、《悼亡詩十二首哭陳孺人及女宮作》組詩及《悼亡詩哭张孺人附哭女婉》十六首組詩被論者評以"哀豔"二字，詩風多有近似香奩體之處。而春濤的悼亡詩則在受到香奩體與漁洋詩雙方的影響的基礎上，將之巧妙糅合，從而構建起屬於自己的獨特詩風。

　　遷居東京以後的春濤，通過《新文詩》系列漢詩文雜志的編修，爲明治初期的漢詩壇注入新鮮的氣息。春濤招攬明治政府的高官及名流進入自己所發起的茉莉吟社，大力發揚優美纖細、豔冶柔弱的艷體詩風，使得當世的詩歌審美風氣爲之一變。明治十三年（1880）三月，春濤寫下《詩魔自詠》十二首組詩，第一首中公然宣稱"永劫不磨脂粉氣，詩魔賴得立文妖"，明白表達出作者即便爲世人所非難，亦不願放棄艷體詩創作的決心。晚年的春濤對於陳文述的香奩詩表現出濃厚的興趣，不僅編修、出版了《陳碧城絕句》《陳碧城香奩詩》等碧城詩集，《春濤詩鈔》中亦收有次韵碧城香奩詩，或化用碧城詩詩語的作品。春濤晚年聲望愈重，並最終成爲漢詩壇執牛耳者，與其十數年來黽勉堅持艷體詩創作而不輟，以及苦心經營茉莉吟社與《新文詩》系列雜志等種種努力是分不開的。

　　迄今爲止，關於森春濤的研究仍有諸多未盡之處。尤其是對其漢詩作品的研究，仍有進一步考察的空間及必要。今後筆者仍將致力於對春濤詩的解讀，以及對《春濤詩鈔》的整理工作。同時，春濤所活躍的明治初期，亦是日本漢詩大放異彩的輝煌時代。不僅詩社林立，集會頻繁，諸詩家別集、選集不斷編修出版，受西洋雜志這一新興媒介影響，漢詩文雜志亦隨之誕生。除森春濤、槐南父子主編的《新文詩》系列雜志以外，影響較大者有佐田白茅主編的《明治詩文》、成島柳北主編的《花月新誌》、大江敬香主編的《花香月影》及大久保湘南主編的《隨鷗集》等。相較於漢詩人的詩文別集，明治時期的漢詩文雜志尚缺乏全面、深入的整理與研究。受春濤影響，明治時期的漢詩人推崇清代詩人如王士禛、張問陶、郭麐、陳文述等人的作品，且這一時期的漢詩文雜志中亦常見中國旅日外交官及布衣文人如黃遵憲、沈文熒、葉煒、王治本等人的詩文與簡牘收錄其中。這不僅意味着近代中國與日本在文學上的交流與融合，實際上也是中國古典文學最後一次對於日本文壇產生深刻的影響。明治後期乃至大正時期著名的文學家如夏目漱石、森鷗外、芥川龍之介等人無不受到良好的漢學薰陶，與此深有淵源。對明治四十餘年間重要漢詩文雜志的系統性研究，將是筆者今後的主要課題。

附錄一 韓偓字辨正

韓偓於《舊唐書》無傳。《新唐書》卷一八三《畢崔劉陸鄭朱韓》傳，韓偓居其末。其傳開篇云：

> 韓偓，字致光，京兆萬年人。擢進士第，佐河中幕府。召拜左拾遺，以疾解。後遷累左諫議大夫。①

《新唐書》成書於宋仁宗嘉祐五年（1060），距韓偓下世一百三十餘年②。與《新唐書》幾乎同時問世的王安石所編《唐百家詩選》則云：

> 韓偓，字致光，一云字致堯。昭宗時翰林學士承旨，尚書兵部侍郎。③

除致光外，王安石又首次記錄致堯一說。雖然王氏對兩說存而未辨，不過由王氏記述可知，至遲於北宋中葉以前，韓偓字已有致光、致堯二說行世。時代稍晚的宋人晁公武（1105—1180）所撰《郡齋讀書志》卷四中"韓偓詩二卷香匳集"條下云：

---

① ［宋］歐陽修、［宋］宋祁：《新唐書·列傳》，北京：中華書局，1975 年，第 5387 頁。
② 據《十國春秋》卷九十五《韓偓列傳》記載，偓"龍德三年卒于南安龍興寺，葬葵山之麓"。梁龍德三年係公元 923 年。
③ 關於《唐百家詩選》的成書年代，據卷首王安石"自序"，此書係王氏與當時藏書家宋敏求（字次道）"同爲三司判官時，次道出其家藏唐詩百餘編"，並延請王安石"擇其精者"而錄成。而有關王安石任三司判官的具體年月，史學界多有爭論。不過據王安石《呈陳和叔並序》詩序云："嘉祐末……某以直集賢院爲三司度支判官，以知制誥糾察在京刑獄同管勾三班院。"可知其任三司判官在嘉祐末年。嘉祐係仁宗朝最後一個年號，自 1056 年 9 月至 1063 年末使用，計八年。嘉祐八年（1063）八月王安石以母病爲由辭官返回江寧。則《唐詩百家選》的編修在嘉祐八年（1063）八月以前當已完成。

>　　右唐韓偓，致光也。京兆人。龍紀元年進士，累遷諫議大夫、翰林學士。①

關於韓偓的字，《郡齋讀書志》的記載與《新唐書》相同。且《郡齋讀書志》載明韓偓中進士在龍紀元年，較《新唐書》記叙爲詳。當不至於直抄《新唐書》韓偓傳，而應另有所本。

時代大致與晁氏相當的宋人計有功②所撰《唐詩紀事》卷六十五"韓偓"條下云：

>　　偓，字致堯，今曰致光，誤矣。自號玉山樵人。③

此處明確指出韓偓字致堯，所謂"今曰致光"，大約針對《新唐書》等書的記載而言。計氏直指致堯一說"誤矣"，雖言之鑿鑿，却並未給出有力的依據。王仲鏞先生校箋以爲"疑原字'致堯'，後來復改字'致光'"④，雖然是折衷的意見，亦並無理據支撑。

此外，同時代人胡仔（1110—1170）所編《苕溪漁隱叢話》前集卷二十三及後集卷十五皆有"韓致元"條。胡仔以致元稱韓偓，却並未述及致元一字的由來，亦並未提及致堯、致光諸說。

稍晚於晁、計二氏的南宋人陳振孫（1183？—1262？）所著《直齋書錄解題》卷五有"金鑾密記三卷"一條，下云：

>　　唐翰林學士承旨京兆韓偓致堯撰。具述在翰苑時，事危疑艱險甚矣。昭宗屢欲相之，卒不果，而貶。竟終於閩。非不幸也。不然與崔垂休輩駢肩就戮於朱温之手矣。⑤

---

① [宋] 晁公武：《郡齋讀書志》，載王雲五主編《國學基本叢書四百種》（〇〇二），臺北：臺灣商務印書館，1968年，第406頁。
② 計有功生卒年不詳，其爲宣和三年（1121）進士。晁公武係紹興二年（1132）進士，據常理推斷，計有功當稍長於晁公武。
③ [宋] 計有功編、王仲鏞箋注：《唐詩紀事校箋（下冊）》，成都：巴蜀書社，1989年，第1754頁。
④ 同上書，第1756頁。
⑤ [宋] 陳振孫：《直齋書錄解題》，載王雲五主編《國學基本叢書四百種》（〇〇三），臺北：臺灣商務印書館，1968年，第141頁。

此處記載韓偓字致堯。然此書卷十九"《香奩集》二卷、《入內廷後詩集》一卷、《別集》三卷"條下又作"唐翰林學士韓偓致光撰"。前後記載相左。不知係陳氏筆誤，抑或其對於韓偓之字究竟是致光還是致堯尚自存疑，因而莫衷一是。

以上皆爲宋人著錄。簡單來講，至南宋時，關於韓偓的字，已存在致光、致堯、致元三說。其中當以致光一說最爲盛行。致元一說，首自胡仔，並無旁說支持。惟魏慶之《詩人玉屑》援引《叢話》相關段落，從胡仔致元一說。

元人馬端臨所著《文獻通考》卷二百四十三著錄"韓偓詩二卷、《香奩集》一卷"，下云：

> 鼂氏曰：唐韓偓致光，京兆人。龍紀元年進士，累遷諫議大夫、翰林學士。（下略）①

馬氏此處直引晁氏《郡齋讀書志》卷四原文，顯見他是認可晁氏的說法的。又元人辛文房所撰《唐才子傳》卷九有韓偓傳，亦采用《新唐書》致光說。明人毛晉爲《韓內翰別集》作跋，云：

> 按《列傳》云偓"字致光，京兆萬年人"。計有功云"字致堯。今日致光，誤矣"。胡仔云致元。未知孰是。②

此處毛晉對於宋人三說，僅作陳述，未予置評，表現出慎重的態度。不過，毛晉編校出版的汲古閣刻本《香奩集》一書，卷首韓偓自序落款爲"玉山樵人韓致光序"。且卷末載毛氏跋文一篇，亦稱韓偓爲"致光"。可見毛晉雖稱"未知孰是"，實際上仍比較傾向於認同《新唐書》的說法。

《四庫全書總目》卷一百五十一"韓內翰別集一卷江蘇巡撫採進本"條下云：

> 唐韓偓撰。《唐書》本傳謂偓字致光。計有功《唐詩紀事》作字致堯。

---

① ［元］馬端臨：《文獻通考》第三冊，影印乾隆戊辰序刊本，京都：中文出版社，1970年，第1923頁。
② ［明］毛晉編、汲古閣刊：《韓內翰別集》，見《唐人六集》第八冊，靜嘉堂文庫十萬卷樓舊藏本。

胡仔《漁隱叢話》謂字致元。毛晉作是集《跋》，以爲未知孰是。案劉向《列仙傳》稱偓佺堯時仙人，堯從而問道。則偓字致堯於義爲合。致光、致元皆以字形相近誤也。①

此處援引《列仙傳》的内容，指出"堯"字與"偓"字同出一典，"致堯"之説於義爲合。而"致光""致元"説係與"堯"字字形相似而訛誤所致。案《列仙傳》卷上"偓佺"條下云：

> 偓佺者，槐山採藥父也。好食松實，形體生毛，長數寸。兩目更方。能飛行，逐走馬。以松子遺堯，堯不暇服也。松者，簡松也。時人受服者，皆至二三百歲焉。②

"致堯"二字的寓意，恰合偓佺遺堯以松子的故事。《說文》解"致"字云："送詣也。"《漢書·武帝紀》："存問致賜。"顏師古注曰："致，送至也。"可見"致堯"與"遺堯"同義。《總目》作者所提出的觀點，不無理據。這就對計有功首倡的"致堯"説做出了有力的補充。

《總目》援引《列仙傳》以佐證"致堯"説，在清代頗具影響。今人亦多從其説。③ 不過，僅據《列仙傳》這則文字即推斷《新唐書》的記載係字體傳抄之誤，竊以爲稍嫌武斷。

施蟄存先生《讀韓偓詞劄記》一文持"致光"説。其於自注中云：

> 吳融有《和韓致光侍郎無題三首十四韻》，吳融與韓偓同官，可證其字實爲致光。方虛谷且引此詩證《香奩集》爲韓偓所作。皆無可疑，而明清諸家猶不能定，何也？④

---

① [清]永瑢等：《四庫全書總目提要》二十九《集部·別集類四》，載王雲五主編：《國學基本叢書四百種》〇〇四，第二十九冊，臺北：臺灣商務印書館，1968年，第86頁。
② [漢]劉向：《列仙傳》，見嚴一萍選輯《百部叢書集成》65，載[清]胡珽校刊《琳瑯秘室叢書》，臺北：藝文印書館影印，1967年，第3頁。
③ 陳冠明：《韓偓字甄辨》，岑仲勉《補唐代翰林學士兩記》，霍松林、鄧小軍《韓偓年譜》（上、中、下）等皆從"致堯"説。
④ 施蟄存：《讀韓偓詞劄記》，載《中華文史論叢》1979年第2期，第273—281頁。

案：吳融於《新唐書》卷二百三有傳，融字子華，越州山陰人。龍紀初，及進士第。韋昭度討蜀，表掌書記，遷累侍御史，坐累去官，流浪荊南。後召爲左補闕，以禮部郎中爲翰林學士，拜中書舍人。與韓偓係同第進士，亦同爲翰林，兩人有詩歌唱和往來。今存吳融所撰《唐英歌詩》卷上載有《和韓致光侍郎無題三首十四韻》，稱韓偓表字作致光。吳融所記，當爲可信。陳冠明先生以爲吳融詩題中所作致光亦係致堯之訛誤。然《唐英歌詩》現存最早的本子係毛晉汲古閣刻本，以毛氏編校之精，加之其業已意識到致堯、致光兩說之爭，並云"未知孰是"，當不至於忽略這一點。且宋人蔡正孫所編《詩林廣記》卷九、明人曹學佺《石倉歷代詩選》卷八十五、陸時雍《唐詩鏡》卷五十四等皆提及吳融此詩，《全唐詩》卷六百八十五亦收錄此三首，均作致光。惟宋人曾慥編《類說》卷四十七及清人鄭方坤《五代詩話》卷六引述吳融此詩題名時作致堯。

岑仲勉先生曾云："偓兄字羽光，致光或涉此而誤。"案《新唐書》卷一八三韓偓列傳後附其兄韓儀小傳云：

> 兄儀，字羽光，亦以翰林學士爲御史中丞。偓貶之明年，帝宴文思毬場，全忠入，百官坐廡下，全忠怒，貶儀棣州司馬，侍御史歸藹登州司户參軍。①

岑先生以爲韓偓之字誤作致光，大約是受到韓儀之字羽光的影響。然韓儀聲名遠不及韓偓，其小傳不過短短數十字，亦甚少爲人提及。岑先生所提的這種假設，恐怕難以成立。而從另一方面來說，韓儀字羽光，亦可視爲韓偓字致光的佐證。就兩唐書來看，唐人並非人人皆取字，有有名無字者，亦有僅以字行世者。而兄弟表字中有一字相同者，並不罕見，如閻立本兄閻讓字立德，兄弟二人均用立字。韓儀之字羽光，以筆者款啓之見，在唐以前並無出典。從字義上解釋，儀係儀表容止之意。《詩·大雅》："令儀令色。"鄭玄箋作："善威儀，善顏色。"所謂羽光，大約取毛羽光潔之意，與儀字在含義上是有關聯的。不過，韓儀的名與字既然並不同出一典，則韓偓的名、字不出於同一典故，也是完全有可能的。

---

① [宋]歐陽修、[宋]宋祁：《新唐書》第一七册，北京：中華書局，1975年，第5390頁。

順便指出，《新唐書》卷一八三另有孫偓小傳云："孫偓，字龍光。父景商，爲天平軍節度使。偓第進士，歷顯官，以户部侍郎同中書門下平章事。"

孫偓與韓偓同名，兩人同在昭宗朝爲官。案孫偓之字"龍光"或出自王勃《滕王閣序》"物華天寶，龍光射牛斗之墟"一語。此處的龍光係化《晉書·張華傳》而來。《晉書》卷三十六《張華傳》云：

> 華聞豫章人雷焕妙達緯象，乃要焕宿。屏人曰："可共尋天文，知將來吉凶。"因登樓仰觀，焕曰："僕察之久矣，惟斗牛之間頗有異氣。"華曰："是何祥也？"焕曰："寶劍之精，上徹於天耳。"（中略）焕到縣，掘獄屋基，入地四丈餘，得一石函，光氣非常。中有雙劍，並刻題，一曰龍泉，一曰太阿。其夕，斗牛間氣不復見焉。①

王勃所謂龍光，即寶劍精華之氣。偓佺係異人，龍光係異象。孫偓的名與字，含意雖有少許關聯，但二者典出不同，且並無必然之聯繫。韓偓與孫偓係同時代人，孫偓名字的出典，可以爲辨明韓偓之字作參考。若云"致堯"一說合乎《列仙傳》的原典，即推翻《新唐書》的記載，斷定韓偓之字非"致光"而係"致堯"，恐怕僅只合於文義，而未必合乎史實。

實際上，"致"字除解作"送""遺"之意以外，尚可作其他解釋。西晉潘岳《馬汧督誄》云："慨慨馬生，琅琅高致，發憤圉圄，没而猶眠。"②《三國志·吳志·周瑜傳》裴松之注云："幹還，稱瑜雅量高致，非言辭所間。"③唐人裴迪詩："自然成高致，向下看浮雲。"④致字皆可作品格、情操解。又《白孔六帖》卷廿一"飣座棃"條下云："崔遠有文而風致整峭。世慕其爲人，目曰'飣座棃'，言所珍也。"⑤崔遠與韓偓係同時代人，與韓偓同年登第，昭宗朝曾

---

① [唐]房玄齡等：《晉書》第四册，北京：中華書局，1974年，第1075頁。
② [梁]蕭統編、[唐]李善注：《文選》卷第五十七，上海：上海古籍出版社，1986年，第六册，第2460頁。
③ [晉]陳壽：《三國志》卷五十四《吳書九》，毛晉汲古閣刻本，第九册，1644年（崇禎十七年），第4頁。
④ [唐]王維著、[清]趙殿成箋注：《王右丞集箋注》卷十一《青龍寺曇壁上人兄院集》，上海：上海古籍出版社，1984年，第216頁。
⑤ [唐]白居易撰、[宋]孔傳續：《白孔六帖》卷廿一"神彩容儀二"，載[清]紀昀、[清]永瑢等編：《景印文淵閣四庫全書》子部第一百九十七，第八百九十一册，臺北：臺灣商務印書館，1986年，第4頁。

官至宰相。"風致"一詞，目前尚未見到唐人使用。① 不過，北宋人論及唐人，偶爾用及"風致"一詞。例如《新唐書》亦謂崔遠"有文而風致整峻，世慕其爲，目曰'飣座梨'，言座所珍也"②，與《六帖》評語雷同。又如《宣和書譜》卷十"婦人薛濤"條下云："雖失身卑下，而有林下風致。"③ 韓偓生活的時代，雖然未必已出現"風致"一詞，不過"致"字作爲品格、情操之意，自西晉以降，至唐代已被廣泛地使用。結合韓儀、韓偓兄弟的字來看，羽謂外表，致謂內在，"羽光"可以解作羽毛光潔，"致光"則可以解作風致光潔。以此韓氏兄弟的名、字恰可對應。

綜上所述，韓偓之字，歷來雖多有記載，然《新唐書》畢竟是其中年代最早的官方史料。且"致光"之說，至今並無實際證據可以推翻。"致堯"一說，始於計有功，然而計氏並未給出支撐此說的依據，恐怕仍係其個人推測。至於"致元"之說，歷來方家辨之甚明，當是胡仔傳抄之誤。除魏慶之外，亦再無人援引。竊以爲，韓偓字仍以"致光"最爲可信。

---

① 前引《白孔六帖》係南宋人將白居易所撰《六帖》與北宋人孔傳所撰《後六帖》合編而成。崔遠係唐末昭宗時人，去白居易生活年代已遠，則"風致整峻"的評語斷非出自白氏，考慮到孔傳出生時《新唐書》業已修成，則此節文字恐係孔傳援引《新唐書》崔遠小傳而來。
② [宋]歐陽修、[宋]宋祁等：《新唐書·列傳》，影印百衲本，北京：國家圖書館出版社，2014年，第二册，第1334頁。
③ [宋]佚名：《宣和書譜》，影印《叢書集成初編》本，北京：中華書局，1985年，第244頁。

附錄二 韓偓生平事迹再考

一、及第前事迹考

韓偓的生平事迹，《新唐書》卷一八三、《資治通鑒》卷二百六十二至二百六十四、《南唐近事》卷二、《十國春秋》卷九十五等皆有記載。其中《新唐書》與《十國春秋》皆爲韓偓立傳，並以《新唐書·韓偓傳》記載最詳。

《新唐書·韓偓傳》從韓偓擢進士步入仕途開始，着重記敘了韓偓在昭宗朝爲政時的一些言行與事迹。簡要概括之，即諫赦劉季述餘黨、固辭相位、諫奪三史相權、夜追昭宗、拒草召復韋貽範詔、諫赦韓全誨餘黨、觸怒朱溫被貶等幾樁重要政治事件。《新唐書》的作者透過這一系列事件中韓偓的言行刻畫出其寬厚仁孝、謙謹老成而忠貞守節的品格特徵。歷代對於韓偓人品節操評價頗高。四庫館臣甚至論曰："偓爲學士時，內預密謀，外爭國是，屢觸逆臣之鋒，死生患難、百折不渝。晚節亦管寧之流亞，實爲唐末完人。"① 稱韓偓爲"唐末完人"，可謂備極贊譽之辭。不過，韓偓於昭宗朝與政的事迹《新唐書》中雖然記載較詳，而有關其家世背景、及第以前乃至入閩後的事迹則幾乎毫無涉及。一方面，這可能與《新唐書》的作者未能掌握更多關於韓偓的資料有關；另一方面，《新唐書·韓偓傳》中着重描述的是作爲昭宗朝重臣的韓偓在動蕩的晚唐政局中的言行與表現，作者在叙述韓偓事迹時恐怕是有所取捨的。

《新唐書·韓偓傳》開篇云：

> 韓偓字致光，京兆萬年人。擢進士第，佐河中幕府。召拜左拾遺，以

---

① ［清］永瑢等：《四庫全書總目提要》二十九《集部·別集類四》，載王雲五主編《國學基本叢書四百種》〇〇四，第二十九册，臺北：臺灣商務印書館，1968年，第87頁。

疾解。後遷累左諫議大夫。宰相崔胤判度支，表以自副。王溥薦爲翰林學士，遷中書舍人。①

這裏非常簡要地介紹了韓偓自擢進士至任翰林學士期間的過程。事實上，根據晁公武《郡齋讀書志》的記載，韓偓中進士是在龍紀元年暨公元889年。②另《唐才子傳》卷九"韓偓"條下亦作："偓字致堯，京兆人。龍紀元年禮部侍郎趙崇下擢第。"徐松《登科記考》卷二十四又引之，可資佐證。龍紀元年（889）韓偓值四十八歲。唐代科舉，取進士難，明經科較易。唐人有諺云："三十老明經，五十少進士。"③可見二者難易大不相同。如孟郊於貞元十二年（796年）登進士第，時年四十六歲。嘗作從《登科後》一詩以示欣喜之意。韓偓四十八歲及第，並不算晚。不過就當時人的壽命來說，四十八歲已步入人生晚年，韓偓及第以前數十年的人生軌跡與經歷，無疑十分有研究之必要。雖然《新唐書》中關於記載，不過仍有零星資料可資考據。

韓偓之父韓瞻與李商隱有同年之誼，二人亦係連襟。《李義山詩集》卷中有《韓冬郎即席爲詩相送，一座盡驚。他日余方追吟"連宵侍坐徘徊久"之句，有老成之風。因成二絕寄酬，兼呈畏之員外》兩首，其一云："十歲裁詩走馬成，冷灰殘燭動離情。桐花萬里丹山路，雛鳳清於老鳳聲。"朱鶴齡《李義山詩集注》引《南部新書》云："冬郎，韓偓小字。"則韓偓年方十歲已能詩，並得到姨父李商隱的稱許，以爲其可以超越乃父韓瞻。李商隱此詩係考察韓偓少年事迹的重要資料，也是清以來學者推算韓偓生年的惟一綫索。④

由李商隱的稱譽，可知韓偓少年時不但有詩才，即席爲詩，更見其聰敏過人之處。不過至四十八歲始擢進士，可以想見其間定有許多曲折。韓偓《與吴

---

① 〔宋〕歐陽修、〔宋〕宋祁等：《新唐書·列傳·韓偓》，北京：中華書局，第一七册，1975年，第5387頁。
② 韓偓生年，陳寅恪先生提出會昌二年（842）一說，竊以爲最爲可信。詳見注釋④。
③ 《唐摭言》卷一《散序進士》載，進士科"歲貢常不減八九百人""其艱難謂之'三十老明經，五十少進士'"。
④ 清人馮浩《玉谿生年譜》定李商隱於大中六年（852）赴梓州，此詩係次年在梓州所作。繆荃孫《韓翰林詩略譜》依馮說計大中七年（853）韓偓十歲，定其生於會昌四年（844）。震鈞《韓承旨年譜》亦從繆氏"會昌四年說"。近人張采田作《玉谿生年譜會箋》，考定大中五年（851）柳仲郢爲梓州刺史東川節度使，辟李商隱爲節度書記。"義山赴東川，而畏之亦出刺果州。"並謂"此詩蓋東川歸後，追記是年冬郎十歲裁詩相送事。"由此逆推韓偓生年爲會昌二年（842），陳寅恪批吳汝綸評注本《韓翰林集》卷首亦云："冬郎實生於會昌二年壬戌，即八四二年。"

子華侍郎同年玉堂同直，懷恩叙懇，因成長句四韻，兼呈諸同年》一詩云：

> 往年鶯谷接清塵，今日鼇山作侍臣。
> 二紀計偕勞筆硯，一朝宣入掌絲綸。
> 聲名烜赫文章士，金紫雍容富貴身。
> 絳帳恩深無路報，語餘相顧却酸辛。①

其中"二紀計偕勞筆硯"句下自注："余與子華久困名場。"吳子華即吳融，融與偓係同科進士，並同朝爲官。"久困名場"，可知韓偓與吳融求取功名之路頗艱辛而漫長。二紀即二十四載，以兩人於龍紀元年（889）及第逆推，則韓偓初次應試當在懿宗咸通六年乙酉（865），方二十四歲。可知韓偓自青年至中年的二十多年間，爲考取進士付出了極大的精力，大約也承受了多次的失敗與挫折。

二、江南之行時間考

現存韓偓集中有《吳郡懷古》《遊江南水陸院》《江南送別》《金陵》等詩，可見韓偓曾經到過江南。徐復觀先生認爲這些都是僞詩，主張韓偓不曾有過江南之行。其所提出的依據，一則云："唐代文人外遊，第一目的地爲長安，因爲這裡可以接納聲氣，求取進士及第的出身。韓偓家居萬年（長安），又有他外祖公所贈的住宅，斷無舍首善之區的故鄉，而遠遊江南之理。"次則云："唐代文人另一遠遊的目的是爲了謀衣食。但韓偓的父親韓瞻，晚年久居員外，生活安定，無遠遊江南的必要。而韓瞻平生宦跡，亦與江南無緣。何況當時維揚江浙一帶，正變亂劇烈……在這以前，不是遊子可以隨便前去的地方。"② 不過，這些僅只是徐先生的推測，並無實據可以支撐其説。周祖譔、葉之樺兩先生已予以一一辨駁，③ 此處不再贅論。徐先生所云淮揚江浙一帶變亂劇烈，當指懿宗

---

① 見《韓内翰别集》"入内廷後詩"。又吳汝綸評注《韓翰林集》卷一，臺北：臺灣學生書局，1967年，第6頁。
② 徐復觀：《韓偓詩與香奩集論考》，載徐復觀著《中國文學論集》，臺北：臺灣學生書局，1976年。
③ 周祖譔、葉之樺：《韓偓年譜補正》，見《唐代文學研究》，1995年9月。

咸通九年（868）龐勛之亂而言。是年韓偓二十七歲，尚在及第之前。韓氏父子家居萬年，生活安定，並不能證明韓偓不曾遠遊江南。唐人遠游江南事例甚多，譬如李白、杜甫少時家境優渥，兩人早年皆游歷過吳越之地，亦並非爲謀衣食。韓偓的江南之行，首先可以確定是在龍紀元年（889）及第之前，這從他的詩作中可以找到一些綫索。

韓偓《夏課成感懷》詩云：

> 別離終日心忉忉，五湖烟波歸夢勞。
> 凄凉身事夏課畢，濩落生涯秋風高。
> 居世無媒多困躓，昔賢因此一號咷。
> 誰憐愁苦多衰改，未到潘年有二毛。①

這首詩寫得十分凄切深沉。唐代舉子落第後寄居京師過夏，課讀爲文，謂之"夏課"。李肇《唐國史補》卷下："退而肄業，謂之過夏。執業以出，謂之夏課。"則此詩係詩人落第後所作無疑。首句別離云云，可知詩人曾有離鄉之行。次云"五湖烟波"，按五湖指太湖。《國語·越語下》："果興師而伐吳，戰於五湖。"韋昭注云："五湖，今太湖。"② 又《文選·江賦》云："注五湖以漫漭，灌三江而漰沛。"李善注引張勃《吳錄》曰："五湖者，太湖之别名也。"③ 唐人張守節《史記正義》卷二云："五湖者，菱湖、遊湖、莫湖、貢湖、胥湖，皆太湖東岸五灣爲五湖，蓋古時應別，今並相連。"則詩人出游之地正是江南無疑。從"居世無媒多困躓"一句，可以看出作者飽受科場蹭蹬之苦，大約有不止一次落第的經歷，故而發出"誰憐愁苦多衰改"的哀嘆。由此可見，詩人的江南之行在其及第以前。末句用潘岳《秋興賦》典："晉十有四年，余春秋三十有二，始見二毛。""二毛"一語出自《左传·僖公二十二年》："君子不重伤，不禽二毛。"杜預注云："二毛，頭白有二色。"則韓偓作此詩時當在三十二歲之前。由於科場困躓，憂愁苦悶，已然華髮早生。而從詩題及詩語可知此詩係韓偓落第後於長安所作，詩人的江南之行時間則應更早，無論如何也不會晚於咸

---

① ［清］吳汝綸評注：《韓翰林集》卷三，臺北：臺灣學生書局，1967年，第78頁。
② 徐元誥撰：《國語集解·越語下第二十一》，北京：中華書局，2002年，第576頁。
③ ［梁］蕭統編、［唐］李善注：《文選》卷十二，上海：上海古籍出版社，1986年，第558頁。

通十三年（872）暨韓偓三十一歲時。①

又《離家》詩云：

> 八月初長夜，千山第一程。
> 欵顏唯有夢，怨泣却無聲。
> 祖席諸賓散，空郊匹馬行。
> 自憐非達識，局促爲浮名。②

八月初正值夏秋之交，詩人於此時離家出行。既云"千山第一程"，可知此行是遠游，而作此詩時離家尚不遠。從"欵顏""怨泣"等語可以看出詩人其實滿懷憂鬱而心事重重。此次出行，有賓朋宴飲相送，且是詩人孤身匹馬而行，詩尾亦點明離家遠行的目的是爲"浮名"。則此詩也當是及第前赴江南遠游途中的作品。而非觸怒朱溫被貶或挈族入閩時所作。

《江南送別》詩云：

> 江南行止忽相逢，江館棠梨葉正紅。
> 一笑共嗟成往事，半酣相顧似衰翁。
> 關山月皎清風起，送別人歸野渡空。
> 大抵多情應已老，不堪岐路數西東。③

"江館棠梨葉正紅"一句，透露出作者遊歷江南時的季節。江南氣候溫暖濕潤，以蘇州與杭州爲例，大約每年觀賞紅葉的最佳時節在農曆十月與冬月之交。這就在時間上與前詩初離家時"八月初長夜"的記敘相符，假使韓偓於八月初離開長安萬年故里，到達江南時應該正值秋冬之交。頷聯"半酣相顧似衰翁"一句，以及《遊江南水陸院》一詩頸聯"風雨看花欲白頭"一句，亦與前引《夏課成感懷》詩末句"未到潘年有二毛"的內容相切合，均爲詩人自嘆未

---

① 陳繼龍先生於《韓偓詩注》中以爲此詩作於咸通十四年（873），以古人計虛齡的算法，是年韓偓已三十二歲，當不會作"未到潘年"之語。陳氏記法有誤。
② ［清］吳汝綸評注：《韓翰林集》卷三，臺北：臺灣學生書局，1967年，第85頁。
③ 同上書，第79頁。

老先衰之語。如前所述，韓偓的江南之行，至遲不晚於唐懿宗咸通十三年（872），考慮到咸通九年（868）龐勛於桂林起事，禍及湖南、淮泗、江浙地區，舉國震動，至次年底戰亂方始平定，而綜觀今存韓偓詩包括其江南詩，並無隻語涉及這次叛亂，則韓偓游歷江南當在咸通九年（677）龐勛之亂以前，且在咸通六年（865）初次應試以後。因落第當年有於京師夏課的習俗，則韓偓的江南之行基本可以限定在咸通六年至八年（865—867）間的某一個秋冬季節，於八月離開長安故里，游歷江南時正值深秋，庶幾無疑。

唐人士子，素有漫游以接納聲氣的傳統。韓偓的江南之行大約也不例外。據《離家》詩"局促爲浮名"一語，可知他孤身遠游，主要目的仍是爲了求得功名。唐代科舉除武后主政的一段時期外，沒有糊名的習慣。士子們在應試前，流行把自己的作品呈送社會名流，希望借社會名流之手向主考推薦，謂之"行卷"。考官在評卷時，考生的名聲亦往往是考慮因素之一。值得注意的是，據宋人陳公亮所撰《嚴州圖經》卷一《題名》記載："韓瞻，大中十二年四月七日自雁州①刺史兼本州鎮遏使拜。"② 嚴州唐代稱睦州，州治建德，宋徽宗宣和三年（1121）改稱嚴州。轄域大約係今浙江桐廬、淳安、建德等地。韓瞻既曾任睦州刺史，可知徐復觀先生所謂"韓瞻平生宦跡，亦與江南無緣"的説法不確。韓瞻在睦州刺史任上，不免與江南地區的仕宦名達有所交游。韓偓不遠千里游歷江南，或有拜訪父親故交、呈送詩文，以求聞於賢達，有裨於求取功名的目的。

三、北上隰州、并州時間考

韓偓《玉山樵人集》中有《并州》《隰州新驛》及《隰州新驛贈刺史》三首。歷來學者多有論及。周祖譔、葉之樺二先生以爲，韓偓及第入仕以後絕無北上并州之事，"可以斷定韓偓的并州之行必在龍紀元年以前"③。并州與隰州唐時同屬河東道，并州約當今山西陽曲縣以南、文水縣以北的汾水中游及其以

---

① 郁賢皓《唐刺史考全編》卷二百六《山南西道·鳳州》："韓瞻，大中十一年—大中十二年（857—858）"條："《嚴州圖經》：'韓瞻，大中十二年四月七日自雁州刺史兼本州鎮遏使拜。''雁州'，當爲'鳳州'之訛。"
② [宋] 陳公亮：《嚴州圖經》，見嚴一萍選輯《百部叢書集成》78，載 [清] 袁昶校刊：《漸西村舍叢刊》第一册，臺北：藝文印書館本，1970年，第30頁。
③ 周祖譔、葉之樺：《韓偓年譜補正》，載《唐代文學研究》，1995年9月。

東地方。開元十一年（723）改爲太原府，唐末屬河東節度使轄域。隰州約當今山西石樓、隰縣、永和、蒲縣、大寧等縣和孝義市西南部地區，唐末屬河中節度使轄域。按《新唐書·韓偓傳》明白記載："擢進士第，佐河中幕府。召拜左拾遺，以疾解。後遷累左諫議大夫。"① 可知韓偓於及第以後、入朝爲官之前，曾有外赴河中府任幕僚的經歷。河中府亦屬河東道，唐末爲河中節度使理所，轄境約當今山西省永濟、河津、臨猗、聞喜、萬榮等市縣及運城市西南部地方。治所河東縣，在今山西省永濟縣蒲州鎮。從地理位置上說，隰州在河中府以北約三百公里處，太原府（并州）位於河中府東北約五百公里處，韓偓的并州、隰州之行，筆者以爲極有可能發生在他擢進士後於河中幕府任職期間。

《隰州新驛》一詩云：

> 盛德巳圖形，胡爲忽搆兵。
> 燎原雖自及，誅亂不無名。
> 擲鼠須防誤，連雞莫憚驚。
> 本期將係虜，末策但嬰城。
> 肘腋人情變，朝廷物論生。
> 果聞荒谷縊，旋覩藁街烹。
> 帝怒今方息，時危喜暫清。
> 始終俱以此，天意甚分明。②

雖題作《隰州新驛》，實是一首感嘆時政的作品。詩中"果聞荒谷縊，旋覩藁街烹"兩句，上句當指中和四年（884）六月黃巢於泰山虎狼谷自縊一事，下句當指龍紀元年（889）叛將秦宗權斬首於獨柳下之事。（按："藁街"一語典出《漢書·陳湯傳》，謂斬叛將於京師"郅支單于慘毒行於民，大惡通於天。臣延壽、臣湯將義兵，行天誅，賴陛下神靈，陰陽並應，天氣精明，陷陳克敵，斬郅支首及名王以下，宜縣頭藁街蠻夷邸間，以示萬里，明犯彊漢者，雖遠必誅"③。《舊唐書》卷二百下《列傳·秦宗權》："龍紀元年二月，其愛將申叢執

---

① ［宋］歐陽修、［宋］宋祁等：《新唐書·列傳·韓偓》，北京：中華書局，1975年，第5387頁。
② ［清］吳汝綸評注：《韓翰林集》卷二，臺北：臺灣學生書局，1967年，第66頁。
③ ［漢］班固撰、［唐］顏師古注：《漢書·傅常鄭甘陳段傳》，北京：中華書局，1962年，第3015頁。

宗權，摑折其足，送於汴，朱溫出師迎勞，接之以禮，（中略）乃檻送京師，昭宗御延喜樓受俘。京兆尹孫揆以組練磔之，徇於兩市，（中略）與妻趙氏俱斬於獨柳之下。"① 因此，若將此詩的創作時間定於龍紀元年（889）之前，則與詩中所記史實有所齟齬。所謂"本期將係虜，末策但嬰城"，當指中和三年（883）六月開始歷時近一年的陳州之圍。而在此一役前後，蔡州節度使秦宗權、河東節度使李克用和河中節度使王重榮先後叛唐，正是下兩句"肘腋人情變，朝廷物論生"隱喻的史實。周祖譔、葉之樺兩先生稱此詩"疑不能明"；陳繼龍先生則以爲"肘腋人情變"指李茂貞與韓全誨本狼狽爲奸，後在勤王兵馬的壓力之下，請誅韓全誨以求自保云云，不確。蓋韓全誨劫持昭宗至鳳翔在天復元年（901），天復三年（903）李茂貞誅殺韓全誨。如果此二句意指此事，則下一句寫中和四年（884）黃巢兵敗自盡一事的起首"果聞"一語，在時間上就無法與前句承接。並且在全詩的内容上，也脱離了黃巢兵亂的内容。不但時間顛倒，敘事也變得蕪雜。不僅如此，若所謂變生肘腋是指李茂貞與韓全誨而言，則此二句的敘述角度就不是站在朝廷的立場上，與前後句極不協調，也不符合韓偓的政治態度與情感。末四句感嘆時危暫安，天意分明，"帝怒今方息"一語，透露出此詩的創作時期距秦宗權伏誅當不久遠。值得一提的是，秦宗權於龍紀元年（889）二月於京師斬首②，而據徐松《登科記考》卷二十四記載，韓偓恰在同年同月於長安進士及第。"旋覩藁街烹"的"覩"字，當非虛指，秦宗權在長安伏法，大約爲韓偓所親見。則此詩的創作時間當在龍紀元年（889）二月以後不久。

而詩人另一首寫於隰州的詩題作《隰州新驛贈刺史》，與前一首似是同一時期所作。從内容上來看，是一首酬贈的作品：

賢侯新换古長亭，先定心機指顧成。
高義盡招秦逐客，曠懷偏接魯諸生。
萍蓬到此銷離恨，燕雀飛來帶喜聲。

---

① ［後晉］劉昫等：《舊唐書·列傳·秦宗權》，北京：中華書局，1975年，第5399頁。
② 除《舊唐書》外，《資治通鑒》卷二百五十八《唐紀》七十四云："（龍紀元年）二月，朱全忠送秦宗權至京師，斬於獨柳。"

却笑昔賢交易極，一開東閣便垂名。①

　　前一首雖題作《隰州新驛》，實是借題發揮，諷咏時政。而此詩則較切題，從前四句來看，時任的隰州刺史新修了館驛，並廣納遷客儒生，其曠懷高義頗爲韓偓所稱許，故而稱之爲"賢侯"。而由"萍蓬"一語可知韓偓與這位隰州刺史亦是初次偶識，但兩人一見如故，頗爲投契，故有"銷離恨""帶喜聲"等語。末句用《漢書·公孫弘傳》典故②，稱頌刺史修建館驛以延攬賢才，有名相東閣待賢之遺風。值得注意的是，韓偓在隰州的作品僅此兩首，在并州更只有一首七絶，再無其他題咏之作，大約其在隰州、并州逗留的時間並不長。如上文所述，河中府河中縣與隰州、并州雖同屬河東道，相隔距離可謂不近，尤其是從河中縣北上太原府（并州），幾近千里之遥。以唐代的交通條件，非數十日不能抵達。詩人在河中幕府任上，若是自行游歷至隰州、并州，似乎不大可能。而唐代的驛館主要供傳遞公文以及往來的官員下榻所用，韓偓的隰州詩均在驛館所作，則其隰州之行以公幹的可能性爲最大。至於并州之行所作《并州》一詩，有"雨裏并州四月寒"之句，與隰州詩中"燕雀飛來帶喜聲"之句時令相接，均是寫春日景象，則詩人很有可能是經隰州往并州公幹的途中作此三首。考慮到大順元年（890）二月李克用攻克雲州（今山西省大同市），朝廷募兵十萬征討，情勢危急。韓偓若乃是年春至隰州、并州，斷不會作"時危喜暫清"之語。則其隰州、并州之行，當發生在龍紀元年（889）二月及第後赴河中幕府供職期間。就詩中透露的信息來看，應在是年四月前後。

　　陳繼龍先生認爲天復三年（903）二月韓偓以觸怒朱全忠被貶濮州司馬，並未東行直赴任所，而是先北行至隰州、并州，爾後才由并州赴濮州。此説甚可懷疑。按天寶以後，貶官赴任，時限極其嚴格。據《唐會要》卷四一載："天寶五載七月六日敕，應流貶之人，皆負譴罪，如聞在路多作逗留，郡縣阿容，許其停滯。自今以後，左降官量情狀稍重者，日馳十驛以上赴任。"③ 唐代後期

---

① ［清］吳汝綸評注：《韓翰林集》卷三，臺北：臺灣學生書局，1967年，第86頁。
② 《漢書·公孫弘卜式兒寬傳》："時上方興功業，婁舉賢良。弘自見爲舉首，起徒步，數年至宰相封侯，於是起客館，開東閣以延賢人，與參謀議。"顔師古注："閤者，小門也，東向開之，避當庭門而引賓客，以別於掾史官屬也。"（［漢］班固撰、［唐］顔師古注：《漢書·公孫弘卜式兒寬傳》，北京：中華書局，1962年，第2621頁。）
③ ［宋］王溥編：《唐會要》下册，北京：中華書局，1955年，第735頁。

更是規定貶官需即日就道，途中不得逗留延遲。張籍《傷歌行》曰："黃門詔下促收捕，京兆尹繫御史府。……郵夫防吏急誼驅，往往驚墮馬蹄下。"① 韓愈《赴江陵途中寄贈王二十補闕李十一拾遺李二十六員外翰林三學士》云："中使臨門遣，頃刻不得留。病妹卧牀褥，分知隔明幽。悲啼乞就別，百請不頷頭，弱妻抱稚子，出拜忘慙羞。"② 而韓偓被貶，是因觸逆朱全忠，情勢嚴峻，幾至死裏逃生，很難想像其可以延擱行程，繞道作河中、河東之游。陳氏此說恐不確。

四、入閩後事迹考

《新唐書》對於韓偓入梁後的事迹，記述亦十分簡略，僅云"挈其族南依王審知而卒"。按王審知於後梁開平三年（909）加授中書令、福州大都督府長史，又封爲閩王。可謂割據一方的諸侯，實與朱溫所建的後梁分庭抗禮，並不爲朱溫所控制。韓偓入閩後的事迹，《十國春秋》卷九十五《韓偓列傳》中有較詳細的記載：

> 昭宗被弑，哀帝復召爲學士，還故官。偓不敢入朝，挈族來依太祖，僑居南安。天祐三年，復有前命，偓又辭，爲詩曰："豈獨鴟夷解歸去，五湖漁艇且銜艖。"已而梁篡唐，乾化三年復召，亦辭不往。龍德三年，卒於南安龍興寺，葬葵山之麓。所著有《內庭集》《金鑾別紀》。自貶後，以甲子歷歷自記所在，其詩皆手寫成帙。歿之日，家無餘財，惟燒殘龍鳳燭一器而已。子寅亮，終于閩。③

這裏叙述了韓偓三次被召而固辭不往，終老於南安的人生結局。韓偓歿後家無餘資惟存燒殘龍鳳燭云云，當係采信鄭文寶《南唐近事》的説法。按《南唐近事》云：

---

① 徐澄宇選注：《張王樂府》，上海：古典文學出版社，1957年，第16—17頁。
② ［唐］韓愈撰、［宋］廖瑩中輯注、［宋］朱熹考異、［清］陳景雲點勘：《韓昌黎全集》，臺北：臺北新興書局，1970年，第48頁。
③ ［清］吳任臣撰，徐敏霞、周瑩點校：《十國春秋》第三册，北京：中華書局，1983年，第1371頁。

寅亮，偓之子也。嘗爲予言，偓捐館之日，温陵帥開①其家藏箱笥頗多，而緘鐍甚密，人罕見者，意其必有珍翫。使親信發觀，惟得燒殘龍鳳燭、金縷紅巾百餘條。蠟燭尚新，巾香猶鬱。有老僕泫然而言曰："公爲學士日，常視草金鑾内殿，深夜方還翰苑。當時皆宫妓秉燭炬以送，公悉藏之。自西京之亂得罪南遷，十不存一二矣。"余卅歲，延平家有老尼嘗説斯事，與寅亮之言頗同。尼即偓之妾云耳。②

《南唐近事》所錄這則軼事中的韓偓形象，與正史《新唐書》中所刻畫的韓偓形象，體現了截然不同的兩個側面。如果鄭文寶記載的這則材料屬實，那麽可知韓偓於禁中當值之時，曾與執事宫人頗有款曲之意。宫人秉燭相送這一行爲，可以看出衆宫人對韓偓的關照之情。而韓偓終生珍藏宫人們所贈的殘燭與香巾，更可見其爲人温存重情的一面。值得注意的是，《新唐書·列傳》中記叙韓全誨伏誅，罪及宫人一事："宫人多坐死。帝欲盡去餘黨，偓曰：'禮，人臣無將，將必誅，宫婢負恩不可赦。然不三十年不能成人，盡誅則傷仁。願去尤者，自内安外，以靜群心。'帝曰：'善。'"韓偓的刻意保全，使得多數宫人免受牽連。韓偓擔任要職，常值夜於内庭，昭宗傳見，亦由宫人傳召③，他與諸宫人接觸乃至熟識的機會很多。今存韓偓詩如《侍宴》等作品中亦不乏宫人形象出現。宫人雖然名曰女官，且有隨侍天子左右的機會，但她們大多數都是無品位、身份微賤的婢僕，韓偓身爲翰林學士，肯出面爲宫人求情，大約除了其生性寬仁之外，與宫人們之間良好的關係應當也是原因之一。如若《南唐近事》的記載不虛，則韓偓同宫人之間的私交甚或私情，既可爲《新唐書》的這段記載提供更深層的背景，也可爲理解韓偓一部分隱晦曲深的香奩詩作參考。

據《宋史》卷二百七十七本傳，鄭文寶生於後周太祖廣順三年（953）。是書前有自序，題太平興國二年丁丑，即公元977年，值作者二十五歲，上距韓偓卒年五十四載④。從時間上來説，鄭氏與韓偓之子有面識是有可能的。《南唐

---

① "開"字當係"聞"字之誤。
② [宋]鄭文寶：《南唐近事》，載嚴一萍選輯《百部叢書集成》18，明尚白齋刻本《寶顏堂秘笈》，臺北：藝文印書館影印，1965年，第15頁。
③ 《新唐書·韓偓傳》："帝行武德殿前，因至尚食局，會學士獨在，宫人招偓，偓至。"（[宋]歐陽修、[宋]宋祁等：《新唐書》第一七册，卷一百八十三，北京：中華書局，1975年，第5389頁。）
④ 據陳敦貞著《唐韓學士偓年譜》及霍松林、鄧小軍考訂之《韓偓年譜》，韓偓卒於後梁龍德三年癸未，即公元923年。

近事》一書乃作者痛惜南唐覆亡，史事湮滅，故而撰成。《四庫總目提要》評曰，"雖浮詞不免，而實錄終存，故馬令、陸游《南唐書》采用此書幾十之五六，則宋人固不廢其說"。《南唐近事》中的這則材料，閻簡弼先生引而未論，徐復觀先生則以爲可信。今人張興武撰《〈香奩集〉非韓偓所作再考訂》一文，極言《南唐近事》此則記載係後人偽造攙入，以爲"絕不可信"。其理由一謂文寶生年距韓偓卒年甚遠，然其所錄韓偓卒年係依岑仲勉先生後梁乾化四年（914）之說，岑氏之說係個人推測，並無依據。今人學者多依《十國春秋》記載，定韓偓卒年爲龍德三年（923），兩說相差九年。此外，張氏據《宋史》卷二百七十七《鄭文寶傳》所云"（大中祥符）六年卒，年六十一"逆推文寶生年係後周廣順二年（952），然古人計歲皆以虛數，文寶生年當爲廣順三年（953）。其與韓寅亮相遇至遲亦當在《南唐近事》成書之前，亦即太平興國二年（977）文寶二十五歲之前。即以是年爲例，按張氏所作假設，韓偓卒時其子寅亮若只十五歲；至文寶二十五歲時，寅亮已六十九歲。這就與張氏結論大相徑庭。從時間上來說，鄭文寶結識韓寅亮，是完全有可能的。

張氏再謂偓子寅亮之名僅見於《南唐近事》，不見於他書。此說頗可疑。按吳任臣《十国春秋》卷九十五《韓偓列傳》云"子寅亮終于閩"，不僅與《南唐近事》記載相合，且《近事》並未提及寅亮終於何地，可知《十國春秋》並非照引《近事》，而當另有所本。

張氏再謂《近事》一書所載皆南唐人事，於地域、時間斷限甚嚴，而此則記載"遠及寓居溫陵之韓偓子孫，自亂其例"，以爲不合情理常規。按：溫陵係泉州別稱，考之《明一統志》卷七十五、弘治間《八閩通志》卷二均記載甚明，云其地少寒，故名溫陵。《八閩通志》卷一"泉州府"條下云，"晉開運二年，南唐滅閩，取其地"，開運二年即公元945年。由此可知，文寶出生八年前溫陵已屬南唐。文寶將韓偓軼事收入《南唐近事》一書，可謂合乎情理。張氏所論雖言之鑿鑿，而謬實深也。

綜上所述，《南唐近事》中關於韓偓軼事的記載，在沒有實據可以推翻的情況下，結合《新唐書》等其他史料來看，竊以爲當是可信的。有別於正史中剛正忠貞的形象，《南唐近事》中所描繪的韓偓纏綿多情的另一面，則爲其眾多的香奩詩創作提供了性格依據。譬如《香奩集》中備受爭議的《五更》一詩：

> 往年曾約鬱金牀，半夜潛身入洞房。
> 懷裏不知金鈿落，暗中唯覺繡鞋香。
> 此時欲別魂俱斷，自後相逢眼更狂。
> 光景旋消惆悵在，一生贏得是凄涼。①

從詩面來看，這是詩人追憶前情的一首作品。開頭四句寫當年與女子幽會的場面，極盡香豔露骨。方回以爲"前四句太猥、太褻，後四句始是詩"②。頷聯兩句寫分別後相思之苦，相逢時愛戀之狂。末兩句從回憶轉回眼前，過去種種已如雲烟消散，如今只落得自己一人形單影隻，空懷惆悵。結句"一生贏得是凄涼"七字，可謂情真意切，撼人肝腸。看來當年的一段幽情秘事，并非詩人逢場作戲，而是出自真心。即便事過境遷，仍然刻骨銘心，無法忘懷。若是硬將此詩比附爲忠君憂國之作，不免過於牽强。今人徐復觀先生指出，韓偓晚年"對女性還保有一幅深厚的感情，這是在他的詩裏可以分明認取出來的"。他認爲這份感情"既不可能是少年時的舊夢，也不可能是到福建後有什麽新歡，而是出於一種當翰林學士時的一段'畸戀'"。徐氏此說可資參考。

韓偓卒年，據《十國春秋》所記，"龍德三年卒于南安龍興寺，葬葵山之麓"。除此之外，別無記載。不過細檢韓偓之詩文，自後梁乾化四年（914）以後，行年皆無可考。若果係龍德三年（923）逝世，則於詩文創作及生平記錄上存在九年的空白，頗可耐人尋味。但至今別無他證可以推翻此說。按《福建通志》卷六十二："學士韓偓墓，在葵山之麓。"《泉州府志》《明一統志》等均有類似記載，可相參看。葵山在今福建省南安市豐州鎮環山村，山麓今存韓偓墓丘，係民國二十五年（1936）泉州進士吳桂生募金修葺。墓碑陰刻楷書"唐學士韓偓墓"。墓前有石翁仲、石羊各兩對，石虎一對，係五代雕刻風格，潘山路旁有清南安縣令盛本所立"唐學士韓偓墓道"碑，上署"嘉慶十二年三月"，下署"四明盛本立"。韓偓卒地當無可疑。

---

① ［清］吳汝綸評注：《香奩集》卷一，臺北：臺灣學生書局，1967年，第111頁。
② ［元］方回選評、李慶甲校點：《瀛奎律髓彙評》上册，卷之七"風懷類"，上海：上海古籍出版社，1986年，第288頁。

附錄三 九種《香奩集》目錄對照表

	《玉山樵人集》本	《唐音統籤》本	汲古閣刻本	《全唐詩》本	《全五代詩》本	三卷本	《唐詩百名家全集》本	王謜春刊本	吳汝綸注本	館·卷同校本
序	(翰林學士承旨行尚書戶部侍郎知制誥韓偓致堯)	序(翰林學士承旨行尚書戶部侍郎知制誥韓偓序)	香奩集自序(玉山樵人韓致光序)		序(翰林學士承旨行尚書戶部侍郎知制誥韓偓序)	序	韓內翰香奩集序(玉山樵人韓致堯序)	自序(玉山樵人韓致堯序)	香奩集序(玉山樵人韓致堯序)	韓內翰香奩集序(玉山樵人韓致堯自序)
目錄		香奩集上	香奩集目錄			目錄	韓內翰香奩集目錄	香奩集目錄		
	四言古:春畫	四言古詩:春畫	詩:幽窗	幽窗	春畫	卷一 1	幽窗	幽窗	幽窗	幽窗
	五言古:五更	五言古詩:五更	[江樓二首]江樓	江樓二首	五更	2-3	[江樓二首]江樓	[江樓二首]江樓	江樓二首	江樓
	半夜	半夜	春盡日	春盡日	半夜	4	春盡日	春盡日	春盡日	春盡日
	七言古:南浦	七言古詩:南浦	詠燈	詠燈	南浦	5	詠燈	詠燈	詠燈	詠燈
	寄遠	寄遠在岐日作	別緒	別緒	寄遠在岐日作	6	別緒	別緒	別緒	別緒
	惆悵	惆悵	見華	見花	惆悵	7	見花	見花	見花	見花
	意緒	意緒	馬上見	馬上見	意緒	8	馬上見	馬上見	馬上見	馬上見
	後魏時相州人作李波小妹歌疑其未備因補之	後魏時相州人作李波小妹歌疑其未備因補之	繞廊	繞廊	後魏時相州人作李波小妹歌疑其未備因補之	9	遶廊	繞廊	繞廊	繞廊

149

續 表

《玉山樵人集》本	《唐音統籤》本	汲古閣刻本	《全唐詩》本	《全五代詩》本	三卷本	《唐詩百名家全集》本	王謳春刊本	吳汝綸注本	館‧卷同校本
長短句：三憶	長短句：三憶	寢子	寢子	三憶	10	寢子	寢子	寢子	寢子
玉合	玉合	青春	青春	玉合	11	青春	青春	青春	青春
金陵	金陵	聞雨	聞雨	金陵	12	聞雨	聞雨	聞雨	聞雨
厭花落	厭花落	嬾起	嬾起—作閨意	厭花落	13	嬾起	嬾起	嬾起—作閨意	嬾起
五言律詩：幽臆	五言律詩：幽臆	已涼	已涼	幽臆	14	已涼	已涼	已涼	已涼
馬上見	馬上見	欲去	欲去	馬上見	15	欲去	欲去	欲去	欲去
欲去	欲去	橫塘	橫塘	欲去	16	橫塘	橫塘	橫塘	橫塘
信筆	信筆	五更	五更	信筆	17	五更	五更	五更	五更
薦福寺講筵偶見又別	薦福寺講筵偶見又別	聯綴體	聯綴體	薦福寺講筵偶見又別	18	聯綴體	聯綴體	聯綴體	聯綴體
倜儂	倜儂	[寒食夜]寒食夜—作深夜—作深	半睡	倜儂	19	半睡	半睡	半睡	半睡
荷花	荷花	[六言三首]六言	寒食夜—作深夜—作深	荷花	20	[夜深]夜深—作寒食夜	夜深	寒食夜—作深夜—作深	寒食夜
七言律：春盡日	七言律詩：春盡日	[哭花]哭華	哭花	春盡日	21	哭花	哭花	哭花	哭花

续　表

《玉山樵人集》本	《唐音统籤》本	汲古阁刻本	《全唐诗》本	《全五代诗》本	三卷本	《唐诗百名家全集》本	王辇春刊本	吴汝纶注本	馆·卷同校本
见花	见花	重游曲江	重游曲江	见花	22	重游曲江	重游曲江	重游曲江	重游曲江
青春	青春	遥见	遥见	青春	23	遥见	遥见	遥见	遥见
横塘	横塘	新秋	新秋	横塘	24	新秋	新秋	新秋	新秋
五更	五更	合词	合词	五更	25	合词	合词	合词	合词
咏浴	咏浴	踏青	踏青一本有词	咏浴	26	踏青	踏青	踏青一本有词字	踏青
席上有赠	席上有赠	夜深	夜深一作寒食夜	席上有赠	27	寒食夜	寒食夜	寒食夜一作夜深	夜深
倚醉	倚醉	夏日	夏日	倚醉	28	夏日	夏日	夏日	夏日
咏手	咏手	新上头	新上头	咏手	29	新上头	新上头	新上头	新上头
拥鼻	拥鼻	中庭	中庭	拥鼻	30	中庭	中庭	中庭	中庭
昼寝	昼寝	咏浴	咏浴	昼寝	31	咏浴	咏浴	咏浴	咏浴
偶见背面是夕兼梦	偶见背面是夕兼梦	席上有赠	席上有赠	偶见背面是夕兼梦	32	席上有赠	席上有赠	席上有赠	席上有赠
有忆	有忆	[早归]早归	早归	有忆	33	早归	早归	早归	早归
裛娜	裛娜	[玉合]玉合杂言	玉合杂言	裛娜	34	[玉合]玉合杂言	[玉合]玉合杂言	玉合杂言	玉合杂言
多情	多情	[金陵]金陵杂言	金陵杂言	多情	35	[金陵]金陵杂言	[金陵]金陵杂言	金陵杂言	金陵杂言

附录三　九种《香奁集》目录对照表

續　表

《玉山樵人集》本	《唐音統籤》本	汲古閣刻本	《全唐詩》本	《全五代詩》本	三卷本	《唐詩百名家全集》本	王遐春刊本	吳汝綸注本	館·卷同校本
偶見	偶見	嬾卸頭	嬾卸頭一作查子	偶見	36	嬾卸頭	嬾卸頭	嬾卸頭一作生查子	嬾卸頭
閨情	閨情一作夜闌	倚醉	倚醉	閨情	37	倚醉	倚醉	倚醉	倚醉
代小玉家為蕃騎所虜後寄故集賢裴公相國	代小玉家為蕃騎所虜後寄故集賢裴公相國	詠手	詠手	代小玉家為蕃騎所虜後寄故集賢裴公相國	38	詠手	詠手	詠手	詠手
寒食日重遊李氏園亭有懷	寒食日重遊李氏園亭有懷	荷花	荷花	寒食日重遊李氏園亭有懷	39	荷花	荷花	荷花	荷花
六言律：六言三首 香奩集下 五言排律：嬾起	五言排律：嬾起	鬆髻	鬆髻	嬾起	40	鬆髻	鬆髻	鬆髻	鬆髻
別緒	別緒	半夜	[寄遠]寄遠在岐下日作	別緒	卷二 41	[寄遠]寄遠在岐下日作	[寄遠]寄遠在岐下日作	寄遠元注在岐下日作	寄遠在岐下日作
春悶偶成十二韻	春悶偶成十二韻	[寄遠]寄遠在岐下日作	跋跡	春悶偶成十二韻	42	跋跡	跋跡	跋跡	跋跡
無題三首并序	無題三首并序	信筆	病一作痛憶	無題三首并序	43	病憶	病憶	病一作痛憶	病憶
第四倒押前韻	第四倒押前韻	寄恨	姑媒	第四倒押前韻	44	姑媒	姑媒	姑媒	姑媒
七言排律：姑媒	姑媒	擁鼻	不見	姑媒	45	不見	不見	不見	不見

續　表

《玉山樵人集》本	《唐音統籤》本	汲古閣刻本	《全唐詩》本	《全五代詩》本	三卷本	《唐詩百名家全集》本	王湜春刊本	吳汝綸注本	館·卷同校本
七言排律:妬媒	六言律:六言三首	蹤跡	晝寢	六言三首	46	晝寢	晝寢	晝寢	晝寢
五言絕句:半睡	五言絕句:半睡	病憶	意緒	半睡	47	意緒	意緒	意緒	意緒
早歸	早歸	妬媒	惆悵	早歸	48	惆悵	惆悵	惆悵	惆悵
兩處	兩處	晝寢	忍笑	兩處	49	忍笑	忍笑	忍笑	忍笑
春閨二首	春閨二首	意緒	詠柳	春閨二首	50	初赴期集	初赴期集	初赴期集	初赴期集
效崔國輔體四首	效崔國輔體四首	惆悵	密意	效崔國輔體四首	51-52	詠柳二首	詠柳二首	詠柳二首	詠柳二首
七言絕句:宮詞	七言絕句:宮詞	忍笑	偶見一作鞦韆體	宮詞	53	密意	密意	密意	密意
閨怨	閨怨	[初赴期集]初赴期集一作初期集	寒食夜有寄	閨怨	54	偶見	偶見	偶見一作鞦韆體	偶見
聯綴體	聯綴體	不見	效崔國輔一作輔國體四首	聯綴體	55	寒食夜有寄	寒食夜有寄	寒食夜有寄	寒食夜有寄
春恨	春恨	[詠柳二首]詠柳	後魏時相州人作李波小妹一作波少妹疑其未簡因補之	春恨	56-59	[效崔輔國體四首]效崔輔國一作國輔體四首	[效崔輔國體四首]效崔輔國一作國輔體四首	效崔國輔一作輔國體四首	效崔國輔體四首

附錄三　九種《香奩集》目錄對照表

續　表

《玉山樵人集》本	《唐音統籤》本	汲古閣刻本	《全唐詩》本	《全五代詩》本	三卷本	《唐詩百名家全集》本	王退菴刊本	吳汝綸注本	館•卷同校本
寒食夜	寒食夜	半睡	春晝一作盡	寒食夜	60	[補李波小妹歌]後魏時相州人作李波小妹歌疑其未備因補之	[補李波小妹歌]後魏時相州人作李波小妹歌疑其未備因補之	後魏時相州人作李波小妹歌疑其少妹作李少妹歌疑其未備因補之	後魏時相州人作李波小妹歌疑其未備因補之
寒食夜有寄	寒食夜有寄	密意	三憶	寒食夜有寄	61	[春晝]春晝四言	[春晝]春晝四言	春晝一作四言一作盡	春晝四言
夏日	夏日	偶見	六言三首	夏日	62–64	三憶	三憶	三憶	三憶
新秋	新秋	寒食夜有寄	寒食日重遊李氏園一作林亭有懷	新秋	65–67	六言三首	六言三首	六言三首	無題六言三首
日高	日高	[效崔國輔體四首]效崔國輔體	思錄舊詩於卷上淒然有感因成一章	日高	68	[寒食重遊有懷]寒食日重遊李氏林亭有懷	[寒食重遊有懷]寒食日重遊李氏林亭有懷	寒食日重遊李氏園一作林亭有懷	寒食日重遊李氏林亭有感
夕陽	夕陽	後魏時相州人作李波小妹哥疑其未備因補之	春閨二首	夕陽	69	思錄舊詩於卷上淒然有感因成一章	[錄舊詩有感]思錄舊詩於卷上淒然有感因成一章	思錄舊詩於卷上淒然有感因成一章	思錄舊詩於卷上淒然有感因成一章

续表

《玉山樵人集》本	《唐音統籤》本	汲古閣刻本	《全唐詩》本	《全五代詩》本	三卷本	《唐詩百名家全集》本	王退菴刊本	吳汝綸注本	館·卷同校本
夜深	夜深	[春畫]春畫四言	代小玉家爲蕃騎所虜後寄故集賢裴公相國	夜深	70-71	春閨二首	春閨二首	春閨二首	春閨二首
聞雨	聞雨	三憶	薦福寺講筵偶見又別一作再青後	聞雨	72	[代小玉寄裴公]代小玉家爲蕃騎所虜後寄故集賢裴公	[代小玉寄裴公]代小玉家爲蕃騎所虜後寄故集賢裴公	代小玉家爲蕃騎所虜後寄故集賢裴公	代小玉家爲蕃騎所虜後寄故集賢裴公
已涼	已涼	忽錄舊詩于卷上悽然有感因成一章	復偶見三絕	天涼	73	[薦福寺講筵偶見有別]薦福寺講筵偶見有別	[薦福寺偶見有別]薦福寺講筵偶見有別	薦福寺講筵偶見有別一作後	薦福寺講筵偶見有別
已涼	已涼	[春閨二首]春閨	厭花落	已涼	74-76	復偶見三絕	復偶見三絕	復偶見三絕	復偶見三絕
深院	深院	代小玉家爲蕃騎所虜後寄故集賢裴公相國	春閨偶一作再青成十二韻	深院	77	厭花落	厭花落	厭花落	厭花落
中庭	中庭	薦福寺講筵偶見又別	想得一作再青春	中庭	78	春閨偶成	春閨偶成	春閨偶一作閨成十二韻	春閨偶成十二韻
遠廊	遠廊	[復偶見三絕]復偶見三首絕	偶見背面是夕兼夢	遠廊	79	[偶見背面兼夢]偶見背面是夕兼夢	[偶見背面]偶見背面是夕兼夢	偶見背面是夕兼夢	偶見背面是夕兼夢
江樓	江樓二首	厭華落	五更	江樓二首	80	五更	五更	五更	五更

附錄[三] 九種《香奩集》目錄對照表

155

續　表

《玉山樵人集》本	《唐詩統籤》本	汲古閣刻本	《全唐詩》本	《全五代詩》本	三卷本	《唐詩百名家全集》本	王退春刊本	吳汝綸注本	館·卷同校本
重遊曲江	重遊曲江	春閣閑成十二韻	有憶	重遊曲江	81	有憶	有憶	有憶	有憶
偶見	偶見	[想得]想得一作再得春	半夜	偶見	82	[半夜]半夜三韻	[半夜]半夜三韻	半夜三韻	半夜
復偶見三絕	復偶見三絕	偶見背面是夕兼夢	信筆	復偶見三絕	83	信筆	信筆	信筆	信筆
遙見	遙見	五更	寄根	遙見	84	寄根	寄根	寄根	寄根
踏青	踏青	南浦	兩處	踏青	85	兩處	兩處	兩處	兩處
忍笑	忍笑	[深院]深院辛未年在南安縣作	擁鼻	忍笑	86	擁鼻	擁鼻	擁鼻	擁鼻
不見	不見	[閩情]閩情在南安縣作	閩怨一作根	不見	87	[閩根]閩根壬申年在南安縣作	[閩根]閩根壬申年在南安縣作	閩根元注壬申年在南安縣作根一作怨	閩根壬申年在南安縣作
想得	想得	半睡	裹娜丁卯年作	想得	88	[裹娜]裹娜丁卯年作	[裹娜]裹娜丁卯年作	裹娜元注丁卯年作	裹娜丁卯年作
密意	密意	寒食重遊李氏園亭有懷	多情庚午年在桃林場作	密意	89	[多情]多情庚午年在桃林場作	[多情]多情庚午年在桃林場作	多情元注庚午年在桃林場作	多情庚午年在桃林場作

續表

玉山《樵人集》本	《唐音統籤》本	汲古閣刻本	《全唐詩》本	《全五代詩》本	三卷本	《唐詩百名家全集》本	王退菴刊本	吳汝綸注本	館·卷同校本
寄恨	寄恨	兩恨	偶見	寄恨	90	偶見	偶見	偶見	偶見
鬆髻	鬆髻	有憶	箇儂	鬆髻	91	箇儂	箇儂	箇儂	箇儂
新上頭	新上頭	[閩根]閩恨王申年在南安縣作	無題并序	新上頭	92-94	[荔枝三首]荔枝三首福州作	[荔枝三首]荔枝三首福州作	荔枝三首福州作	荔枝三首福州作
半睡	半睡	[夏娜]夏娜丁卯年作	倒押前韻	半睡	95	無題第一	無題第一	無題第一	無題第一
蹤跡	蹤跡	[多情]多情午年在桃林場作	閨情一作夜閨	蹤跡	96	第二	第二	第二	第二
思錄舊詩於卷上凄然有感因成一章	思錄舊詩於卷上凄然有感因成一章	偶見	自負	思錄舊詩於卷上凄然有感因成一章	97	第三	第三	第三	第三
病憶	病憶	箇儂	天涼	病憶	98	[第四倒押前韻]第四倒押前韻	第四倒押前韻	第四倒押前韻	第四倒押前韻
詠柳	詠柳	[荔枝三首]荔枝三首福州作見翰林集	日高	詠柳	99-100	曲子浣溪沙二首	曲子浣溪沙二首	曲子浣溪沙二首	曲子浣溪沙二首

附錄三 九種《香奩集》目錄對照表

续表

《玉山樵人集》本	《唐音统签》本	汲古阁刻本	《全唐诗》本	《全五代诗》本	三卷本	《唐诗百名家全集》本	王溓春刊本	吴汝纶注本	馆·卷同校本
哭花	哭花	[无题]无题并序 第一	夕阳	哭花	卷三 101	黄蜀葵赋	黄蜀葵赋	黄蜀葵赋	黄蜀葵赋
屐子（计100首）	屐子（计101首）	第二	旧馆	屐子	102	红芭蕉赋	红芭蕉赋	红芭蕉赋	红芭蕉赋
	咏镫（计101首）	第三	中春感赠	咏镫（计101首）	103	南浦	南浦	南浦	南浦
		第四[倒押前韵]词：[浣溪沙二首]浣溪沙曲子	春根		104	深院	深院	深院	深院
		赋：黄蜀葵赋	鞦韆以下三首本集不载		105	闺情	闺情	闺情一作夜闺	闺情
		红芭蕉赋（计104篇）	长信宫二首		106	想得	想得	想得一作再青春	想得
			句（计106首）		107	自负	自负	自负	自负
					108	天凉	天凉	天凉	天凉
					109	[日高]日高	日高	日高	日高
					110	夕阳	夕阳	夕阳	夕阳

续 表

《玉山樵人集》本	《唐音统籤》本	汲古阁刻本	《全唐诗》本	《全五代诗》本	三卷本	《唐诗百名家全集》本	王退菴刊本	吴女纶编注本	馆・卷同校本
					111	旧馆	旧馆	旧馆	旧馆
					112	中春忆赠	中春忆赠	仲春忆赠	中春忆赠
					113	半睡	半睡	半睡	半睡
					114	春根	春根	春根	春根
					115			鞦韆以下三首本集不载	栏干
					116—117			长信宫二首	
					118			句	
					附录		香奁集附录	韩翰林集补遗	
					跋		书後（嘉庆庚午秋福鼎王学贞誌）	原跋（壬戌秋七月闽生記）、跋（长安宋瑞奎、蒲城王健、江宁吴廷锡）	文化庚午十二月廿八日新潟巷大任書于江戸日本橋南平松坊萬居
跋	胡震亨識語 毛晉識語								

* 目录诗题与正文诗题有出人时，目录诗题以⎡ ⎦标记。
* 各版本原文中之异体字及讹字，讹误旧本处以下划线标记。"巳凉""已凉"为"天凉"之讹。

附录 九种《香奁集》目录对照表

附錄四 森春濤年譜

前　言

　　目前行世的森春濤年譜計有三種。最早一種係昭和六十三年（1988），由位於春濤故里的一宮市博物館編輯的《森春濤及周邊詩人展》中的《森春濤年譜》。其次是平成十四年（2002）由同一家博物館編輯的《明治的文雅——森春濤周邊的漢詩人們》中的《關係略年譜》。此後，又有平成二十五年（2013）汲古書院發行、日野俊彥所著《森春濤的基礎研究》一書附錄中的《春濤略年譜及〈春濤詩鈔〉詩題一覽》。一宮市博物館所編輯的《森春濤及周邊詩人展》與《明治的文雅——森春濤周邊的漢詩人們》兩本小冊子均係爲森春濤特展而專門印製的宣傳資料，其中年譜部分較爲簡單，僅約略介紹春濤生平的大事件而已。日野氏所撰的《春濤詩鈔》詩題一覽部分極爲詳盡，然年譜部分則過於簡潔。爲能更深入地研究森春濤的漢詩作品並理解其文學思想，則十分有必要對其生平事迹以及與文學創作相關聯的社會活動作出細緻的梳理。筆者在參考多種明治時代的文獻與方志的基礎上，結合《春濤詩鈔》中作者的自序及詩注，編成此年譜，力求詳盡、準確地記錄春濤的生平事件，還原其生涯軌迹。

文政二年（1819）己卯　一歲

　　四月二日　森春濤出生於尾張國一宮村下馬町。《一宮市史》第十二編《文藝》第一章《漢文學》載：

　　　　文政二年四月二日生於一宮。父森左膳（元治元年歿，年七十九），號一鳥，實爲花池（中島郡大和村大字）森儀兵衛之子，入嗣一宮森左元家，居下馬町（在今本町通五丁目）西側，以醫爲業。是故春濤亦從之。①

佐藤牧山就學於昌平黌。

文政八年（1825）乙酉　七歲

十一月八日　鷲津毅堂出生。

文政九年（1826）丙戌　八歲

春濤之弟、森一鳥第三子利一郎出生。

文政十二年（1829）己丑　十一歲

從岐阜眼科醫中川氏學醫。開始接觸漢詩。《一宮市史》第十二編《文藝》第一章《漢文學》載：

文政十二年十一歲時寄居岐阜眼科醫中川氏（花池森儀兵衛之弟，與中川爲養子）處，從習醫術而不喜，唯心醉於净琉璃戲曲之排演而已，本業遂不顧，以此爲中川氏痛加叱責並嚴禁之。代以《幼學詩韻》一部與之讀。竟以天稟之才會得其書，竟至多有名句問世。②

大沼枕山赴丹羽村，就學於萬松亭（後於1837年改稱作有隣舍）。

天保四年（1833）癸巳　十五歲

赴岐阜游歷。咏有《岐阜竹枝二首》（三月作）、《新秋夜望》《常在寺訪山

---

① ［日］一宮市編：《一宮市史》下卷，一宮：一宮市役所刊行，昭和十四年（1939），第814頁。引文係筆者所譯。
② 同上書，第814—815頁。引文係筆者所譯。

澤上人》等詩。按常在寺係位於岐阜縣岐阜市的日蓮宗京都妙覺寺之舊末寺。正式寺名爲鷲林山常在寺。

天保六年（1835）乙未 十七歲

七月　返回故鄉一宮。就學於丹羽村萬松亭。由此與大沼枕山相識於萬松亭。《一宮市史》第十二編《文藝》第一章《漢文學》載：

> 天保六年歸一宮，隨丹羽村（丹羽郡西成村大字）鷲津益齋專習漢學，恰值鷲津氏之姻族大沼捨吉（幽林之孫，即日後之沈山）寄寓於斯。時春濤十七歲，沈山十八歲。共相鑽研，互爲唱和，多有逸事留存。①

初秋　枕山返回故鄉江户。
九月　春濤至蟹江村，以眼科醫開業。

天保十年（1839）己亥 廿一歲

正月　返回一宮。作《人日歸家》四首、《歸後内集》一首。

天保十一年（1840）庚子 廿二歲

三月　詠有《春天》《春雲》《春雨》《春雪》《春月》《春風》《春寒》《春城》《春郊》《春苔》《春草》《春雁》《春蝶》《春鶯》《春燕》《春愁》《春夢》《春柳》等二十八首以春日景物爲主題的七言律詩。

《一宮市史》第十二編《文藝》第一章《漢文學》載：

> 同十一年之交，春濤於一宮宅内編成《人日草堂集》《松雨莊人集》，以此將當地風物介紹至四方，鄉里理當感念其情。②

---

① ［日］一宮市編：《一宮市史》下卷，一宮：一宮市役所刊行，昭和十四年（1939），第815頁。引文係筆者所譯。沈山當作枕山，依原文未改。
② 同上注。引文係筆者所譯。

九月十五日　鷲津益齋等造訪春濤宅邸。春濤作《九月十五日益齋先生拉士廉諸子見臨》以咏其事。
　　十月　鷲津益齋、森春濤等八名不休社同人於大赤見村服部牧山宅中舉辦詩宴，編有《種德堂宴集》。春濤作《十月八日栽松寺小集分韻得十蒸》。按栽松寺位於丹羽郡大赤見村（今一宮市大赤見）。
　　《星巖絕句》刊行。

天保十三年（1842）壬寅　廿四歲

　　十月　於丹羽郡大赤見村栽松寺與鷲津益齋等集會，咏有《十月八日栽松寺例集、益齋先生有詩、即次韻》一首。
　　冬　鷲津益齋卒。享年三十九歲。春濤作《哭益齋先生》二首。

天保十四年（1843）癸卯　廿五歲

　　春　梁川星巖到訪春濤居所。春濤咏有《巖師見訪》一首。
　　其後至名古屋游歷。咏《名古屋客舍，與雲州對酌》。
　　冬　春濤弟、森一鳥第三子利一郎卒。享年十七歲。春濤作《哭弟磯》《寄妹》等詩以悼亡。《哭弟磯》自注云："弟病中書寫《法華經》，到半而殁。"
　　是年末至岐阜游歷。咏有《重遊岐阜有感而作》。

天保十五年、弘化元年（1844）甲辰　廿六歲

　　至三月止，客居於岐阜。咏有《藍川旗亭送宮野生之伊勢》《三日江上所見》《嬉春絕句》等詩。"藍川"即岐阜長良川之雅稱。
　　四月　游歷至名古屋。咏有《甲辰四月二日名古屋客中作》《讀元遺山集》等詩。

弘化二年（1845）乙巳　廿七歲

　　迎娶大赤見村服部氏。佐藤寬《春濤先生逸事談》載：

雪香女史係里中服部市五郎之女，初名喚作起美子，爲先生所愛敬，改名天都子。才德兼備，據云其深諳吟詠之道，片言隻句亦爲當世所傳誦。有集一卷，題爲《小梅粧閣集》。其中有"殘螢一點雨蕭蕭，小鴨香消愁未消。惆悵紅顏秋易老，夜風吹破美人蕉"一首。極盡愁思，鮮明如在目前。①

弘化四年（1847）丁未　廿九歲

春　長子森真堂誕生。
《春濤詩鈔》卷五卷末識語云："自甲辰至丁未，舊槀全逸，今補綴之，名曰《零蟬落雁集》。"

嘉永元年（1848）戊申　三十歲

秋　詠有《秋雨》《秋晴》《秋山》《秋水》《秋柳》《秋草》《題畫回文》《落葉》等七首，皆以秋日景物爲主題。

嘉永三年（1850）庚戌　三十二歲

秋　西游至京阪地區。入梁川星巖門下。詠有《謁星巖先生率賦呈政》。並於京都、大阪、兵庫游歷途中，作有《途上所見》《湖山秋晴》《澱上偶詠》《呈小竹先生》《夜發浪華赴兵庫舟中口示子勤弟》《楠公墓》《至日》等詩以紀行。

嘉永四年（1851）辛亥　三十三歲

四月　與藤本鐵石於旗橋分別。作《旗橋村店送鐵石山人遊美濃》一首。
夏　赴江戶訪枕山，與小野湖山、遠山雲如、鱸松塘等詩人交游。游歷途

---

① ［日］佐藤寬編：《文藝雜俎》，東京觀奕堂刊行，明治二十六年（1893），第57—58頁。引文係筆者所譯。

中，咏有《題千村公峒山五勝》五首、《觀潮阪》《雨中登清見寺》《風雨踰函嶺》《納涼聞笛》《送雲如山人遊伊香保》《發江户留別枕山樂山晚崧諸君》等詩。

鱸松塘（1823—1898）《松塘詩鈔》刊行。

嘉永五年（1852）壬子 三十四歲

與江馬細香唱和往來。有《贈細香女史》一首。

十二月 春濤幼子夭折。作有《悼兒》一首，有"梅前菊後百餘日，纔向人間過一生"二句。此詩自注云："以九月十二日生，以臘月廿六日死。"關於此幼子，《森家先祖代代靈簿寫》《明治十四年巳四月伺扣 森春濤家緣記》《森家墓誌》等文獻均無記載。恐與其過早夭折有關。

嘉永六年（1853）癸丑 三十五歲

三月 咏《蘭亭集字詩并序》五律十首。詩序曰：

> 王右軍蘭亭禊事在晉永和九年癸丑之歲，距今千五百一年。癸丑二十五周，而今茲嘉永六年也。乃以三月三日會諸賢於草堂，修禊賦詩，聊復踐蘭亭芳躅也。予偶集其記中字，賦五律半百首以紀事。王曰：後之視今，亦猶今之視昔。予每臨此文，未嘗無今昔之感，是此詩之所以作也。後之誦此詩者，亦自知予今日之興會耳。噫。①

嘉永七年、安政元年（1854）甲寅 三十六歲

三月 吉田松陰、金子重輔兩人欲偷渡海外不成，向幕府自首而被捕。

四月 春濤作《生日自嘲》一首，云："三十六年田舍醫，雖然迂拙是男

---

① ［日］森春濤：《春濤詩鈔》卷六《落花啼鳥集》，東京：文會堂刊本，第二册，明治四十五年（1912），第17—18頁。

兒。振衣擬學山中相，一笑家無禄可辭。"六日、佐久間象山因松陰之罪連坐，被捕入傳馬町獄。

近藤子正訪問春濤居所。春濤作《五日貧甚，近藤子正偶至》以紀事。

七月廿六日 春濤祖父森左元亡故。

安政二年（1855）乙卯 三十七歲

春 咏《自畫雜題》七首。

十月十五日 藤本鐵石（1816—1863）赴一宮春濤居所訪問。春濤咏《十月望日藤本鐵石見過》。

冬 藤本鐵石游歷至京都。春濤作《送藤本鑄公遊京師》以贈别。

安政三年（1856）丙辰 三十八歲

春 造訪吉田蘇川宅。咏《吉田蘇川宅觀藤花》一首。

赴京都入星巖門下。與賴支峰、三樹三郎兄弟、家里松嶹、池内陶所等多有交游。

十二月 妻服部氏病故。作《悼亡》四首以祭悼。

安政四年（1857）丁巳 三十九歲

一月 咏《丁巳新年偶成》一首。其詩自注云："去年元旦，内子有句云'小院東風梅影娬，半簾紅日鳥聲妍。'"此後又作有《梅花》《無題》《刻意》《春寒》《魂》諸詩，以哀悼亡妻。

春 家里松嶹編《安政三十六家絶句》刊行。

秋 春濤蓄髮。謁鶯津益齋墓。詠《謁鶯津先師墓，寄懷毅堂在江户》。其後，與赴美濃游歷的齋藤拙堂（1797—1865）相會，作《聞拙堂翁遊美濃，往而訪之，翁見示谿山琴興詩，因次其韻賦呈》一首、《再訪拙堂翁于笠松旗亭，疊前韻賦呈》二首、《蓄髮呈拙堂》一首。又與丹南藩士森余山交游，咏《秋夜讀醫詩，同森余山賦》《余山將歸，賦此贈别》等詩。又作七律六首寄贈游歷淡路、飛驒、越前等地的遠山雲如。

冬　咏《梁先生鬈翁詩略題辭》四首。

十二月　爲亡妻服部氏做故後一周年法事。咏《十二月十四日先室小祥忌》一首。

安政五年（1858）戊午 四十歲

八月　戊午密勅頒發。

九月　安政大獄開始。近藤茂左衛門、梅田雲浜、橋本左内等被捕，於江户傳馬町監獄受審後，被處以切腹、斬首等極刑。幕府閣臣中亦有川路聖謨、巖瀬忠震等非門閥派開明官僚被予以罷免、圈禁等處分。

九月四日　梁川星巖（1789—1858）感染霍亂而亡。享年七十歲。星巖亦是安政大獄的逮捕對象之一，因其病故，免於被捕受刑，被時人稱作"死（詩）法高明"。

春濤作《秋柳四首用王漁洋韻》及《疊韻》四首。

安政六年（1859）己未 四十一歲

春　娶村瀬氏之女逸子爲繼室。作《村瀬氏過期不嫁，聞其意欲得書生如余者，即聘爲繼室》一首以紀其事。

僧桂園到訪春濤居所。春濤作《僧桂園自京師到，見示宇田栗園近作，即次其韻志別》《寄懷大沼枕山》及《七十老翁何所求，追悼星巖翁》（三首）。

成島柳北執筆《柳橋新誌》初編。

安政七年、萬延元年（1860）庚申 四十二歲

三月三日　幕府大老井伊直弼於櫻田門外被暗殺。

三月六日　春濤長子真堂夭折（1847—1860）。春濤作《哭兒真》二首、《小游仙效曹唐》一百首以悼亡。

《一宫市史》第十二編《文藝》第一章《漢文學》載：

森真堂，名一郎，又名旹，字大木，號螢窗，森春濤之長子，母爲先室服部氏鐵子。自幼從父學詩，以學界之麒麟兒大受矚目。《新選名家絕句》《近世詩林》等皆采錄其作。安政七（萬延元）年三月六日病殁，時年十四。父春濤賦《哭兒真》二首惜其天才。葬於市内四峰墓地，今已移至市營墓地。碑銘作"螢窗學童之墓"。①

四月　梁川紅蘭上洛，於川端丸太町之舊宅開塾。
春濤執筆《春濤批評》（三册）。

萬延二年、文久元年（1861）辛酉　四十三歲

二月　次子晉之助誕生（此子後過繼給桑名的村田家爲養子）。春濤咏《辛酉二月十二日舉兒紀喜》二首。

春　咏《懷人絕句》四首，分寄齋藤拙堂、家里松嶹、河野秀野、廣瀨旭莊等四人。

秋　咏《秋詞》七首（《秋山》《秋水》《秋曉》《秋夜》《秋月》《秋陰》《秋夢》）。友人蘇川墨菊卒於長崎，春濤作《題亡友蘇川墨菊》以悼亡。

十二月廿三日　繼室村瀨氏病故，春濤作《悼亡四首》。
關重弘、藤田龜同輯《近世名家詩鈔》刊行。

文久二年（1862）壬戌　四十四歲

三月至七月　初游歷至高山。行前作《壬戌三月將游飛驒留別》。
求得岐阜女歌人國島清之近作。作《閨秀國島氏善和歌，予介人乞近咏，得其暮春咏杜若一章，乃賦二十八字以謝》。《岐阜市史》第五章《文化》第一節《文藝》載：

　　　美濃國稻葉郡古市場村（現爲岐阜市黑野古市場）有女國島清子氏，

---

① ［日］一宮市編：《一宮市史》下卷，一宮：一宮市役所刊行，昭和十四年（1939），第825頁。引文係筆者所譯。佐分清因日記、碑銘。

是當地人稱作"大國島"的資產家國島治右衛門的第三女，名喚勢以（或寫作"清"，清子係通稱）。天保四年（1833）生人。幼時因患嚴重的天然痘導致容貌醜陋，已斷婚姻之念，於宅內別院居住。漢學上受教於桑名的富廣蔭，和歌則就學於京都的熊谷直兄。當是時，勤王抑或擁幕的議論甚囂塵上，清子早即主張勤王之說，歌詠中多有體現此一精神者。且暗中與勤王志士有所往來，據傳與藤本鐵石、賴三樹諸士皆有交遊。萬延元年（1860）三月江戶櫻田門外之變後，詠有和歌如下：

障雲消散月朦朧，殘夜黯淡武藏原。

……

此時的春濤，經由尾張一宮往來於岐阜指導作詩，恰好聽聞《障雲》歌，以其大有悲涼之旨趣，稱善不已，遂托人求其近作。清子應其請求，詠《雨後杜若》一首云：

雨罷晴初淺澤水，杜若初開葉已隱。①

游歷中，作《高山竹枝》四十首。

八月 作《予將娶國島氏，賦此贈某》。

九月 迎娶國島清。作《九月某日娶國島氏爲繼室》。

櫻井成憲編《文久二十六家絕句》刊行。春濤詩作亦收入其中。

文久三年（1863）癸亥 四十五歲

春 造訪隱居於御望村犬塚的鄉網川。詠《訪鄉網川，次其見贈韻》一首。網川，名實善，通稱元之進，晚年隱居於岐阜，號餘齋。曾問詩於星巖翁。有詩集《網川遺稿》。

題畫詩《紅蘭張氏谿山雪景》一首寄贈星巖未亡人張紅蘭（1804—1879）。

五月 棄醫並移居至名古屋，成立桑三吟社。作《癸亥夏五，僦居於城南桑名街第三坊，徙而居焉，扁曰桑三軒，亦桑下三宿之意云》四首。第四首自注云："宅係醫員某故宅。"

---

① ［日］岐阜市編：《岐阜市史（昭和五十一年三月～昭和五十六年十一月）》，岐阜：岐阜市役所刊行，第894—895頁。引文係筆者所譯。

五月十九日　家里松嶹於京都被暗殺。

八月十七日　鐵石、松本圭堂等人舉兵大和。

十一月十六日　春濤第三子泰二郎（即日後之槐南）誕生。春濤作《十一月十六日舉兒》二首。整理癸卯（天保十四年，1843）之舊稿。咏《整理癸卯詩槀，有感書後》一首。自注："是歲余甫二十五，閏在九月。"

與永坂石埭（1845—1924）多有交游。咏有《寒夜永坂石埭招飲，分韻書即事》。石埭名周，字希壯，通稱周二、德彰，石埭係其號。別號玉池星舫夢樓斜庵、又一桂堂等，名古屋人。其家世代行醫，石埭亦以醫爲業。少時篤好詩文，曾從春濤、鷲津毅堂學詩。係日後森春濤門下四天王之一。

《星巖先生遺稿》刊行。

文久四年、元治元年（1864）甲子　四十六歲

夏　至衣浦灣游歷。咏有《衣浦櫂歌》十首。

七月十九日　禁門之變發生。因前一年八月十八日發動政變而被流放出京都的長州藩勢力爲鏟除會津藩主、京都守護松平容保等人而舉兵，戰火蔓延至京都城内，巷戰持續擴大，約有三萬户民宅毁於兵燹，被視爲撼動太平之世的一大重要事件。春濤作《甲子七月念一夕聞京中十九日之變，感激不寐，詩以紀事》一首。

九月四日　春濤父森左膳卒。享年七十六歲。

慶應元年（1865）乙丑　四十七歲

九月　游笹島。作《九月二十五日田宮總裁拉予及太乙、立齋、可墨諸子遊笹島，分韻得吾字》一首。又至知多郡橫須賀、久米村游歷。作《舟抵橫須賀》《久米村途上》《海莊晚晴》等詩。

十一月　毅堂出仕於尾張藩，返回名古屋。春濤作《毅堂先輩應聘就國，有錦旋八律見示，乃次其韻以贈》八首。

慶應二年（1866）丙寅　四十八歲

七月　藤井竹外（1807—1866）卒。竹外名啓，字士開、强哉。通稱啓治

郎、吉郎。號竹外、雨香仙史。攝津高槻藩藩士藤井貞綱之長子。早年學詩於賴山陽，山陽故後，尊梁川星巖爲兄。擅七言絕句，以"絕句竹外"名稱詩壇。有詩集《竹外二十八字詩》《竹外亭百絕》等傳世。春濤作《聞竹外訃，作二絕句寄哭》以悼之。

九月　游歷至越前。咏《丙寅九月將游越前，留別城中諸子》七律五首。至岐阜妻弟國島氏宅借宿。咏《岐阜》《古市場村投內弟國島雅直宅》等詩。旅途中，作《寄內》（并引）、《寄內三疊韻》《疊韻寄內》等詩寄妻。咏《雪達摩》《雪美人》《雪馬》《雪兔》《雪夜歸舟和廣瀨江村》《雪日匯體》等詩，以紀越前風物。

春濤著《高山竹枝》出版。名古屋奎文閣刊。卷首有永坂石埭序，卷末有春濤跋文。

十二月　至福井。咏《福井城下作》《酒間贈大島怡齋》《孝顯寺寓居，與張南村夜話，用東坡定惠院韻》等詩。

廿六日　至三國港。咏《臘月念六日雨中舟下羽水抵三國港》以紀其事。

慶應三年（1867）丁卯　四十九歲

一月至二月　作《三國港竹枝》五十首。春濤故後，明治三十八年（1905）此書單行本出版。

三月　於福井賞桃花。作《三日福井城下看桃有感，作短歌》一首、《看桃詞》十首、《水樓看桃》二首。《春濤詩鈔》卷七《桃花流水集》題注云："丁卯三月。是歲三月中浣以後詩全軼。"

五月　毅堂擢明倫堂督學。

十月　大政奉還。

十二月九日　維新令發布。

慶應四年、明治元年（1868）戊辰　五十歲

一月三日　王政復古之大令頒發。

一月二十五日　戊辰戰爭開始，春濤作《維時》《從駕北征，時予爲本營斥候》《戊辰重傷》《又用蘇老泉韻，寄某在越後軍營》等時事詩咏之。

三月　春濤任藩校明倫堂詩文會評審。

七月　江戶改稱東京。

九月　改元明治。

十月　春濤編《銅椀龍唫》刊行，豐原堂刻。卷首有春濤自序，卷末有永坂石埭後序。

小野湖山受任豐橋藩藩校時習館督學。

明治二年（1869）己巳　五十一歲

三月　遷都東京。春濤與丹羽花南多有唱和。作《次丹羽花南韻》《次花南韻》等詩。

六月　版籍奉還。大沼枕山編《東京詞》刊行。

明治三年（1870）庚午　五十二歲

三月　槐南（七歲）入學。春濤作《庚午三月十三日，兒泰上學，賦此以似》一首。

佐藤牧山受任明倫堂督學。

九月　鱸松塘於淺草成立七曲吟社。《皇朝分類名家絕句》刊行。

九月十七日　春濤母亡故。

明治四年（1871）辛未　五十三歲

春　額田正編《明治三十八家絕句》刊行。大槻磐谿、由仙台遷居至東京。

五月廿八日　春濤之弟、一鳥次子渡邊精所卒。

七月　廢藩置縣。小野湖山辭家督之位遷居至東京。大沼枕山發起下谷吟社。

成島柳北執筆《柳橋新誌》二編。

秋　春濤與石井梧岡唱和。有《次石井梧岡餞秋韻》一首。石井梧岡

（1847—1904），名彭，字鏗期、希腎，通稱榮三，梧岡乃其號。父隆莘係尾張藩醫師。梧岡自幼耽於學問，曾從春濤學作詩。明治四年晉五等醫，此後任愛知醫学校教官等職。

明治五年（1872）壬申 五十四歲

二月十三日（一説十四日） 妻国島清子病逝。有和歌集《庭雀》及遺稿《古梅剩馥》。遷居東京後，春濤將《古梅剩馥》二册出版。載於茉莉巷賣詩店發行書目中。春濤作《悼亡》二首、《夜涼聞笛》一首以追悼亡妻。

三月 清人金嘉穗歸国。

八月至十一月 歷游伊勢、西濃等地。造訪齋藤誠軒（1826—1876）寓所。作《八月廿七日茶磨山莊招飲，以片月、孤雲、白石、清泉爲韻》絶句八首。齋藤誠軒係齋藤拙堂（1797—1865）長子。名正格，字致卿，通稱德太郎、德藏。幼從父學，後至京都、攝津等地游學。效職於伊勢津藩，任藩校有造館督學。有著作《誠軒集》行世。

另，《槐南集》卷三《讀陳雲伯〈頤道堂集〉》題記云：

> 余幼時隨家君館美濃人户倉竹圃，忱家者凡數月，有書肆以此集求售，家君將購之，以竹圃請，竟爲其所得。家君乃携《外集》十卷歸。余初學詩，頗愛誦之。①

客居户倉竹圃養老山房期間，春濤作《冬夜雜詩》七律九首、《養老山房詩集題辭，户倉竹圃囑》七律四首以紀其事。

明治六年（1873）癸酉 五十五歲

三月 移居至岐阜。咏《岐阜雜詩》二首、《長良渡觀桃》等。《岐阜雜詩》引："癸酉三月十四日移居岐阜，扁曰香魚水裔廬。東南對山，號九十九峰軒。北

---

① ［日］森槐南：《槐南集》卷三，東京：文會堂刊本，明治四十五年（1912），第16頁。

俯藍川，又號三十六灣書樓。貝原翁木曾路記稱岐阜風水似平安城者，不誣也。"

十月　與岡本黃石等人交游。春濤作《十月六日中秋片野、三浦、近藤諸子要予及兒泰汎長良川賞月，適岡本黃石翁歸自北游，邀飲舟中，即追次梁先師中秋對月韻》。野村藤陰造訪春濤。春濤咏《野村藤陰見訪，賦此以贈》一首。

春濤編《新曆謠》刊行。

明治七年（1874）甲戌　五十六歲

一月　咏《元旦望金華山》。按金華山在岐阜市境內。

三月　作《三月三十日（故二月十三日）先室國島女教師大祥忌，拉兒泰往哭墓》一首。題注："辛未十月十三日特命拜女教師墓，在名古屋圓盾寺。"

五月　西鄉從道嚮臺灣發兵。

八月　大久保利通任全權辦理大臣，赴北京與清政府交涉臺灣事宜。

十月　川田甕江發起廻瀾社。同月北京專約簽訂。春濤作《大臣威武歌》以贊大久保外交折衝有功。

其後，春濤與子姪等登金華山。作《秋日拉兒泰、姪民德上金華山》一首及《登覽》一首。

十月二十七日　春濤舉家由岐阜出發遷往東京。行前作《予將赴東京，次兒泰留別詩韻題寓舍壁》一首。橫田天風所撰《明治的清新詩派森春濤先生》載：

> 先生連年遭遇不幸，悲惋不止，名古屋永住之念亦漸灰冷，何其數奇太甚。①

又：

> 先生明治七年十月十六日五十六歲之時，攜兒泰二郎氏（後號槐南，

---

① ［日］橫田天風：《明治の清新詩派森春濤先生（三）》，載《東洋文化》第四十號，昭和二年（1927），第83頁。引文係筆者所譯。

爲文學博士）、簉室伊藤氏，自岐阜發，二十七日至東京，卜居於下谷摩利支天街。即東台之麓近不忍池畔、所謂茉莉巷凹是也。①

春濤定居於下谷仲御徒町（摩利支天橫町）三丁目三十二番地，臨近枕山寓所。隨後發起茉莉吟社。

十二月 西鄉從道歸國。春濤作《都督凱旋歌》以紀其事。

春濤編《岐阜雜詩》刊行。

成島柳北著《柳橋新誌》初編、二編刊行。

明治八年（1875）乙亥 五十七歲

一月 茉莉吟社集會。春濤作《一月六日湖亭小集，分韻得虞》《十六日湖亭小集次鷲津法官韻》等詩。

三月 茉莉吟社例會。春濤作《三月一日湖亭例集，分韻得文，乃咏春蘭》。

五月 春濤編《東京才人絕句》二卷刊行，額田正三郎發行，卷頭有川田剛所撰之序文。

七月 編選漢詩文雜志《新文詩》第一集。與清人葉煒（1839—1903）酬唱往來，作《次葉松石春日雜興韻》《次葉松石見贈韻》等詩。葉煒，字松石，號夢鷗，浙江嘉興人。明治七年（1874）赴日，於東京開成學校擔任漢語教師。明治九年（1876）歸國。明治十三年（1880）再赴日本。游歷并寓居於京阪地區。明治十五年（1882）歸國。有著作《扶桑驪唱集》《煮藥漫抄》等行世。

與小野湖山、大槻磐谿、松岡時敏等人酬唱。咏有《讀湖山翁蓮塘唱和集，次原韻》九首、《鵜飼曲三首，次大槻磐谿翁韻》《吉原避災詞》八首等。

十一月 《新文詩》創刊。第一集刊行。

---

① ［日］橫田天風：《明治の清新詩派森春濤先生》（四），《東洋文化》第四十一號，昭和二年（1927），第92頁，原文和文，引文係筆者所譯。按此文第三部分（《東洋文化》第四十號）載春濤出發日期作十月十五日。

明治九年（1876）丙子 五十八歲

春 《新文詩·別集》第一號刊行。

四月 小野湖山手抄《文章游戲》二卷刊行。春濤作《文章游戲題辭》一首。

五月 朝鮮修信使金綺秀入京。金綺秀撰《日東記遊》卷一載："見倭皇於赤坂之宮，儀節一如拜見我主上之禮。"春濤作《同毅翁觀韓使》一首。

秋 清人葉煒歸國。春濤作《送葉松石歸清國，疊其留別韻》四首。

十月 神風連之亂、秋月之亂、萩之亂接連發起。春濤作《詠史二首》。

十一月 造訪鷲津毅堂。作《十一月廿八日先師益齋鷲津先生忌辰，訪毅堂判事》一首。

明治十年（1877）丁丑 五十九歲

一月 成島柳北編《花月新誌》創刊。春濤作《讀〈花月新誌〉，疊韻四首贈成島柳北》四首。

丹羽花南染病。春濤咏《花南判事病中有與石埭唱和作，因次其韻》一首。

二月 春濤編《舊雨詩鈔》刊行。

三月 西南戰爭爆發。關澤霞庵創立夢草吟社。

九月 城山籠城戰。廿四日，西鄉軍戰敗，西鄉隆盛負傷自盡。春濤作《九月二十四日詠史》四首，其後又有《九十月之交詠史》四首，厲斥西鄉軍。

明治十一年（1878）戊寅 六十歲

春 春濤咏有《六十自贈》《疊韻》《再疊韻》《三疊韻》等四首。又作《小湖新柳詞》十首。清人沈文熒（1833—1886，號梅史）、王治本（1836—1908，號黍園）、王藩清（生卒年未詳，號琴仙）等人造訪春濤寓所。春濤咏有《清國沈梅史、王黍園琴仙昆仲過訪，偕觀東台花，飲湖上長酡亭，分得長字》一首以紀其事。

三月二十日　丹羽花南卒（1846—1878）。

四月　春濤咏有《四月二日六十生辰，疊自贈韻》二首以賀生辰。關三一編《明治十家絕句》刊行。

五月　遷居至下谷仲徒町三丁目七十一番地。八日　咏《移居疊用自贈韻》二首。

六月十三日　大槻磐谿卒（1801—1878）。

秋　清人王藩清歸國。春濤贈有《送王琴仙還清國，兼寄懷金甌懷、葉松石二子》一首。清廷首任駐日公使何如璋（1838—1891）突然造訪春濤寓所。春濤作有《清國欽差大臣何公突如來如，驚喜曷勝，賦二絕句以謝》以紀其事。

神波即山於東京本鄉龍岡之寓所開設龍邱吟社。

向山黃村設立晚翠吟社。

九月　梁川星巖廿一年忌辰。春濤作《遥奠星巖先生墓，用如意山人韻》二首。題記云："戊寅九月二日實先生二十一年忌辰也，舊社諸子相謀修祭其墓，魯直在東京，不能與焉，聊獻蔬酒之資，附以此詩。"

秋　葉煒娶妻吳氏。春濤作《善因緣歌，遥賀葉松石新娶》贈之。

十月　森春濤編《清廿四家詩》刊行。

十二月　森春濤編《清三家絕》刊行。

明治十二年（1879）己卯　六十一歲

一月　咏《己卯新正六十一自祝》三首。

三月二十九日　梁川紅蘭卒（1804—1879）。

四月　咏《四月二日六十一生辰自祝》一首。三條實美（1837—1891）招春濤宴飲。春濤作《梨堂相公對鷗莊雅集，席上恭賦奉呈》一首及《又以遠鷗浮水靜輕燕受風斜爲韻賦十首》以紀其事。

夏　游歷至伊香保（今群馬縣澀川市伊香保町）。

明治十三年（1880）庚辰　六十二歲

淺見綾川編《東京十才子詩》刊行。小川棟宇編《正續近世名家文鈔》

刊行。

　　二月　春濤子槐南所作《補春天傳奇》刊行。沈文熒、黄遵憲（1848—1905）等人爲其題辭。黄遵憲因此與春濤有書簡往來。清人楊守敬（1839—1915）來日，與日下部鳴鶴、巖谷一六、松田雪柯等人多有交流，並講授漢魏六朝金石書法。

　　三月　作《詩魔自詠》八首。詩引曰："點頭如來目予爲詩魔，昔者王常宗以文妖目楊鐵崖。蓋以有竹枝緒區等作也。予亦喜香匳竹枝者。他日得文妖詩魔並稱，則一生情願了矣。若夫秀師呵責，固所不辭也。"

　　五月　三條公邀其宴飲。春濤作《五月九日陪梨堂相公醼於煙霞深處，席上賦呈》四首。

　　葉煒再度赴日。春濤咏《葉松石在西京，見寄二律，次韻代贈》二首。

　　十二月　森槐南娶大藏官僚各務省三之女幾保。

明治十四年（1881）辛巳　六十三歲

　　二月　橋本蓉塘著《蓉塘詩鈔》二卷刊行。翫古齋藏板。春濤作《蓉塘詩鈔題辭》四首以贈。

　　夏　游善光寺（今長野縣長野市）、上田（今長野縣上田市）等地。作《善光寺雜詩》五首、《上田雜詞》二首等。

　　七月三日　村瀨太乙卒（1803—1881）。

　　七月至是年歲末　至新潟遊歷。行前，作《辛巳七月將遊新潟，賦此留別東京諸同好》一首及《疊韻》一首。旅途中，咏《新潟竹枝》五十四首。

　　十月　《新潟竹枝》刊行。森槐南出仕，任太政官。春濤手訂、槐南編《春濤詩鈔甲籤》四卷二册刊行。扉頁作"東京　茉莉菴凹處發客"。扉頁背面有"明治十四年肇秋刻于東京三李堂"之款識。版心作"三李堂存版"。出版人森泰二郎（槐南）。

明治十五年（1882）壬午　六十四歲

　　一月　岡本黄石迁居至東京麹町區平川町二丁目九番地。

三月　黃遵憲陞任舊金山總領事，離日赴任。春濤作《送黃吟梅轉任桑港領事赴美國》詩以贈。

赴三條實美別邸宴飲，作《對鷗莊雅集，以柳塘春水漫花塢夕陽遲爲韻十首》。

春　至千葉八鶴湖游歷。作《千葉竹枝》五首、《遊八鶴湖用梁川星巖先生原韻》三首等。

八月　至群馬游歷。作《香山八勝》八首、《香山賞心十六事》十六首、《香山坐湯詞》五首等。

十月五日　鷲津毅堂卒（1825—1882）。

谷橋編《明治百二十家絕句》刊行。

明治十六年（1883）癸未　六十五歲

一月　詠《次湖山翁七十自祝詩韻》二首。

五月　自東京出發至甲府游歷。作《峽中雜吟》五首、《甲斐八景》八首、《甲府留別次歸雲送別韻》等。

七月　自甲府至身延山久遠寺（在山梨縣南巨摩郡）爲亡父森左膳舉行追善供養。

九月　歸故鄉一宮。春濤舊友等於時任一宮町長土川弥七郎（號壽昌堂）宅邸舉辦盛宴款待春濤。春濤詠《還鄉》一首。

十月　岡本黃石於東京麴町平川町設麴坊吟社。春濤詠《十月二十二日亡妹小祥忌，追悼有作》二首、《掃墓》三首。

十二月　至岐阜游歷。詠《十二月六日岐阜大雪，題十八樓用東坡北臺韻》二首、《二十八日依寓古市場村國島西圃宅》一首等。

明治十七年（1884）甲申　六十六歲

一月　客居於國島西圃宅。詠《甲申新年》一首。《新文詩》第一百集刊行。停刊。

漢詩雜志《鳳文會誌》創刊。

二月十二日　春濤於岐阜國島宅爲亡妻國島氏舉行十三回忌。咏《十二日先室十三回忌辰》一首。後爲大垣小原氏所邀，經長浜、彥根至京都，拜謁南禪寺内梁川星巖之墓。其後漫游至中國地方，於年末返回東京。旅途中，作有《多景色樓新題十詠》等風物詩。

十月廿九日　《新文詩別集》第十八號刊行。

十一月三十日　成島柳北卒（1837—1884）。

明治十八年（1885）乙酉　六十七歲

五月　《新新文詩》發刊。第一集刊行。

六月　白鷗社集會。春濤咏《六月十八日白鷗社諸子招集同盟，追弔柳北仙史，乃賦以奠》一首。

明治十九年（1886）丙戌　六十八歲

一月　森川竹蹊（春濤婿）、藤澤竹所、篠山柳園等人設立鷗夢吟社，發行《鷗夢新誌》。

春濤咏《和次湖山翁七十三原韻》五首。

春　春濤作《柳橋柳枝詞》四首、《文部大臣森公招致都下名流，爲其尊人鶴陰先生八秩壽，恭賦此奉和》二首、《神波即山移居有詩次韻》一首等。

十月　《新新文詩》第十七集刊行。

十月至次年九月　至南海地方游歷。編《南海游覽集》。

十二月　《東洋學會雜誌》創刊。

坪内逍遥著《小説神髓》刊行。

明治二十年（1887）丁亥　六十九歲

咏《德島留別》六首、《箸藏山新題二十四詠》、《琴平新撰十二題》等風物詩。

十月　至東奥（在今青森縣）游歷。咏《遊仙十二首，游仙臺覽松島作》等。

明治二十一年（1888）戊子 七十歲

一月　咏《七十自述》二首。

四月　伊藤博文（1841—1909）邀請春濤至夏島別莊。

初夏　與伊藤氏唱和。咏有《春畝相公夏島別業以春水船如天上坐，夕陽人在畫中行爲韻，同黃石、甕江、古梅、鳴鶴、即山、錦山賦》十四首、《陪春畝相公金澤觀牡丹》一首、《夏島別業分韻得山字》一首等詩。

十月　春濤瘧疾痊愈。咏《十月十三日宿痾告退，月下内集，對酒成詠》、《小遊仙詞效曹唐體作假藥名詩》五首等。編《老春瘧後集》。

明治二十二年（1889）己丑 七十一歲

小野湖山於京都成立優游吟社。

槐南赴名古屋爲亡母國島氏掃墓。

七月八日　賴支峰卒（1823—1889）。

秋　咏《秋日雜感（二首）》《秋人》《秋海棠》《秋雨》《秋雨歎（二首）》《秋月》《秋風》《秋雨》等以秋日風物爲主題之作品。

十一月二十一日　春濤卒（1819—1889）。遺作《絶句》一首："七十一年一夢非，茶煙禪榻倚斜暉。兒曹若問三生世，蝴蝶花前蝴蝶飛。"葬於日暮里經王寺。後春濤與國島清子墓由日暮里經王寺遷至府中多磨靈園。墓碑在14區1種3側3番。

明治三十八年（1905）乙巳 没後十七年

春濤著、阪本釖校字《三國港竹枝詞》出版。卷末有森槐南志、清人王治本跋。

明治四十四年（1911）辛亥 没後二十三年

三月七日　森槐南卒。享年四十九歲。明治四十二年（1909）伊藤博文於哈爾濱爲安重根刺殺時，槐南亦中彈，因舊傷復發而亡。先葬於青山墓地。後遷葬至多磨靈園，與父母同眠。

明治四十五年（1912）壬子　没後二十四年

五月八日　春濤婿森川竹蹊編訂《春濤詩鈔》出版。森川竹蹊《春濤詩鈔·識》：

> 岳丈春濤先生《詩鈔》二十卷。其首四卷，自《三十六灣集》至《絲雨殘梅集》，既經先生手定，題爲《甲籤》。生前上梓，久行於世，而未及其他。令嗣槐南先生有續刻之志，亦未果而逝矣。於是親舊囑余卒其業。余既有瓜葛之親，義不可辭。乃就遺橐①而鈔録，嗣成十六卷。每集小名既存之，自《林下柴門集》至《老春瘧後集》是也。前四卷一依其舊，絶無所變更。②

大正四年（1915）乙卯　没後二十七年

五月十日　春濤第四任妻子伊藤織褚卒。

昭和八年（1933）癸酉　没後四十五年

十月六日　槐南妻各務氏卒。

昭和十六年（1941）辛巳　没後五十三年

三月　森德一郎編《一宮雜詩》刊行。大成社印刷。所收春濤詩集由《三十六灣集》（自癸巳三月至乙未七月）至《詩酒逢迎集》（癸未九月至臘月）。

---

① "橐"乃"槀"之異體，通"橐"。
② ［日］森春濤：《春濤詩鈔》卷頭《識》，東京：文會堂刊本，第一册，明治四十五年（1912），第3—4頁。

昭和四十三年（1968）戊申　没後八十年

　爲紀念春濤誕生一百五十年、逝世八十年，修建一宮宅址碑。

昭和五十三年（1978）戊午　没後九十年

　爲紀念春濤誕生一百六十年、逝世九十年，中部日本書道會一宮支部主辦森春濤展。

昭和五十五年（1980）庚申　没後九十二年

　三月　後藤利光著《森春濤詩抄》刊行。一宮史談會出版。

平成十六年（2004）甲申　没後一百十六年

　三月二十六日　入谷仙介、揖斐高校注《春濤詩鈔（選集）》出版。收入岩波書店《新日本古典文學大系（第二册）》《漢詩文集》。

【年譜徵引文獻一覽】

　[1] 森槐南編校《春濤詩鈔甲籤》四卷，明治十四年（1881）東京三李堂刊行，一橋大學附屬圖書館藏本。
　[2] 佐藤寛編《文藝雜俎》，明治二十六年（1893）二月東京觀奕堂刊行，國立國會圖書館藏本。
　[3] 森川鍵藏編《春濤詩鈔》二十卷，明治四十五年（1912）東京文會堂刊行，名古屋大學文學部藏本。
　[4] 橫田天風撰《明治の清新詩派森春濤先生（一～四）》，《東洋文化》第三十八～四十一號，昭和二年（1927）六月～九月。
　[5] 今關天彭撰《森春濤（上、下）》，《雅友》第三十五号、三十六号，

昭和三十三年（1958）二月、四月。

［6］一宮市編《一宮市史》，一宮市役所刊行，昭和十四年（1939）四月。

［7］岐阜市編《岐阜市史》，岐阜市役所刊行，昭和五十一年（1976）三月～昭和五十六年（1981）十一月。

［8］一宮市博物館編輯《森春濤とゆかりの詩人展》，昭和六十三年（1988）九月。

［9］一宮市博物館編輯《明治の文雅——森春濤をめぐる漢詩人たち》，平成十四年（2002）七月。

［10］前田愛著《幕末・維新期の文学：成島柳北》，《前田愛著作集（第1卷）》，筑摩書房，平成元年（1989）三月。

［11］三浦叶著《明治漢文學史》，汲古書院，平成十年（1998）六月。

［12］木下彪著《明治詩話》，紀田順一郎編《近代世相風俗誌集（八）》，克萊斯出版，平成十八年（2006）一月。

［13］日野俊彦著《森春濤の基礎的研究》，汲古書院，平成二十五年（2013）三月。

參考文獻

一、古籍文獻類（中國部分）

[1] 曹寅，彭定求，等. 全唐詩[M]. 石印本. 上海：上海同文書局，1888（清光緒十三年）.

[2] 晁公武. 郡齋讀書志[M]//王雲五. 國學基本叢書四百種（〇〇二），臺北：臺灣商務印書館，1968.

[3] 陳公亮. 嚴州圖經[M]//影印本. 袁昶. 漸西村舍叢刊. 臺北：藝文印書館，1970.

[4] 陳文述. 碧城仙館詩鈔[M]//王雲五. 叢書集成初編（第2332冊），上海：商務印書館，1936（民國二十五年）.

[5] 陳振孫. 直齋書錄解題[M]//王雲五. 國學基本叢書四百種（〇〇三），臺北：臺灣商務印書館，1968.

[6] 方回，李慶甲. 瀛奎律髓彙評[M]. 上海：上海古籍出版社，1986.

[7] 房玄齡，等. 晉書[M]. 北京：中華書局，1974.

[8] 顧春. 天遊閣集[M]//《續修四庫全書》編委會. 續修四庫全書·集部·別集類（第1529冊），上海：上海古籍出版社，2002.

[9] 顧晬元. 且飲樓詩選[M]. 刻本. 清道光間刊本.

[10] 郭麐. 靈芬館詩話[M]//杜松柏. 清詩話訪佚初編（第二輯），臺北：新文豐出版公司，1987.

[11] 韓偓. 韓翰林集，香奩集[M]. 吳汝綸，評注. 臺北：臺灣學生書局，1967.

[12] 韓偓. 香奩集[M]. 刻本. 毛晉. 汲古閣，[出版日期不詳].

[13] 洪邁. 萬首唐人絕句[M]. 北京：文學古籍刊行社，1955.

[14] 胡震亨. 唐音戊籤[M]//《四庫全書存目叢書補編》編纂委員會. 四

庫全書存目叢書補編（第八十六冊），濟南：齊魯書社，2001.

[15] 韓偓. 玉山樵人集[M]//影印本. 張元濟. 四部叢刊·集部，上海：上海商務印館，1926（民國十五年）.

[16] 汲古閣. 五唐人詩集[M]. 影印本. 上海：上海涵芬樓，1926（民國十五年）.

[17] 李調元. 全五代詩[M]//影印本. 嚴一萍. 百部叢書集成，臺北：藝文印書館，1968.

[18] 馬端臨. 文獻通考[M]. 影印本. 京都：京都中文出版社，1970.

[19] 韓偓. 韓內翰別集[M]//刻本. 毛晉. 唐人六集（第八冊），汲古閣，[出版日期不詳].

[20] 歐陽修，宋祁，等. 新唐書[M]. 北京：中華書局，1975.

[21] 皮錫瑞. 經學通論[M]. 北京：中華書局，1982.

[22] 錢曾. 讀書敏求記[M]. 石印本，上海：上海掃葉山房，1914（民國三年）.

[23] 屈向邦. 粵東詩話[M]. 香港：香港龍門書店，1964.

[24] 瞿鏞. 鐵琴銅劍樓藏書目錄[M]. 影印本，新北：廣文書局 1967.

[25] 唐孫華. 東江詩鈔[M]//四庫禁燬書叢刊·集部 第187冊. 北京：北京出版社，2000.

[26] 王仁裕. 開元天寶遺事[M]//影印本. 嚴一萍. 百部叢書集成（三）. 臺北：藝文印書館，1966.

[27] 王士禛. 帶經堂集[M]. 刻本. 程氏七略書堂，1711（清康熙五十年）.

[28] 王遐春. 中晚唐五家集[M]. 刻本. 王氏麟後山房，1810（清嘉慶十五年）.

[29] 魏泰. 東軒筆錄[M]. 李裕民，點校. 北京：中華書局 1983.

[30] 吳任臣. 十國春秋[M]. 徐敏霞，周瑩，點校. 北京：中華書局，1983.

[31] 席啓寓. 唐詩百名家全集[M]. 刻本. [出版地不詳]：[出版者不詳]，1882（清光緒八年）.

[32] 席啓寓. 唐詩百名家全集[M]. 刻本. [出版地不詳]：[出版者不詳]，1708（清康熙四十七年）.

[33] 席啓寓. 唐詩百名家全集[M]. 石印本. 上海：掃葉山房，1920（民國

九年).

[34] 楊子畢. 芳菲菲堂詩話 [M]. 鉛印本. [出版地不詳]: 海上娜嬛社, 1909（清宣统元年）.

[35] 永瑢, 等. 四庫全書總目提要·集部·別集 [M] // 王雲五. 國學基本叢書四百種（〇〇四）, 臺北: 臺灣商務印書館, 1968.

[36] 震鈞. 香奩集發微 [M]. [出版地不詳]: [出版者不詳], 1922（清宣統三年）.

[37] 鄭文寶. 南唐近事 [M] // 影印本, 嚴一萍. 百部叢書集成（18）. 臺北: 藝文印書館, 1965.

[38] 朱彝尊. 曝書亭集 [M] // 王雲五. 四部叢刊正編（第81冊）, 臺北: 臺灣商務印書館, 1979.

二、古籍文獻類（日本部分）

[1] 韓偓. 韓內翰香奩集 [M] // 長澤規矩也. 和刻本漢詩集成: 第10輯. 東京: 汲古書院, 1975.

[2] 韓偓. 韓內韓香奩集 [M]. 鈔本. [抄錄者不詳], 江戶: [刊印者不詳] 1603–1867.

[3] 韓偓. 韓內韓香奩集 [M]. 鈔本. 卷大任, 江戶: 館柳灣, 1809–1810.

[4] 韓偓. 韓內韓香奩集 [M]. 和刻本. 東京: 和泉屋吉兵衛, 須原屋伊八, 1868–1912.

[5] 韓偓. 韓內韓香奩集 [M]. 和刻本. 江戶: 萬笈堂, 1810–1867.

[6] 韓偓, 野原衡. 韓翰林集 [M]. 刊本. 京都: 林安五郎, 1810.

[7] 江馬細香. 湘夢遺稿 [M] // 富士川英郎, 等. 詩集日本漢詩: 第15卷. 東京: 汲古書院, 1989.

[8] 卷大任. 卷菱湖唐詩帖 [M]. 卷軸. 日本: 卷大任, 1777–1843.

[9] 森春濤. 東京才人絕句 [M]. 刊本. 東京: 森春濤, 1875.

[10] 森春濤. 舊雨詩鈔 [M]. 刊本. 東京: 森春濤, 1877.

[11] 森春濤. 清三家絕句 [M]. 刊本. 東京: 森春濤, 1877.

[12] 森春濤. 銅椀龍唫 [M]. 刊本. 名古屋: 豐原堂, 1868.

[13] 森春濤. 新文詩（一百集）[J]. 東京: 茉莉巷凹處, 1875–1884.

[14] 森春濤. 新文詩別集（二十八集）[J]. 東京：茉莉巷凹處，1876—1884.

[15] 森春濤，森槐南. 新新文詩（十八集外一册）[J]. 東京：茉莉巷凹處，1885—1886.

[16] 森春濤. 春濤詩鈔（二十卷）[M]. 刻本. 東京：文會堂，1912.

[17] 森春濤，森槐南. 春濤詩鈔甲籤（四卷）[M]. 刊本. 東京：茉莉巷凹處，1881.

[18] 森槐南. 補春天傳奇[M]. 刊本. 東京：森泰二郎，1880.

[19] 森槐南. 槐南集[M]. 刻本. 東京：文會堂，1912.

[20] 森槐南，永坂石埭. 補春天傍譯[M]. 刊本. 東京：森泰二郎，1880.

[21] 西成. 一宮市史[M]. 一宮：一宮市教育委員会，1953.

[22] 一宮市. 一宮市史[M]. 一宮：一宮市役所，1939.

[23] 小野長愿侗翁. 湖山樓詩鈔[M]. 刊本. 京都：額田正三郎，等，1870.

[24] 小野長愿侗翁. 湖山樓十種[M]//富士川英郎，等. 詩集日本漢詩：第16卷. 東京：汲古書院，1990.

[25] 櫻井成憲. 陳碧城絕句[M]. 刊本. 京都：菊秀軒，1861.

三、古籍文獻類（韓國部分）

[1] 財團法人民族文化推進會. 影印標點韓國文集叢刊[M]. 首爾：財團法人民族文化推進會，1993.

[2] 金寅初. 韓國所藏中國漢籍總目[M]//延世國學叢書：第52種. 首爾：學古房，2005：4315.

四、論文類（中國部分）

[1] 徐復觀. 韓偓詩與《香奩集》論考[G]//鄺健行，吳淑鈿. 香港中國古典文學研究論文選粹：詩詞曲篇. 南京：江蘇古籍出版社，2002：59-91.

[2] 施蟄存. 讀韓偓詞劄記[J]. 中華文史論叢，1979（2）：273-281.

[3] 王人恩.《補春天》傳奇新考[J]. 文學遺產，1996（6）：100-101.

[4] 王人恩. 日本森槐南《補春天傳奇》考論[J]. 西北師大學報（社會科

學版),2003,40(3):62-66.

[5] 閻簡弼.《香奩集》跟韓偓[J]. 燕京學報,1950(38):179-228.

[6] 張伯偉. 關於《補春天》傳奇的作者及其内容[J]. 文學遺產,1997(4):109-111.

[7] 張興武.《香奩集》非韓偓所作再考訂[J]. 甘肅高師學報(社科版),1998(2):7-12.

五、論文類(日本部分)

[1] 福井辰彥. 森槐南と陳碧城——槐南青少年時期の清詩受容について[J]. 國語國文,2003,8(72):40-57.

[2] 合山林太郎. 幕末明治期の艶體漢詩——森春濤・槐南一派の詩風をめぐって[J]. 和漢比較文學,2006,8(37):17-32.

[3] 横田天風. 明治の清新詩派森春濤先生(一)[J]. 東洋文化,1927(38).

[4] 横田天風. 明治の清新詩派森春濤先生(二)[J]. 東洋文化,1927(39).

[5] 横田天風. 明治の清新詩派森春濤先生(三)[J]. 東洋文化,1927(40).

[6] 横田天風. 明治の清新詩派森春濤先生(四)[J]. 東洋文化,1927(41).

[7] 今關天彭. 森春濤(上)[J]. 雅友,1958,2(35).

[8] 今關天彭. 森春濤(下)[J]. 雅友,1958,4(36).

[9] 蘆立一郎. 唐末の艶情詩について[J]. 山形大學大學院社会文化システム研究科紀要,2005,3(1):31-42.

六、論著類(中國部分)

[1] 陳敦貞. 唐韓學士偓年譜[M]. 臺北:臺灣商務印書館,1982.

[2] 陳繼龍. 韓偓詩注[M]. 上海:學林出版社,2001.

[3] 陳繼龍. 韓偓事迹考略[M]. 上海:上海古籍出版社,2004.

[4] 鄧小軍. 詩史釋證[M]. 北京:中華書局,2004.

[5] 藍文欽. 鐵琴銅劍樓藏書研究[M]. 臺北:漢美圖書出版公司,1991.

[6] 王旭. 孤山的文人影響:三百年《小青熱》輯事論稿[M]. 臺北:新文

豐出版公司，2010．

　　［7］嚴紹璗．日藏漢籍善本書録：下册［M］．北京：中華書局，2007．

七、論著類（日本部分）

　　［1］大庭脩．江戸時代における唐船持渡書の研究［M］．大阪：關西大學東西學術研究所，1967．

　　［2］高橋和巳．王士禎［M］．中國詩人選集：2集第13卷，東京：岩波書店，1962．

　　［3］前田愛．幕末・維新期の文学成島柳北［M］//前田愛著作集：第1卷．東京：筑摩書房，1989．

　　［4］木下彪．明治詩話［M］．東京：岩波書店，2015．

　　［5］日野俊彦．森春濤の基礎的研究［M］．東京：汲古書院，2013．

　　［6］容應萸．吴汝綸と《東遊叢録》：平野健一郎．近代の日本とアジア：文化の交流と摩擦［G］．東京：東京大學出版會，1984：45-71．

　　［7］入谷仙介，揖斐高．春濤詩鈔［M］//漢詩文集．東京：岩波書店，2004．

　　［8］三浦叶．明治漢文學史［M］．東京：汲古書院，1998．

　　［9］神田喜一郎．明治漢詩文集［M］//明治文学全集：62．東京：筑摩書房，1983．

　　［10］神田喜一郎．日本における清詩の流行［M］//神田喜一郎全集：第8卷．京都：同朋舍，1987．

　　［11］巖溪裳川．詩話（一名感恩珠）［J］．作詩作文之友，1898-1899（1-16）．

　　［12］一宫市博物館．森春濤とゆかりの詩人展［M］．一宫：一宫市博物館，1988．

　　［13］揖斐高．明治漢詩の出發：森春濤試論［J］．江户文學，1999，12（21）：5-20．

　　［14］朝倉治彦，大和博幸．享保以後江户出版書目［M］．京都：臨川書店，1993．

　　［15］佐藤寛．文藝雑俎［M］．東京：觀奕堂，1893．

後記

　　2009 年夏天，我從華東師範大學中文系中國古代文學專業畢業，同年秋天赴日攻讀博士。這部書的初稿就是我在名古屋大學求學期間寫成的。赴日以前，我對於日本漢文學的理解十分淺顯。幸蒙恩師加藤國安先生悉心指導，才漸漸有所進益。加藤先生治唐宋詩數十年，於唐宋諸名家如杜甫、黃庭堅詩的見解精闢而獨到；同時，對於江户時代以降的詩人、漢學者如近藤篤山、正岡子規、青木正兒諸家也有深入的研究。在先生的鼓勵與支持下，我將研究的焦點集中於幕末至明治初期的漢詩人森春濤身上，由此開啓了一趟全新的日本漢文學之旅。旅居日本的數年間，我遍訪了全日本各家大學圖書館與藏書機構，蒐集到許多珍貴的文獻資料，可謂我留日時代最重要的收穫之一。

　　2014 年暑假，我從日本歸國，蒙母校華東師範大學不棄，忝列教職。自此，我開始將自己的博士論文譯回中文，內容上也多有修正與增補。蒙加藤先生惠允，爲我這部小書做了一篇萬餘言的長序，詳盡地介紹了本書的體例與內容，並從日本漢學研究的角度，評價了本書的意義與價值。先生厚意，不勝感荷之至！

　　在這部書稿快要修訂完成之際，我曾在案前窗下，獨坐良久，吟就七律一首：

> 冬窗獨坐漸熹微，鵲起疏籬夢似非。
> 萬里蓬壺終杳渺，少年風物却依稀。
> 莫言初志停濁酒，敢忘慈恩傍旅衣。
> 自分支離江上客，故林西望雨霏霏。

　　這一首《詠懷》詩，是爲懷念先祖父而作。我從小在祖父母身邊長大，受他們的影響甚深。祖父幼時受過舊學熏陶，爲人磊落正直，深合儒家忠恕之道，是我衷心景仰的對象。作爲外科醫生，祖父一生救治無數重症病患，其有許多令人難忘的逸事至今仍在家族間流傳。雖然祖父已經故去三年，每每憶及往事，仍不禁泫然！這一首苦吟而成的詩，聊誌於此，以示本心不忘。

最後，需要說明的是，本書中所使用的版本寫真，由日本國立國會圖書館、國立公文書館（內閣文庫）、東京大學圖書館、早稻田大學圖書館、名古屋大學圖書館、京都大學人文研究所、關西大學圖書館等多家機構提供，其中包含部分善本與孤本書影，彌足珍貴。謹此一并申謝。

陳文佳

二〇一八年暮春於滬上

二〇一九年仲秋修訂於東京